U0817388

像溪水那样行走

杨光英 著

天津出版传媒集团
百花文艺出版社

图书在版编目（CIP）数据

像溪水那样行走 / 杨光英著．-- 天津：百花文艺出版社，2023.1
ISBN 978-7-5306-8442-9

Ⅰ．①像… Ⅱ．①杨… Ⅲ．①散文集－中国－当代
Ⅳ．①I267

中国版本图书馆 CIP 数据核字 (2022) 第 255307 号

像溪水那样行走

XIANG XISHUI NAYANG XINGZOU

杨光英　著

出 版 人：薛印胜
责任编辑：魏　青
装帧设计：書點文化
出版发行：百花文艺出版社
地址：天津市和平区西康路 35 号　邮编：300051
电话传真：+86-22-23332651（发行部）
+86-22-23332656（总编室）
+86-22-23332478（邮购部）
主页：http://www.baihuawenyi.com
印刷：四川科德彩色数码科技有限公司
开本：880 毫米 ×1230 毫米　1/32
字数：225 千字
印张：9
版次：2023 年 1 月第 1 版
印次：2023 年 1 月第 1 次
定价：72.00 元

如有印装质量问题，请与四川科德彩色数码科技有限公司联系调换
地址：成都市郫都区成都现代工业港北片区港北二路 551 号
电话：028-88451797　邮编：610021

版权所有　侵权必究

生命的意义

——序《像溪水那样行走》

杨雪

散文作家杨光英女士将她即将出版的散文随笔集《像溪水那样行走》文稿送我，嘱我写序，盛情难却，我只好答应。

令我惊异的是，或者说未让我失望的是，当我展读她的文稿时，很快被她的文思、才识、真诚所感动。此前，曾断续读过她的作品，曾认为她的作品是让人能放心阅读的，但这次系统性地读完她的散文，却让我跃过了这一层面，对她的散文作品有了更深或更广的理解。

一、知识与才情相融，只是让生命更具意义

写景状物，在杨光英的散文作品里，并不是表面的临笔或苍白的抒怀，她往往将知识与才情巧妙融合，且将自己对人生的感悟适时倾吐，使读者在不经意之间，随作者的心律跳动，感同身受于作者的认知和思想，在可心的文脉浸润下，让人思考，给人启迪。我们读文集内的《一片春心在海棠》《做一朵淡雅的桃花》《聆听秋天》等篇章便有这种深切的感悟。“海棠之美，美在其既张扬于树干虬枝，又含蓄于娇花淡影。元好问有诗云：‘枝间新绿一重重，小蕾深藏数点红。爱惜芳心莫轻吐，且教桃李闹春风。’其表达的不仅仅是对海棠矜持高洁、不与群芳争艳的品质的赞扬，更表达出了自己如海棠一般的生活态度。”这段话，不仅是对海棠的赞美，也是对元好问人生生活态度的认同。读这样的散文作品，我们不仅能深受感动，且确确实实有“踏花归去香满袖”的舒心、大雅和充实。

二、感恩与热爱，生命最温馨的绽放

光英的散文，最感人的当属写人物类的作品，比如《父亲的“读书”情结》《我是母亲的朋友》《怀念我的两位恩师》《窗口飘来的琴声》《来自学生的幸福》等等。光英出生在泸县乡村，但父母开明、仁厚、勤劳、智慧，且极具爱心。在这样的家庭，光英姐妹兄弟虽多，但读书却是父母给她们的首选，无论经济如何穷困、无论生活多么困难，父母都想法自己解决，唯一不能断了念想的，就是要让孩子们读书，从这一点上说，光英是幸运的，并由此开启了光英命运转变的坦途。关于这一点，《父亲的“读书”情结》一文有详尽的描述。老实说，我读此文，干枯的眼眶不禁红润起来。特别是后来年迈的父亲为“我”出版的书做“销售”的细节描写，更让人感动于天下慈父的伟大和无私，那种爱，不仅仅是血脉的流淌，更是一个民族生生不息的传承。作家更懂得这种爱的不易和稀缺，因此，在她的另外几篇文章中，比如《我是母亲的朋友》《怀念我的两位恩师》《来自学生的幸福》等文章，不仅追述了母恩、师恩的难忘，反过来当自己有了能力时，亦懂得感恩、报恩。比如对穷困学生和邻里贫困孩子的资助、帮助，这种人性深处最美好温馨的花朵，让人内心溢满了幸福，亦让我们看到了川南泸县农村底层百姓人间的美好和可爱，这是作者贡献给我们时代潮流中最美的川南乡间画卷。

三、乡土，让人难忘的美好和幸福

任何人都有自己的故乡。泸县乡村的那些美好事物和人物传奇，在杨光英的笔下，让人心动、美好而难忘。比如《怀念高粱》《悠悠稻草香》《啊，耕牛》《乡村匠人静静走远》等，虽然历史的进程已然走进了现代文明的今天，现在的孩子们已不太明了当年那些乡间的情景所呈现的苦中有乐、苦中有美的场景，但身历其景的人，读杨光英描写这类乡愁的作品，仍旧满怀惊悸和喜悦。比如在精神和物质双重饥饿的年代，能在自然的怀抱中吃到一次高粱“灰粑”，吃到一次甜甜的高粱秆是终生难忘的事，而在稻草飘香的夜晚躺在其上数满天繁星又给年少的心灵带来了无尽的憧憬。最难忘的是那负重勤耕一生的耕牛，为了我们的生活最终走向死亡的场景，让我们感叹和唏嘘。随着现代化文明进程的加快，乡间那些传统的匠人，诸如泥瓦匠、石匠、木匠、缝衣匠和铁匠、弹花匠、篾匠等多渐行渐远，不仅是一段历史文明提升的传播和见证，也传递了作者的依恋和肯定，随着现代工业社会文明的勃兴，作者也满怀期待着“旧工匠的淘汰，新工匠的产生”必定会迎来“人们生活提升的美好愿景”。所谓乡愁，就是要让人们晓得，在不忘过往中，体会到生活的幸福和美好。当然，这种幸福和美好，并非易事，总得有付出、有辛劳，而大付出、大辛劳，才会有大幸福、大美好。作者在《渡槽魂》一文里，已经表述得非常完美。

当然，光英的散文，不仅仅只是这几点特色，比如她的游记文章中的历史底蕴的挖掘发现，不人云亦云的独到观点，都是让人击节赞叹的；又如她的人生小品随笔，往往具有知识女性的朴素辩证观，充满了积极的人生态度，在平淡中富含优雅的气质和沉静。只不过，我重点讲了光英散文的三方面优点，这是光英散文的唯一性和稀缺性，这与她的家庭背景和出生地、时代性、成长及经历和学识密不可分。随着时间的推移，相信作者的这些散文篇章，会更有价值更让人喜爱。

2022年3月1日

作者简介：

杨雪，中国作家协会会员、中国散文学会理事、泸州市作协名誉主席、全国冰心散文奖获得者，著有散文、诗歌集15种，有作品入选海内外上百种选本。

杨光英散文：浪漫与质朴的邂逅

陈善珍

散文是最适合抒写作者对生活的认识、体验、感悟、哲思的文学体裁，是写作对象十分广泛的最适合抒发作者感情的体裁。可以说，散文丰富深远、灵动活泼、风格多样、魅力十足。不论是叙事写人、摹景状物，还是借景抒情，散文都能够让读者直接抵达作家的心灵，与作家进行深度的对话与交流。

《像溪水那样行走》是泸州作家杨光英最新集结出版的一本散文集，共分为五辑：《一片春心在海棠》《一场相遇，一场眷念》《悠悠稻草香》《找寻梦中的凤凰》《茶意人生》。

杨光英的写作是典型的本色写作。文学是人学，这是基本的文学原理。这个“人”是作家的观察对象，写作素材；这个“人”更是作家自己。杨光英的写作内容和风格带着强烈的个人色彩，她作品的主人公往往就是她自己，她是用“我手写我心”。不知是散文选择了作家杨光英还是杨光英邂逅了散文，读她的散文就是在读她的人生，就是在读她的生命与灵魂。《像溪水那样行走》内容十分丰富：有作家对一年四季各种风景的细细品味，有作家对相遇的各种人物的品读与赞赏，更多的是作家对缘分的格外珍惜与眷恋，对他人的宽容与理解。有作家对往事的回首与思念，尤其是对农耕生活的细腻描绘，渗透着她童年生活的丝丝缕缕的痕迹，散发着挥之不去的似浓似淡的乡愁。有作家对诗意人生的执着追求，锅碗瓢盆、一地鸡毛的平淡生活情景进入她的笔端，她总是在追寻生活中的阳光，一杯茶、一本书、一块小石头、一朵花、一棵树，都能让杨光英的生活充满诗情画意。那一丝丝一点点生动的生活情景从她笔下流泻出来，能够令读者咧开嘴、翘起唇、弯起眉，不自觉地发出会意的微笑。这正是因为，杨光英灿烂地笑对生活，正如她美丽的名字一样，她把生命的阳光洒满乡村田野、照进城市的每一个窗口，让春夏秋冬的花儿在季节里开得灿烂，炫耀着活泼泼热辣辣的生命。

《像溪水那样行走》，书名贴切地渲染了散文集的个性特点。说起小溪，那在山间、林中、沟壑里灵动的水就跳跃在眼前。通常，她会静静地、温婉地、甚至慵懒地在浅浅的沟壑里优雅地散步，遇到巨石、暗礁，她也会积攒起原始的生命力拼命撞击过去，溅起一股股巨大的水花，在阳光的照耀下闪烁着晶莹的光泽，点燃游人热情洋溢的生命力；她也会隐没在深深的林间和草丛中，让游人听到她忘情的歌唱却寻不到她的踪迹；她也会从高高的山崖上飞跃而下，在空中旋转着她美丽曼妙的身姿，衣袂飘飘，收割着游人无法掩饰的惊异。

杨光英就是这样一条小溪，行走在她生命的河流上，弹奏着叮叮咚咚的人生乐曲。在第一辑《一片春心在海棠》里，她从春天走到冬天，在每一个季节里停留。她去丹林梨花村约会文朋诗友，共赴梨花诗会；她去龙泉赏桃花，却把注目礼给了在桃园里劳作的五十多岁的大姐，她也希望自己变成一朵淡雅的桃花；她写如诗的茶花，她去摘春天田野里的折耳根。“温一壶月光，斟一杯夜露，采一缕清风，挽一束雨夜花的芳香，执一颗素心”，她要像月亮那样活着。她与漫天的大雪约会，她把洁白的雪花紧紧地拥进怀里，她吻着雪花，忘情地大声呼喊：“让我一次爱个够！”

读杨光英的写景散文犹如读浪漫美丽的诗，读她雪花一样晶莹透明的心，读她温婉又热烈的爱，她把一颗“春心”付与了“海棠”。

杨光英还是乡村的一条小溪，缓缓地流淌在质朴的土地上，清清浅浅地吟唱着故乡的恋曲。在第三辑《悠悠稻草香》里，杨光英有着许许多多的惦念。她惦念乡村，春天的乡村是和阳光媲美的、微风中摇曳的色彩斑斓的春花。夏天下雨时节，房屋漏着雨，姑娘嫂子大妈就着雨声做着针线活，而男人们则在编实用的“工艺品”。日子清苦，却被乐观的人们过得有滋有味。她惦念雨坛镇那条鲜活灵动的彩龙、见证了近代水利起承转合的渡槽、凝聚着一个村庄灵魂的老水井。她惦念那些渐渐远去的农具和耕牛，以及放牛的日子和赶着耕牛劳作的父辈。她惦念消散的炊烟、散发着特殊味道的稻草、蕴含了天地之气和丰富人类情感的草药、母亲腌制的咸菜和记忆中的乡村美味。她惦念那条走过千百次的田坎、透气舒适的千层底布鞋、那些静静走远的乡村匠人。

杨光英还惦念着高粱。她对高粱的怀念其实是对二十世纪六七十年代生活的追忆。高粱从种下、生长、成熟、收割到交到粮站，交织着一个个悲欢离合的故事。有农民在高粱地劳作的艰辛，有农民家庭的负重前行，有农村青年凄美的爱情悲剧，也有高粱地带给农村孩子自由、粗犷、健康的童年乐趣。

读杨光英对乡村的追忆犹如在翻看一本镌刻在泥土里的书，每一个细节都是生命的记忆，每一种味道都散发着特定年代的气息，遥远而又温馨、质朴得就像田野中的泥。她娓娓道来，没有呼天抢地、没有愤愤不平，舒缓平静、理性而又刻骨铭心。

浪漫和质朴就这样奇妙地融为一体，恰如行走的小溪，恰如杨光英自己。

“文如其人”说的就是杨光英。

2022年3月26日

作者简介：

陈善珍，泸州职业技术学院教授，泸州市评论家协会文学专委会主任、泸州市民俗文化研究会副会长、泸州市龙马潭区作家协会副主席，泸州市作家协会会员。

目录

CONTENTS

第一辑 一片春心在海棠

第二辑 一场相遇，一场眷念

第三辑 悠悠稻草香

第四辑 找寻梦中的凤凰

第五辑 茶意人生

第一辑

一片春心在海棠

一片春心在海棠

二月，几天不留意，便是“枝间新绿一重重，小蕾深藏数点红”了。雨后初晴，碧空如洗。柔媚的金芒一丝丝照来，枝桠的明暗之间，透着轻灵，透着朝气。顷刻间，万缕金辉洒满了山岗、沃野、溪涧，映照海棠泛红的脸……

千万朵海棠经历了风雨的洗礼，小小的花苞悄然绽放。颜色也由深红变得绯红，一树的花，有的激情盛开，有的含苞待放，交织成深深浅浅的一块锦缎。这些娇艳的花朵，等不及与绿叶牵手，竞相挂满枝头。洒落在花瓣上的小雨滴，挂满了海棠娇羞的脸庞。那眉睫下的泪滴，充盈着对春的思念，凝固在这生机勃发的美好时光里。

看，海棠笑得那么灿烂，美得那么娇艳。是不是这一场润物细无声的春雨把她禁锢太久？是不是久别重逢遇知音？一任俏皮的蜂儿触摸她洞开的心房……

海棠，你从遥远的天国，踏雪而来，为赴一个春天的约会；你从婉约的诗韵，款款而行，为圆一个前世的相许；穿越季节的轮回，把千年的情怀，洒落在这川南的荒野。

完全开放了的海棠，重葩叠萼，艳似红云，灿若锦霞。“浑是华清出浴初，碧绡斜掩见红肤”，幽姿淑态，怎不教人怜爱？海棠树下，游客络绎，不醉不归。“池上海棠梨，雨晴红满枝。”温庭筠的词韵就如海棠盛开的花朵，一片一片轻叩着人家的门窗和梦境。雨后的海棠清香犹存，如此曼妙的词，翩翩如蝶，红满枝头，嬉戏在芳菲间，美丽的寂寞与风情万种怎能不让人心动！

想起“海棠春睡”的典故。据说唐明皇李隆基某日登沉香亭，欲召见杨贵妃。结果妃子醉颜残妆，鬓乱钗横，不能拜。见此，明皇笑曰：“岂妃子醉，直海棠睡未足耳！”这典故流传很广，常被用来拟人寄情。苏东坡据此写了一首著名的《海棠》诗：“东风袅袅泛崇光，香雾空蒙月转廊。只恐夜深花睡去，故烧高烛照红妆。”国画大师张大千晚年也画了一幅《海棠春睡图》，并题诗：“锦绣果城忆旧游，昌州香梦接嘉州。卅年家国关忧乐，画里应嗟我白头。”其思乡之情，莫不落笔浸润于海棠。

曹雪芹对海棠也情有独钟。他在《红楼梦》中刻意成立以海棠命名的诗社，借咏白海棠隐喻暗合大观园中各色人物的性格命运和贾府的兴衰，诗才横溢，令人称绝。如，把发起诗社的探春自比高洁：“玉是精神难比洁，雪为肌骨易销魂。”衔玉而生的公子宝玉：“出浴太真冰作影，捧心西子玉为魂。”多愁善感寄人篱下的林黛玉：“偷来梨蕊三分白，借得梅花一缕魂。”花主各异，却尽皆怜爱海棠，各领风骚。

据说，敬爱的周恩来总理更是钟爱海棠花。他生前居住的西花厅坐落在中南海西北角，院子不大，一片绿地上满院海棠树。周总理过世后，邓颖超睹花思人写下了《西花厅的海棠花又开了》一文：“解放初期，你偶然看到这个海棠花盛开的院落，就爱上了海棠花，也就爱上了这个院落，到这个盛开着海棠花的院落来居住，你住了整整26年。”1954年春，西花厅海棠盛开时，周总理正在瑞士参加日内瓦会议，邓颖超剪下一枝海棠花，夹在书中托人带给总理。总理看到这蕴涵深意的海棠花，百忙中托人带回一枝芍药给邓颖超。周恩来与邓颖超千里迢迢赠花问候，成为广为流传的佳话。

海棠之美，美在其既张扬于树干虬枝，又含蓄于娇花淡影。元好问“爱惜芳心莫轻吐，且教桃李闹春风。”其表达的不仅仅是对海棠矜持高洁、不与群芳争艳的品质的赞扬，更表达出了自己如海棠一般的生活态度。

“踏花归去香满袖”只能是来年春季的景了。流连于海棠树前，我们赏花、拍花。一朵、一枝、一树，一片，久久不忍离去。正是：一朵一枝一海洋，我将春心付海棠。

2017 年 2 月

花开梨花村

泸州丹林三月的天气，风是温柔的，阳光是明媚的。“丝丝缕缕梨花雨，浸得梨花不粘尘。”丹林山谷的万物都被刚刚开放的梨花温热了、复苏了，勃勃欲发。

泸州作协的诗会在丹林召开。文友们齐聚丹林镇梨花村，正赶上梨花吐蕊。从山脚望去，如片片白云，轻浮山腰。近看，每一簇梨花疏松地聚在一起，绿色的长柄托起五瓣素洁的花朵，纤细的花须上顶着几粒深红或黑色的花蕊。花朵优雅毫不张扬地开放，不媚俗不骄傲，静静地含苞开放，给人超凡脱俗之感。那粉妆玉琢，花团锦簇，洁白如雪的梨花缀满了枝头。参加酒城梨花诗会的作家、诗人，徜徉在梨花盛开的山谷，感受着丹林镇浓郁的民风民俗，品尝着梨花村特有的农家风味，吟诗作赋。

我们穿行在山谷，在清新的空气和微笑的阳光中，用嫩白的梨花愉悦我们那一颗颗久违了的心。枝头上的梨花透明而娇嫩，梨花的白，白得让人心净。她们一朵接着一朵，在春风中绽放着含笑的嫣然，摇曳着待放的花蕾，偶尔间杂其间的几树桃花，把她们衬托得更加一尘不染。徘徊在梨花丛中，我仿佛驾起了一叶无桨的小舟，随着一浪高过一浪的如雪波浪，悠闲地跌宕在宽阔的大海之上。这些似玉的浪花，在山风的吹拂下，从山麓涌上了山腰，又从山腰漫过了山顶，编织了梨花谷的起伏。我们在梨花树下留影，春风抚面，梨树微颤，伊人快乐轻舞，梨花含情微笑。

这片花海，成了蝴蝶和蜜蜂的乐园。沿着青石板铺成的小道，拾阶而上，那些蝴蝶和蜜蜂，闻香而至，扑扇着逐香寻蜜的翅膀，嬉戏在花间的树尾，追逐在花蕊的枝头。突然，看见几只蝴蝶追逐着一个蜻蜓风筝，风筝飘向蔚蓝的高空。不久，挂在一棵高大的梨树上，小男孩望着自己的风筝，对我说：“风筝送给梨树了，梨花姐姐披着飘动的红纱巾真美……”

一棵高大古老的“清风树”站在路旁，它枝繁叶茂，遮天蔽日，但它那粗壮的树干，曲折着岁月的沧桑，茂密的枝蔓，延伸着历史的痕迹。站在它的树冠之下，从枝干间仰望天空，盛开的梨花如繁星点点，把一个蔚蓝的天空，衬得越发透明。微风拂来，花枝跳动，飘逸潇洒，两袖清风，傲视大山！

梨花的美不单纯只在花开时节，它的变化也是极丰富的，像一首生命的交响乐。起初，花蕾待放，树干光滑，已有了春的生机与韧性，这时看梨花，看的是生命的孕育；花开，有如白云织锦、雪花飞舞，这时看梨花，看的是生命的释放；花残，在一片洁白中慢慢地透出翠绿却也是“花褪残红青杏小”，这时看梨花，看的是生命的积淀和希望。

半坡上，木楼碧瓦的小院坐落在树丛中，四周都是高高的梨树，一只小狗在晒着暖，母鸡带着小鸡们在院里踱来踱去，一阵风来，鸡们扇动着翅膀，抖落一地尘埃和阳光。篱笆外面有一片油菜地，漫野的油菜花举着艳黄色的花朵，汇成黄色的花海，花涛起伏，进退从容。一只鸟儿从原野里扑棱棱地飞起，穿过树丛，落在院里的桌上。我们在这样的院子坐下，喝茶、赏花。

我们聊到了泸县的农民工诗人西恒，他在工友打牌、看电视、打游戏的时候，坚持写作诗歌。砖头、水泥、脚手架、安全帽、汗水打湿衣裤的工友等给他灵感，即使老板拖欠工资，他也没有放弃诗歌。他的诗在《佛山文艺》《北京文学》《中国诗歌》等杂志发表，他在五年前就加入四川省作家协会。这次梨花诗会，西恒的诗托我朗读，获得了二等奖。大家听魏斌读西恒的《在工地，我用诗歌飞翔》："写诗让我找到了快乐和精神家园，二十几年，我一直用诗歌在人生的天空飞翔。我知道我的翅膀无法飞到飞机的高度，但只要坚持飞，每一次振翅都会叠加成一种可能……"

开平专心地拉着二胡，我们在曲子《春满园》《在那桃花盛开的地方》中诵读写梨花的诗歌，谈梨花村的变化，唱《梨花颂》《在希望的田野》，静听《梨花情》《葬花吟》。

一个白衣长发女子在小院旁专心地画画，走近看看：背景是山，山上和道路旁是大片梨花，池塘旁有一排小小的桃花，木楼里几人凝望梨花，炊烟飘向天空……

2017年3月

春夜听雨

初春的夜，轻轻笼上一层纱，朦胧中更显妖媚。心，似乎就在这样的静谧中掀起如梦般的过往。雨，无情地敲打着雨棚，雨声盘转回旋，萦绕在耳边，打湿了所有的思恋。雨中，夜睡了，楼群睡了，楼下的树睡了，窗外的胡豆苗和油菜也睡了！

帘外春雨，依旧绵绵，是雨水低吟浅唱的凄美，是古筝弹奏出柔美动人的音律，是雨打芭蕉的浪漫，是“自在飞花轻似梦”的缠绵，是伊人垂帘坐小窗的心声，是丁香姑娘的声声叹息。这春雨，淋湿了瓦屋小路，淋湿了山川河畔，淋湿了旧树新林，淋湿了明亮的街灯和幽静的街道，淋湿了停放在校园内从各地开回的小车，也淋湿了不眠人的思绪。

春夜听雨，品竹雨的淅淅沥沥，那是竹与雨品性的融合，它用雨声描绘着竹的高风亮节和雨的晶莹剔透；听松雨的点点滴滴，那是松与雨心灵的渗透，它用雨声传播着松的坚贞傲然和雨的玲珑玉润；看春雨桃花，缱绻风流，花花叶叶，意趣盎然。

听雨，是在读雨，也在怜雨，更是在和雨交流感情和灵魂。

听着听着，恍惚自已迎着这细细春雨，撑着油纸伞，轻轻越过雨夜的栅栏，走进江南古镇雨巷那一串悠长的诗句中，有着一种无法捉摸的飘然。静夜的雨巷，清雨飘洒，浸湿了石板路，那草青味和花香，飘满古镇庭院、小池茶垅。一阵夜风拂面，走进了诱人的花房。雨，浸满绣楼花巷和长长的画廊石亭。有情侣依着在雨中漫步，雨滴轻轻敲打着蓝雨伞。雨花、雾丝、飞絮交织，轻柔地穿透风帘，在远处绿丛中缠绵。一片柔情，一缕缠绵温馨的话语轻轻划过雨帘。我猜想那每一粒纷落的雨花里，都藏着一段美丽动情的爱的故事。

这时，如水的箫声，温婉清越的音韵，随着轻盈透亮的雨丝，从清幽僻静的小巷缓缓而来，行云流水般淌过心底。那"间关莺语花底滑"的天籁清音，让人变得空灵而纯净……

春夜之雨伴着微风轻轻地走近，那沙沙的声音似在耳语，柔柔的，满是温暖的情怀。随风而入夜，润物则无声，纵使隔着玻璃窗，它都能把那片生机弥漫进来，碰触你的肌肤，滋润你的心灵。春夜之雨，总是带着些温存，它是清凉的，但却不寒入肌骨；它是温暖的，脉脉含情，生机勃勃。

这雨，也下在大唐的诗歌中，下在宋词的音韵里，下在现代诗人的诗章里。

和古人一起赏雨吧：张志和，在西塞山前，桃花小溪水旁，轻吟"斜风细雨不须归"；韩愈，初春，在郊外，从远处看小草冒出的新芽，清新的颜色，在春雨里吟唱："天街小雨润如酥，草色遥看近却无"；僧志南，在迷蒙的春雨中，吹着柔和的春风，享受着游春的喜悦："沾衣欲湿杏花雨，吹面不寒杨柳风"；杨万里异乡这样听雨："归舟昔岁宿严陵，雨打疏篷听到明。昨夜茅檐疏雨作，梦中唤作打篷声。"

"茫然四顾｜仿佛总是一场｜赶不上的热闹｜轮到我上场的时候｜总是｜灯光阑珊｜人群尽散｜而我也已经忘了｜所有的歌和所有的舞步"。

思绪蔓延，很自然地想起了席慕容的这首《中年》中的短诗。人到中年，既要往前走，也要往后看，不管我脸上有怎样的沧桑，别嘲笑我，请容我独自艰难前行。

历尽离战之后的蒋捷，少年听雨歌楼上，中年听雨客舟中。“而今听雨僧庐下，鬓已星星也，悲欢离合总无情，一任阶前、点滴到天明。”把无限的人生融入无边的雨夜里，听出了三种不同的人生况味。我的少年呢？我的当年呢？时光它走得太匆匆！春夜听雨，你会对人生有别样的感叹！

雨中人生，蕴含丰富。人生的欢喜与热烈，死的空洞与悲哀。一个热烈的生命或许一秒之后即归于沉寂。生命，如此玄妙而神秘，人又是如此渺小。那么，生命中所亲历的，微风拂面的和美，水乳相融的痴缠，爱恨交织的情仇，都将在一瞬间寂灭。雨虽依然是雨，人已不再是那个人了。生命仍是长长的四季，让作为灵性生物之最的人们，随季节的轮回不断体味着春之温情，夏之热烈，秋之慷慨，冬之寂静。当初春的浅绿渐渐蔓延，细细体味雨的浸润，风的轻柔，看阳光的爱抚渐渐融化残霜。

夜雨中思绪翩翩，春的寒，雨的湿，容易牵动人们对亲友的情思：

爱我的大伯和两个舅舅，没有享几天福就已经去了天堂；疼我的姑妈姨妈，你们的身体和生活状况，我了解多少，一年能见你们几次呢？养育了七个儿女的我的父母，你们辛苦了一辈子，晚年你们幸福吗？我一手拉扯大的儿子，你能懂我吗？你能平安地度过每一天，快乐地工作和幸福地生活吗？我远在新疆的幺妹，你在他乡还好吗？视我如女儿的我的高中班主任王老师，一定要保重身体！一直关心我的知己东，你的公司现在有好转了，孩子的事业和感情都如意了吧！我疼爱的学生晓欣，你嫁了一个大你十五岁的丈夫，五年前随他去了婆家新疆，是你想要的生活吗……

夜雨读书，也是人生的乐趣。雨夜静谧，雨声和谐，引人夜读。于是，依在枕边，闻着书香听雨，心境格外澄明。清儒有言："听瀑声，涤蒙气；听松声，豁烦襟；听檐雨，止劳虑……"听那淅沥檐雨声，心灵为之蕴藉。读着读着，你可以想现在的春耕时节，万物生机，农人忙着抢抓春种。雨落在村庄，干旱的土地如同酒徒，狂饮陈酿的美酒，麦苗笑破了夜的宁静。雨落在村庄的河上，河水在紧密的夜幕下涌动。仿佛看见大地粗糙干裂的肌肤重新焕发生机，嗷嗷待哺的麦苗青菜正在大口吮吸上天的乳汁，无精打采的小草正准备明晨返青。很快，蒲公英在我眼前扬起嫩黄色的小脸，蜜蜂飞舞的菜花在地里铺上了黄地毯，杏花引来身材娇小的雨燕和体态丰盈的喜鹊……读春耕时节的雨很幸福！

或许，明天雨后，小河边的杨柳，绿意盎然，春风摆柳迎面吹。枝头的那抹新绿，在春雨的洗濯下，愈发的清亮新鲜。引来鸟儿在枝头歌唱着欣喜和希望。屋檐下的小燕子，双双对对，飞进飞出，在纷飞的细雨中穿梭。飞燕衔春到，梁间筑巢忙。楼顶披拂下来的蔷薇，一大片繁盛、干净的绿，眼波流转，是那样的春风得意，那样的生机勃勃。莫非，夜雨许了她们一个枝繁叶茂、花团锦簇的前程？

春夜听雨是安静的，浪漫的，温馨的；是空灵的，幸福的，思想的。春夜听雨是在听自己，也是在洗涤和修炼自己，更是在升华自己！

2018 年 2 月

一树茶花，一树诗

茶花，没有腊梅的冷艳和海棠的多姿，没有玉兰的洁净和桃花的妖艳；没有李花梨花的枝头翩翩。就是那么简单，随便一站，素面朝天，无需妆点！红色无味的花朵，从未奢望争奇斗艳！就是那么朴实无华，默默把美丽奉献人间！

小区旁住着泸州某武警部队，每天能听见他们训练的口令、打靶声等。炎热的午后、寒冷的早晨、大年三十，从未间断。寒冬，我躺在温暖的被窝里时；酷暑，当我坐在空调屋里看书喝茶时，窗外传来强劲有力的口号声。这些军人，他们在室外不怕冷吗？不怕热吗？虽然很少见到他们，这些年轻军人的可爱形象早已印在我心里。

山茶花是可爱的，山茶花的品质更是难能可贵的，而与茶花一样高贵品质的那些人，更是让人崇敬和敬佩的。那些为了让人们过上幸福美好的生活而抛弃自己的利益，甚至献出宝贵生命的人们，就像山茶花一样，可歌可泣；他们是祖国的精英和脊梁，他们是令人敬佩的。著名作家邓拓曾这样赞颂过：“红粉凝霜碧玉丛，淡妆浅笑对东风。此生愿伴春长在，断骨留魂证苦衷。”可见茶花的品质是何等的高贵。

二月，每次路过武警部队围墙外那片花圃，明亮的红色总是牵动着我的目光。红得铺天盖地，仿佛把流动的血液努力抽到每一朵花苞，去诠释生命的美丽。

深冬、初春，茶花从含苞待放的骨朵儿瞬间成长一树的血红，明媚，灿烂。红色的小花有苹果那么大，中间的淡黄色花蕊就更是可爱。没有哪种花像山茶花这样，与叶的配合，达到炉火纯青的地步。碧绿的叶，大红或粉白的花，仿佛在人间最高明的画师的调色板里，打磨调制过成千上万遍一样，花叶搭配和谐到增一分则太过，减一分则太弱的地步。朵朵红红的笑脸，开得那么向上，那么活泼，那么富有生机，对自己短暂的生命不留遗憾。这，让我想起用身躯护卫祖国疆域的官兵，想起在地震、洪水、火灾来临时冲锋陷阵的战士，想起抗疫期间的医务工作者，想起在脱贫攻坚斗争中，将生命定格在扶贫征程上的那些同志，想起许许多多为了祖国和平安宁默默奉献的坚守者……

想起我表姐夫。当初，表姐夫在对越自卫反击战中受了重伤，很瘸，脸上有烧伤的疤痕。父母亲人劝表姐与他分手，表姐说她喜欢军人，他是保家卫国受的伤。她依然与退了伍的他了结婚。他当初学了修理钟表的手艺，后又学修手机。四十多年来，他们不离不弃，供孩子读了大学。表姐夫脾气好，常说自己很幸运。他最喜欢唱的歌："再见吧，妈妈……看山茶含苞待放，怎能让豺狼践踏？假如我在战斗中光荣牺牲，你会看到盛开的茶花……啊，山茶花会陪伴着妈妈！"他说，每当唱起这首歌，就想起牺牲的战士和在他服役期间去世的妈妈。我也一起唱，彷佛看见，在二月山茶花开时，对越自卫反击战的年轻战士们与妈妈分别时的情景……

再闻一闻茶花，一股清香扑鼻而来，淡淡的，雅雅的，沁人心脾。

今日，再一次看见那一树的茶花，血红的颜色犹在，可抱在一团的花朵大颗大颗砸到地上、草丛中，用满目红色诉说着放弃的决绝。我伫立在茶花旁，惊讶于茶花短短的一生中，在生命最盛时，不顾一切地绽放自己的美好；在生命结尾时离开的决绝。没有留恋，徒留给观赏者悲壮的美。

一树茶花，一树抒情诗！

2021 年 2 月

折耳根正茂盛

三月，万物复苏，一片生机勃勃的景象。

在抗击新冠病毒的二月，四川支援武汉的蔬菜中有折耳根，湖北人不知道吃法，四川的小伙伴用视频介绍，幽默又感人。

人工栽种的折耳根与野生的味道无法比。野生的折耳根是纯天然、超绿色美味食品。

折耳根，又名鱼腥草、侧耳根。在我们川南，惊蛰一过，折耳根是最早从地里冒出来打探春天气息的小精灵，它最先沐浴早春淅沥沥的小雨。那轰隆隆的春雷声，就像是天地间交流的声音，这些话语却早已被侧耳根倾听得清清楚楚。也许就是因为它那竖起来的紫红色叶片，像是侧耳倾听天地之音的小耳朵，人们才把它叫做“侧耳根”吧？春雷后，折耳根从土层冒出嫩绿红润的叶茎来，起初是卷曲的尖叶露出地表，紫红色的嫩茎拱出地面后，伸展成一片心形的单叶，颜色由嫩黄而紫红，由紫红而新绿；第一片叶子张开后，其上又生一尖叶，逐渐铺展成紫红色叶片。钻出地面六七厘米，折耳根就有四五片紫红嫩绿的叶子，根是雪白嫩脆的，茎秆也呈现红白相衬的模样，白里透着红，像大地刚刚生出来的胖娃娃。

三月，是我们挖折耳根的大好时节。儿时，挖来的折耳根，留一点家里人吃，其余的拿去卖了钱，可以买书包或者短袖衫。惊蛰刚过，我们放学或周末，拿着镰刀，挎着篮子或者背着小背篼，呼朋引伴，嘻嘻哈哈出了家门。

我们这群孩子，在田野上狂奔起来。先到一个大人看不见的山头或河边放自制的风筝，偶尔有人仰头看飞舞的风筝摔倒了，大家看着他一个劲儿地笑，而摔倒的人也并不生气，索性再打几个滚，惹得大家又是一阵欢笑。有的还摘油菜花戴在头上。孩子们的打闹声、嗡嗡的蜜蜂声和鸟鸣声在空旷的山间回荡。等玩儿够了，我们才想起挖折耳根的事情，于是一个个埋头认真挖起来。

折耳根长在溪沟边、田坎边、背阴山坡，林间地头，有些和其他杂草混在一起，不仔细找不易发现。但我们认真寻获的一刹那，一眼就能够从这春天的新绿中获得惊喜。采的时候，左手轻轻扯住地上的茎叶，右手把镰刀或铲子伸到根部切断根须，一株带着寸把长根茎和紫红色茎叶的完整折耳根便采摘完成了。

不多久，我们拎起篮子、背篼，走到池塘边，先洗去折耳根上的泥，回去再用井水洗。

折耳根的叶、根茎可食用，川南地区人们常作蔬菜或调味品。工作以后，每到三月，周末，便和朋友踏青挖折耳根。我们喜欢去大山：隆昌的大佛坎，泸县的玉蟾山、桐梓林和五仙山。累了，就拿出干粮，把折耳根用溪水洗干净，不用作料，吃起来特别清香。拿回家，再加点从山中采摘回来的野蒜苗、蕨菜、椿菜、香菜，拌以辣椒油、花椒粉、白糖、醋等佐料。生吃，脆脆响，香从鼻入，味自香来，生津开胃，不觉食欲顿增。春天的餐桌上，农家都少不了这一道凉菜。除了凉拌，折耳根炒腊肉、香肠，腊味、野菜味的香让你回味无穷。折耳根还可以用来吃火锅，放锅里一涮，捞出来又香又脆，解油腻。折耳根也可以用来煨鸡，食用药用兼有，能促进胃肠道的消化，有效地排除体内堆积的垃圾和毒素，增强人体的免疫力，提高内分泌系统的作用。

四川的折耳根，北方人体会不到的味道。我们的味觉是有记忆的，即使隔着十万八千里，只要吃上一口，就有故乡的味道。

折耳根因其茎叶搓碎后有鱼腥味，故名“鱼腥草”。鱼腥草全株入药，性味辛寒，具有清热解毒、消肿排脓、利尿通淋等功效，所以，鱼腥草在中医处方中往往成为有关肺病、泌尿系统疾病的主药。

春天，折耳根倾听万物的声音——风云变幻、鸟儿鸣唱以及溪水潺潺，还有勤劳的人们劳作的号子和歌声，它在给人们送来一片嫩绿的同时，也给人们带来美食的味道和春天的气息。夏秋季节，折耳根开花结籽，茎叶被人们收割晒干泡茶喝，清热解毒消暑。冬天里，它坚强地孕育地下根茎，以待来年的生长。

三月的折耳根正茂盛，我想亲自去乡间挖折耳根，拌好各种佐料，送一份给我的童年，送一份给参加过抗疫情的前方和后方战士，送一份给生机盎然的春天！

2020 年 3 月

做一朵淡雅的桃花

在那个晴和的春日，又见到我所喜爱的桃花，心里依然没来由地燃起一片喜悦。

桃花尽日随流水，一枝粉雕玉琢的桃花偷偷出墙头，淡淡地看着青石道上匆匆的行人们，偶尔微微摇动，似在叹息。芸芸众生，在这繁华之中，浮浮沉沉，如柳絮般飘浮不定，在这浮华之中匆匆走过，又有谁会留意呢？几瓣桃花挟着清香，悄悄落到行人的肩头，欲流净心上的烦扰。只愿在此浮生中，做一朵淡雅桃花。

月光依旧如水似玉，洒满了寂寂小院，落在了冰雕玉饰的桃花上。他携着一把雅致古琴，回到了桃树底下。微闭双眸，挥袖抚琴，皓指在琴弦上不停舞动，琴音如流水，似清风，像暖辉，若轻雨……渺渺琴音似乎奏尽桃花心事，诉尽桃花之声，霎那间，桃花纷落如雨下。

能在这桃花树下与桃花交语，奏那一曲桃花曲，岁月，如此静好。

走过无数磕磕绊绊的日子，心中总有个温润的春天，那是属于自己的季节。有阳光，有花草，有溪流，有鸟鸣，有希望，有梦想……

每一个人，心里都有一朵桃花。也许就是唯一的一朵，不管他的身体开过多少次，但心灵的桃花只有一次。有的人在生命中的第一次就开了，譬如张爱玲。有的人等了一辈子都没有开。能完成这样一次花开，就是刹那间萎谢了，也是值得的。

“去年今日此门中，人面桃花相映红。人面不知何处去，桃花依旧笑春风。”再吟崔护的诗，心里便是一半明媚，一半落寞，一半喜悦，一半忧伤。

数年来，东墙小园，朝披霞光，暮对夕阳，桃花树下，人与桃花相映，人面频笑，桃花因人更活泛出一园的灵秀美景。崔护只是给了我们一个错觉，他造的是一个境，在千年的时空里，截取了这样一个镜头，没有开始，也没有结束，任我们自由想象。

每年阳春三月，是成都龙泉山最热闹的时段，千万株桃花次第开放，成都人喜欢嗅着花香，品着茶香，爬桃花山，赏桃花。我们一家也在桃花盛开的时节来到了龙泉山。一条曲折起伏的小路上，渐渐汇集了一股熙熙攘攘的赏花人流。在春风吹拂与光波闪灼之间，我们已拾级于岭上。哇，多美的桃花，那少女般袅娜的体态展露在我们的面前。恰是阳光灿烂湛蓝的天空，碧绿的山坡，株株桃树更显得舒展翩翩，风情万种。在那茁实而温润的枝条上，缀满了一串一串色泽不一的花朵与花蕾。粉红的，深红的，淡紫的，黄白的，疏疏密密，蓬蓬絮絮，如云似烟，生动且又香软。被花的波浪所掩藏的，反倒是那些姗姗来迟的绿叶芽儿，有些少男般的生涩与腼腆。在一群蜜蜂的挑逗与牵引下，人们不时把目光久久落在某一个花枝上不忍挪动，似乎在贪婪地吸吮这花瓣的柔润，花房的宁馨与花枝的香酥。

不经意发现花树下一人影晃动，不停地劳作，松土、浇水、施肥、拔草，竟构成人面桃花相映的美妙一景。她是一位五十多岁的大姐，在我眼里她如同妙龄女郎。我们走在阳光明媚的小路上，大姐在桃园里给菜浇粪，她说，你们别拍到我，破坏了桃花的美丽。过后，她又用一根木头去支撑那棵欲倾倒的桃树枝桠，说只要不爬上树，不用劲往下拉，随便拍照。走了几步，儿子把大姐和那棵树装进了相机。

桃花与爱情和浪漫息息相关——林妹妹一把花锄，一地落红，一曲《葬花吟》，更加诗情画意，宝黛共读《西厢记》是在桃花树下，有了桃花，浪漫气息更加浓烈。我喜欢现实里的桃花，也爱文字里的桃花，似乎有了桃花的地方，就有浪漫和爱情。

沉醉春风的时刻，被那灿烂的景儿吸引，还有散漫在春日里爱的气息吧。那些美好情愫不轻易道出，在春风送暖的时节，把这份情意说给春风听，带到心爱的人儿身旁。想着倘若她看见，会不会双双一起漫步于桃林里，共赴一场桃花盛宴？一起走过那条花瓣飘洒的路上，一同看那份美丽风华。

桃花与祈寿和避邪有关——一般家里挂的那些老寿星，脚下就堆放着一大堆寿桃。每逢过年，人们“总把新桃换旧符”，以桃为符，是认定桃木可以镇压邪气。旧时县官老爷手中惊堂木也正是桃木做的。

桃花与美好有关——大凡那些喜欢在房前屋后种上桃、李、杏、梅之类的人家，一般而言，都是想好好过日子的人家；那些迷恋桃花的人们，在他们的心灵深处，也多少会藏着一些美好与善良。绚烂的桃花，不正是一片美好家园的象征吗？不正是希冀生活的真实、平和、安宁和丰实的某种念想的暗示吗？

“桃之夭夭，灼灼其华”，以桃花比美人，也表达一种自由奔放的情感；“桃源只在镜湖中，影落清波十里红”，桃花便更多地被用来表达闲居隐逸情怀了。“三月三采桃花，泡得桃花酒服之，除百病，好颜色。”桃花有美容的作用。

桃花如报春的使者，当杏梨尚未醒来时，她就以三两枚疏枝淡影抢占先机，把秀美的舞姿随意演绎，把淡淡的芳香默默播撒。不事张扬，不爱喧哗，宛若一位文雅的姑娘静静地伫立着，任你百看不厌。她凋谢得也最晚。

若能做一朵淡雅的桃花，该有多好！

2016 年 4 月

春天的乡村

春天来了，沉睡的小河在阳光照耀下懒洋洋地舒展着身子，慢悠悠地哼着小曲，舒坦极了。鸭子欢快地在水面上游动，不时呼朋引伴结队而行，不时呷呷地扇动着翅膀。白鹤成群结队地唱着歌，从这块水田飞到那方池塘！

小河和池塘边，杨柳一树一树，绿意渐渐浓了，嫩芽缀满了枝条，团团簇簇、朦朦胧胧，摇曳着一片青翠的珠帘，下垂的枝条在微风吹拂下，轻轻摆动，舒展妙曼，撩拨着明净的河水，倒映着婀娜的身姿，似长发飘逸的少女临镜梳妆，又仿佛是待嫁的新娘娇羞俏丽。田坎上、小路边，桑树也早早地发出了嫩黄的芽，期望几个月后喂饱更多的蚕，有的小桑葚已探出头来，新苞沐浴在春风里。

春天的乡村，金黄色的世界。金灿灿的油菜花，一眼望不到边，黄了原野，黄了山头，黄了小河，漫山遍野都流淌着诱人的黄金。微风吹来，芬芳馥郁，浓郁的花香引来翩翩的蝴蝶，这花海也是它们的乐园，是它们的天堂。它们是这花海的点缀，是这花海的舞者。舞动其中，陶醉其中！你看，顽皮的孩子来了，他们蹑手蹑脚悄悄接近蝴蝶，小手快快一捏，哈哈！聪明的蝴蝶早已防备，只留下同伴的欢笑。“儿童急走追黄蝶，飞入菜花无处寻”，何等惬意，何等逍遥！两只小蜜蜂嗡嗡地从头顶上飞过，不必惊慌，它们是辛勤的劳动者，不会伤到你的！看，它们停落在油菜花上，急急忙忙地采着花蜜，在油菜花上飞来飞去。漫步田间地头，徜徉金波荡漾的花海浪间，心旷神怡！

春天的乡村，百花盛开。“草树知春不久归，百般红紫斗芳菲。”“春风先发苑中梅，樱杏桃梨次第开。”浅黄、粉红、雪白、淡紫、金黄、浅蓝……微风中娇艳多姿，阳光下闪烁耀眼。点缀山川，装饰大地。田野里，院子里，山坡上，道路旁，到处都有花儿的倩影，到处都是花香扑鼻！那些豌豆花儿、胡豆花儿、萝卜花儿、白菜花儿，还有其他作物的花儿，以及那些不知名的小野花儿，虽不起眼，却从不自卑。她们以自由的生长诠释生命的内涵，以蓬勃的生机展示生命的风采！你瞧，微风中她们正惬意地摇头晃脑，高兴得手舞足蹈，美得那样开心，笑得那样灿烂！再看那些花儿争奇斗艳，有粉红的桃花，黄嫩嫩的迎春花，洁白的梨花和李花，淡黄浅白的樱桃花，娇艳的芍药花，浪漫的玫瑰花……色彩绚丽，姿态万千。有的含苞欲放，有的舞姿翩跹，有的热情奔放，有的掩面含羞，有的高贵典雅，有的朴实无华……

春天的乡村，天空很高，很蓝。在蓝天白云映照下，五彩缤纷、千姿百态的风筝潇洒自如地飘舞着，飞升着！春天属于孩子们，天空属于孩子们，然而他们不是也在努力地打扮着春天，增添着春天的色彩吗？这时你会想：春光或许是支名曲，而弹奏它的正是这些快乐无比的普通人。他们的欢乐，是热闹的风筝飘舞，是色彩纷呈的竞技。有翻飞的蜻蜓，有袅娜的嫦娥，有展翅的雄鹰，有妩媚的蝴蝶，千奇百怪，让人看得眼花缭乱；风筝或高或低，使人不由得想起了那首古诗：“草长莺飞二月天，拂堤杨柳醉春烟。儿童散学归来早，忙趁东风放纸鸢。”

春天的乡村，生机勃勃。“阳春布德泽，万物生光辉。”麻雀、斑鸠争鸣，燕子、黄鹂飞舞，万物争春欣欣向荣。有的花事正浓，蜂飞蝶舞，美艳鲜亮，馨香四溢；有的新叶嫩枝欣然舒展，随风摇曳婀娜多姿；有的如梦初醒豁然开朗，尽情萌发努力争先。那些平凡的小草，不知不觉中早已破土而出，星星点点的绿色，眨眼间已是绿草如茵，芳草萋萋。她们正默默地编织、妆扮着春天的大地，为春天增色添彩！看那些柏树桉树的叶子，郁郁葱葱春意盎然！

春天的乡村，是一派繁忙的景象。农人在一望无垠的田野上播种希望。春天是孕育生命的季节，他们看到了麦苗一天比一天高，看到秧苗一天比一天绿，看到树苗一天比一天壮实，内心便有无尽的欢喜和满足。小路上农人哼着小曲儿，牵着牛儿，扛着犁铧走向田间地头。他们把猪粪牛粪倒在田里，高举起锄头铲除田地里的杂草。当春天的太阳将他们召唤回家时，他们望着身后在春风里欢笑的庄稼，眼里便是无限憧憬和希望。他们相信，有了犁铧和锄头，就有稻苗对夏秋深情的展望，就有花苞对果实甜蜜的憧憬，就有农民对土地虔诚的感恩。

春天的乡村是一曲热闹的交响曲，每一个生命都在太阳的沐浴下期待生活的繁花似锦。春天的乡村是充满真情的季节，在夕阳斜沉的天际间缕缕炊烟飘荡着希冀和奋斗。春天的乡村是一幅静谧而热闹的水墨画，是一篇让人回味的散文诗！

2015 年 2 月

剪一段月光

八月十五，月华盈满，大地沉寂，仿佛一切都在谛听月光轻洒，月下有桂花绽放的声音。

柔柔月光带给人更多的是心海的淡雅与宁静，红尘的回味与思考。

此时，夜愈暗，月正明。我好想“剪一段月光轻轻流淌，只为和你守候那皎白月光。”因为，月光是光阴的故事，月光是岁月的文字……

月光是一首淡雅的诗，是一阙清婉的词。仰望夜空，月宫中嫦娥、李白、苏轼早已举杯邀明月，对影是六人了。

唐诗的风，潇潇洒洒，李白感慨：“今人不见古时月，今月曾经照古人”。古人今人若流水，共看明月皆如此。我想，如果李白活在当今盛世，一定开怀畅饮，写出比“唯愿当歌对酒时，月光长照金樽里”更酣快的诗句。宋词的雨，悲悲切切，苏轼几问，“明月几时有，把酒问青天，不知天上宫阙，今夕是何年。”不能与家人团聚，只好感叹“但愿人长久，千里共婵娟！”对月光的吟咏无疑装帧着我国丰富瑰丽的民族文化，渗润着才子佳人的真情。

月光，是那剪不断的乡愁。没风的夜晚，家乡的河面上没有山，只有月，那些从月宫结伴走下来的，像披纱和花绸，一朵跟着一朵，灵动飘逸。没云的夜晚，起伏的群山，顶着奔跑的，不是月芽儿，就是饱满的白，有时更像盛开的莲花。故乡的水是直的，船动、风动、水动，十里月光也在动。几个小村庄，托着几缕炊烟，在河面上蜷缩成一轮明月。乡亲们在月光下谈着农事，父母聊着一家大小的生计……

月光是母亲深情的呼唤。月光深处，我飞扬的思绪在月光的时空中自由穿越。耳畔又响起声声呼唤。那声音悠扬婉转，我听清了，那是母亲喊我的乳名。于是，童年小伙伴们的身影连同川南农村的草堆一一浮现在月光里。竹林、草堆书写着我童年捉迷藏的快乐时光。儿时我们常常在有月亮的晚上玩耍，直到母亲喊我们回家洗脚睡觉。母亲，此刻，我好想为你剪下一段月光，夜夜闯进你的梦乡，用月色温柔的手抚摸你那刻满老年斑的脸庞。

月光是童年的阿娇。“弯弯的月亮下面是那弯弯的小桥。小桥的旁边有一条弯弯的小船，弯弯的小船悠悠是那童年的阿娇。”中秋时节，阿牛和阿娇捉蜻蜓，阿娇偷偷给阿牛一小块月饼。阿牛咬一口，甜到了心里。长大后的阿牛和阿娇各奔东西，但童年中秋节捉蜻蜓吃月饼永不会忘记。

月光是缠绵的相思。推开那扇心窗，远远地望，剪一缕月光入怀，开启了尘封已久的记忆，那缕昨日的忧伤，在皎白月光下，又上心头！沧海桑田，多少世事化为尘烟，只有那一弯月亮在纤纤彩云里深情注视着人间。曾记得那个约定，在开满莲花的荷塘边，走进彼此的眼眸。缓缓流淌的时光，在这个如梦的夜晚，走近那片荷塘，等待那个约定。一个浅笑、一次回眸，凝结了多少相思。如水的年华，心神摇荡，不知，是月光摇醉了相思，还是思念拨动了月儿的弦？在浸满了月光的夜晚，披一身月色，聆听风的呢喃，如梦般的心事在夜露中轻轻放下，静美如昨。

夜风已凉，仰望星空，回想五十几年恍如梦。温一壶月光，斟一杯夜露，采一缕清风，挽一束雨夜花的芳香，盛开在云朵里。怀一抹恬淡，执一颗素心，期待岁月静好！让思绪乘上挂满桂花的月儿之船，一路诗意，像月亮那样活着。

2019 年 8 月

静听蝉鸣

“高蝉多远韵，茂树有余音。”在宋人朱熹的耳中，响彻于炎炎夏日的蝉鸣不是令人生厌的噪音，而是轻快婉转、相映成韵、有音乐美的天籁之音。听蝉鸣夏，消受夏日里独有的美妙蝉声，神气为之清爽，暑燥为之消去。蝉声阵阵，是夏天最热闹的合唱，装点着夏日不衰的色彩。

我喜欢蝉。

小时候觉得蝉好玩，小小的身躯怎么会闹出那么大的动静？要逮住它看个究竟。把一根竹篾的两端并在一起，插一段到一根长竹竿一端的空节里，剩下的就是一个椭圆型的扇面。去屋檐下、树林里有蛛网的地方，伸上去旋转竹竿，让蛛丝缠满扇面。一件捕蝉的工具就做成了，只要发现停留在竹枝或树梢上的蝉，我们就举着竹竿上的圆圈对着蝉猛扑过去，蝉被粘住了。偶有所得，用线拴着它的腿，看它边飞边叫，能获得小有成就的快感。

我仰视蝉。

听蝉最好的时间当然是在午后，当所有的生命都略感困倦之时，它们却精神抖擞，在大自然中无拘无束发挥着它们的才能。那些埋伏在枝叶间的蝉虫，不谋而合地拉开嗓门，吟咏着夏日的情歌。

教室里静静的，有的孩子在午休，有的在写作业。窗外树上的蝉声声叫着夏天。一蝉鸣，群蝉和；一曲终，一曲起，蜿蜒崎岖，潮起潮落。侧耳聆听蝉鸣，或温柔坦率，或消沉凄惨，或高亢激越，或宏伟响亮，蝉以优美的音色，明朗的节奏，用不同节奏的美好音乐给夏天伴奏，蝉鸣声中孩子们幸福的睡相，沙沙的写字声，让人感到生活的生气与勃发。

蝉快乐地活在当下，无暇戚戚于生的短暂，何等的豁达大气；它们栖高梧，饮清露，“居高声自远”，“余响彻高轩”，何等的清雅高洁。自古以来，有多少骚人墨客写下了无数咏蝉的篇章，其中，最著名而又最具代表性的当属骆宾王、李商隐、虞世南脍炙人口的“咏蝉三绝”。他们出于下笔时的不同心境和遭际，虽喻人比兴各异，但对蝉高洁品格的赞颂却是异曲同工的。蝉，已然作为引人遐思的艺术形象，净人灵魂的文化符号存在久远，令人仰视。

我敬畏蝉。

二十世纪九十年代初，一个女生没来上课，下午放了学我和同事去家访。

那第一场秋雨的莅临，乡村的丛林里、房前屋后的树枝上知了们奏响着季节收割的音乐会。乡村，到处都在收割稻谷。到了学生的村庄，我们站在树林里，看见了没来上学的灵灵，女孩奔跑着，将割下的一捆捆稻穗往父亲手里送。大人不停地从孩子的手上接过稻穗往滚筒上送，一粒粒金黄的稻谷从稻草上脱落在打谷机桶里。

一块田的谷，很快打完了。灵灵在拾那些零散在地上的稻穗，听到树上蝉的叫声，她说：“爸爸，谷子打完了帮我捉一只知了！”父亲答应了她。

灵灵的父亲说：“她奶奶病了，要抢收……明天一定让孩子去上学！”

回学校的路上，很静，耳畔蝉叫声此起彼伏，有点忧伤，但蝉鸣使季节充满盎然蓬勃的生命活力，叫的是乡村小调和庄稼丰收的美景。

蝉，只不过是夏天一小虫，数载艰难孤独的蜕变，终换得比生命更珍贵的阳光下的歌唱生涯。法布尔概括了蝉的一生：

蝉沐风浴露，饮天地之灵气，吸万木之精华，蛰伏四年，换来的只是短暂生命里的一个夏天。因为生之短暂，一季便逝，蝉不能沉默；因为死之快捷，蝉不敢放任；蝉在心里就只有一个最深切的愿望，那就是在生命结束之前，唱完最后一首歌。哪怕烈日当空，哪怕昼夜的更迭，哪怕嗓子已经嘶哑……

我惊叹于蝉的神奇，震撼于它们灵魂出壳的庄严，敬重它们奇特的生命存在方式。

我欣赏蝉。

今年七月，拿到退休证，避暑四川青城后山。

黄昏，听蝉，淡定从容。躺在树荫下，那嘹亮的蝉声，清脆悦耳。一个蝉起了音，接着声音就纷纷出了笼。时而如行云流水，甜美温柔，那该是情歌吧，像是诉不尽的缠绵；时而如波涛骇浪，拍打着，听着心地沉淀的情绪；时而掷地如石，而后寂寂寥廖成了断简残篇，徒留一些怅惘。那何尝不是生命之歌呢？唯有用心倾听，才会从中感受更多的生活韵味。“蝉噪林愈静，鸟鸣山更幽。”就是一种“有闻无声”的意境。燥热的夏天，心浮气闷，多听听蝉鸣，能够让我们静心处事，多一份悠闲自如。

置身山林，世事烦扰不过林间轻雾，凡间聒噪不过枝上蝉鸣，山居即是隽永的脱俗。白天，一杯清茶，一本书；夜晚，独倚柴门，遥望一轮明月，听潺潺流水轻抚蝉鸣，天人合一的境界就此悠然心生。蝉因了十几年暗无天日的生活，才造就了自己辉煌的一生，即使置身苦夏，也心生安宁。

我听着窗外阵阵蝉声，内心一片宁静。想起了西哲的一句传世名言：“人啊，认识你自己”。

2018 年 8 月

片片枫叶

在重庆巴南五洲生态园，四月份，都能看到枫树，很是高兴。

这么大片的红枫，我还是第一次欣赏到。远远望去，像一团团熊熊的火焰燃烧在山野里，也像一树树娇艳的花儿盛开在春风中。

走进枫树林，心都快跳出来了。我停在一棵枫树前，仔细地观察一片枫叶：它的形状像一把小巧玲珑的扇子，又像凤尾鱼的大尾巴。粗粗的叶柄像小松鼠毛茸茸的尾巴，红色中透出绿意；乳白色的叶脉从叶柄中伸展出去，大红色的叶片和叶脉紧紧地连接在一起。枫叶中还散发出阵阵泥土的清香，沁人心脾。那小小的叶面上凝聚了博大思想，或者不同的心境，人们在寻找枫叶的象征意义。

早上还是细雨霏霏，中午太阳和游人都露出了笑脸。那一缕缕阳光，穿过稀疏的枫叶，给本已红透的叶子增光添彩。叶子红得可爱，红得鲜艳、红得矜持。置身于它们之间，自己也变成红色的了。

走在枫树林里，我想起了与秋末更相容的枫叶。

秋冬季节，当你走在红枫古道上，片片枫叶在寒风中颤栗，在阳光中飞舞，如同翻飞的彩蝶，绚丽多姿；枫叶片片在秋风中跳跃，在薄雾中飘零，如张张丝帕，柔软凄艳。落在地面上，铺成了一层厚厚的地毯，阳光中构成了一幅幅美丽的图画。当你踩在枫叶上时，发出丝丝的轻响，似一曲悠扬的秋之歌。很向往北京香山的红叶！

枫叶，是秋的旋律，那一片片的绯红，宛如落日余晖，映红了天边的云彩，醉入心扉。“似烧非因火，如花不待春。连行排绛帐，乱落剪红巾。”

“代表秋天的枫叶之美，并不仅在那经霜的素红，而更在它临风的飒爽。每一片枫叶在落地归根之前，总会把生命中最美好的一面完美地呈现，伴着秋风化作迷幻的金蝶，起舞翩飞，静谧地走过生命的最后一段。而我——不就是落地前的枫蝶吗？”

记得读高中一个秋天的周末，大家去张家寨看枫树。山顶上令人心旷神怡的枫，一丛丛、一簇簇、一片片地聚拢着、合抱着，没有瑟缩，没有悲凉，没有屈挠。她们坚挺地屹立，伸展着枝干，舒放着叶片，任凭着那寒霜的袭扰却展现着那娇媚的风采、蓬勃的生机、瑰丽的鲜艳。师生在击鼓传花的时候，我朗诵了一首诗，班主任王老师亲自捡了两片枫叶奖励给我，并说：“祝你学习进步，像这枫叶一样越来越红火”。这是我得到的特别的奖品，我把它夹在我的书中，每当我偷懒的时候，看看那两片枫叶，给我鼓舞和安慰，我又继续勤奋学习；感受着那种充实、美妙、愉悦、舒畅。

二十几年前，交过一个北方的笔友，我们通了近五年的书信，他是一个军人。记得他在信里给我寄过邮票和树叶，有一次寄的是枫叶，上面的留言是：“自然界没有风风雨雨，大地就不会春华秋实。永远与书交朋友吧！”这张褪了色的红叶书签我还保留着，它曾在我最落寞时给我温暖，鼓励我在文学路上越走越远！

红叶，《泸县文化》的编辑。她丽质稳重，很有内涵，喜欢写古体诗和散文，还喜欢书法。因为文字，渐渐地，我们成了知心朋友，2014年她为我的散文集《心境向暖》写了四千多字的书评，文笔清新朴实。我叫她“叶子”，一枚平凡的红叶，她像枫叶一样，有淡淡的情怀，向往美好，傲立于清霜冷雾中，展示秀外慧中之韵与简约之美。

我和爱人曾在枫叶飘飘的日子，拉着小提琴，唱着歌，在悠扬的旋律和飞舞的枫叶中，思索、领略人生的妙谛；我曾在枫叶飘飘的日子，坐在枫树下，看一本喜欢的书，让那枫叶淡淡的香味和文字熏香，与阳光的味道酝酿成一坛醇香的酒，久久飘荡在林间。

一片枫叶一份情，那是生命中阳光照耀过的激情，是雨露润泽过的柔情。你每一条脉络曾流淌过青春浩然的液汁。今天就这样静静地伫立在季节之上，等待有心人来阅读你的温情，阅读你所有的欢乐，和最后的美丽。

我在枫林慢慢而行，有一种别样的感动，在心里悄悄滋长一种拥抱的念头，树有情，叶烂漫，自然界的生命总是这样张扬着本能，让我想入非非。

这满山遍野的红枫叶也着实惹人喜爱。我要伸出手触摸铺天盖地而来的灼人颜色，顺着茎叶，一点一点感受它们的纹理。我在树根周围寻一片完整的叶，带回家，仔细地夹在书中，期待有一天，它能将这书扉也染了色。

“满山红叶似彩霞，彩霞年年映三峡……”哼着这首老歌依依不舍地离开了枫林。

枫叶是秋日的诗言，枫叶似红色的雨浸透了深秋的湛蓝。我的文字也流淌在枫叶的肢体上，浸透着血色的韵仄。

2017 年 4 月

聆听秋天

秋日午后，阳光照进窗内，在书房，我一边品味着香茗，一边随意翻阅一本喜欢的书，一边聆听《秋日私语》，周围一片静谧，只有音乐如泣如诉地在耳边回响。曼妙清越的音乐，犹如一幅幅美丽的画面浮现在眼前。在一个个音符飞扬变幻的过程中，我品尝着秋天的况味。伴随着优美而多情的琴音，仿佛看到了自己从春缓缓走到夏再欣然从容走到秋的心路历程。

秋，有一种淡然清幽的韵味，秋日的私语，用音符刻画的意境中，像一篇童话，通过琴键反复地演奏，流淌出变幻莫测的旋律。将思绪带到落英缤纷、黄叶满地的荒野，身边流淌着的溪流依然欢快。听那深秋的天籁之音，自有一番滋味在心头。

秋，用一朵花的凋谢，用一片叶的飘落，给我们的生命带来一份厚重，一份内涵，一种庄重和大气，我们有什么理由悲秋？秋，用一抹嫣红告诉了我们，什么是历经千帆后的成熟！

倾听秋天的声音，它是一首温情的和弦。乡间的音乐在旷远的田野上萦绕，蛙儿虫儿的鸣叫声此起彼伏，谷粒一颗颗饱满地坠落在土地上，泛起金色的涟漪。秋风起来了，沙沙地在吟唱。等到了秋雨敲打芭蕉的黄昏，点一盏橘黄的小灯，再摊上一叠素纸，与自己的灵魂对话，是秋日里难寻的浪漫。

站在秋的季节，回眸，心里只有深深地感激。感谢秋，让我懂得了生命从春的萌芽到夏的繁华再到秋的宁静，那是生命必不可少的华章。喜欢独品秋日里那耀眼的火红与金黄，喜欢捕捉秋色里那积攒了几个季节的繁华落尽之前别有的万千姿态，更喜欢在秋的流光和静谧中抚今追昔，怀想过往，憧憬未来。秋日枫红，一抹热烈晕染秋的心怀，秋日再萧瑟，也有枫红诉说精彩与情浓。无需信笺与言语，那份情怀在心内。

人生苦短，经历如曲折深幽小径，由春至夏再到秋，正如人的艰辛一生，已过中年将至老年，那是最令人怅惘而心悸的。但依然用欣赏的目光，感恩的心怀，静静地欣赏着眼前的岁月和多彩绚丽的风景。坚信，当生命的繁华落尽以后，手握的一定是从容和淡然，因为，我们早已解读生命真谛，早已真切悦享生命的美好和灿烂，早已能以平常心笑看花开花落。落叶飞尘，鸟儿飞过，曾经来过，曾经美好，此生足矣。

秋，给予人厚重的同时，也令人沉醉痴迷。踏着飘落满地的秋叶，让我再次感悟到了什么叫返璞归真，什么是阅尽繁华后的从容。秋的澄明、秋的多彩、秋的深沉、秋的厚重已随着新增的年轮刻印在我如秋的生命里，在生命的尽头舞动的深沉而凝重的旋律，更缓缓融入并流淌在我鲜活的血脉里。

伴着秋的旋律，到大自然去，与秋风拥抱，与秋雨握手，与秋云合影，与秋华歌唱，与中秋节上天的天宫二号私语……

2016 年 10 月

与冬雪的一场约会

天蒙蒙亮，你轻悠悠从天而降。

睁开眼，看见你来到我的窗前，激动地抚摸着你细腻的肌肤，二十多年不见，你还是那么年轻，肌肤还是又白又细嫩！

“让你久等了，我们约会吧，”你悄悄对我说。我站在窗前，看你在空中飘呀飘呀，看你落在树上，落在车上，落在青瓦上，落在我阳台的紫罗兰、芦荟上……

我激动地下了楼，走在街上，雪下得更大了，许多人都撑着伞。我笑着，走着，你飘落在我头上，衣服上，围巾上。我伸出手接住你，你亲亲我的脸。行走的人们看着我，全身渐渐变白了。

街上人太多了！学校榕树下是约会的地方。我来到操场，有人在万年青前拍照了。我在茶花、桂花树旁、榕树下与你合影！我们聊着：“我等你等了那么久，日日夜夜等着你那份温柔。”“多少次，我想你，太阳把我赶走；有几次到你家门口，大雾又在那守候……”

太多的相思苦，一时难以倾诉。珍惜在一起的时光吧！你在野地里等我。泥地，弄脏了鞋，不怕，只要你在那里！你躺在油菜叶里，我抓一把嗅嗅，还是从前的那股味道，淡淡的清香！池塘边的草丛、树枝间，我走过泥泞路来了。

我们在乡间的小路上走着，边走边聊，在胡豆花旁、在小屋边、在竹林里自拍！

快中午了，我正兴奋地和你说四川、说泸州，说我们乡下这二十多年的变化，说我的生活。走着走着，你不见了！唉，你怎么就走了呢？天上的事你还没跟我说多少呢？尘世的风云我对你说几天几晚也说不完。

你走吧，我知道，你那么美丽纯洁，有很多人喜欢你，很多人为你发狂。短暂的几小时约会，虽有些遗憾，也解了一丝相思苦。

但我还是不甘心，你怎么会不打招呼就走了呢？或许你躲在大山深处，在我们第一次约会的地方等我。下午，我来到泸县桐梓林，呀！山顶白白的，你还未走远！我急匆匆围绕红卫水库往里走，山越到高处积雪越多。山上的松树柏树、蕨草上，山脚农家的屋顶、门前的蜜蜂箱、木头，屋后的腊梅、甘蔗叶上，都有较厚的雪。你就在这里呀，亲爱的！我用红纱巾裹着你，把你拥在怀里，让你贴着我的脸，说着悄悄话。

登上山顶，有的树叶绿里透红，有的树梢上有雪，“像日本看护妇。山尖全白了，给蓝天镶上一道银边。山坡上，有的地方雪厚点，有的地方草色还露着，这样，一道儿白，一道儿暗黄，给山们穿上一件带水纹的花衣。”有一点太阳光了，微风起，那白里带青的山和蓝天白云倒映在水里，彩色的，波光粼粼，一幅淡淡的水墨画！天晚了，人家白色屋顶上袅袅炊烟随风飘散，我依依不舍地下了山。这下没什么遗憾的了！

第二天，天刚蒙蒙亮，拉开窗帘，你给了一个大惊喜！啊，你站在我的花盆里，难怪昨晚我在梦中听见有人唱歌：“今夜我又来到你的窗外，明天下午我就要离开，假如我不再回来，就让月亮守在你窗外。”

四下里望，千树万树梨花开，银白的世界！急忙穿衣洗漱，到楼顶看看，白白茫茫一片！和邻居大人孩子一起堆雪人！一会儿，旭日东升，银装素裹，照在两个雪人的脸上，我们和雪人都笑了！

和同事、学生一起去乡间的冰天雪地！感谢老天的赏赐，太美了！除了路，都是白。走过一段路，拐个一道弯，出现不同的景致！摇动树，雪花洒落在脖子里；老师学生一起打雪仗；捏一个小雪球投在结冰的水田里，看谁的雪球在冰面滑得更远；滚雪球，雪球越来越来大，两个人推，路过的孩子也来帮着。有几个老农看着我们玩儿，也很高兴地说，活了七十多年，从未见过这么大的雪，没见过这么好看的画！

亲爱的，你在等我吗？在枝头、在田间静静地躺着，白得刺眼！我心跳加快，忘情地紧紧地抱着你，吻着你，让我一次爱个够！

你临走前，我装了一桶雪，泡咸鸭蛋。我要把你永记心间！

你送来洁白华丽的世界，你柔美浪漫。我爱你淡然素雅的容颜，爱你自由自在中堆积成千姿百态的苍茫和雪山的挺拔，爱你琼花玉絮晶莹，冰清玉洁，爱你洁白透亮中蕴藏着毅力和韧性，爱你义无反顾以柔弱之体汇成厚厚的温暖，呵护生灵，当太阳出现时悄然地化成清水滋养万物，献出瑞祥！

谢谢你与我约会，让我疯狂了一次。我爱你，川南的雪，你轻轻地来，潇洒地去！

2016 年 1 月

绽放在最冷的季节

梦中，我与你相约了多少次，在虚幻的王国里，梦到你雪中绽开的娇姿，白茫茫大地上独占着一片风光；梦到与你黄昏下对视，风雨同愁。

岁末年初，在你盛开又一个年头时，我华发染鬓，听到了远方急切的呼唤，我终于不顾，走进了成都幸福梅林。

“无意苦争春，一任群芳妒。”走进了梅花丛中，一阵清香弥漫，不由自主地想起陆放翁的这首词。

梅俏不争春，竹篱茅舍，自成风景。朴素的农家小屋，窗临流水，门对青山。屋子四周，朵朵梅花争先怒放，露出幽淡馨香的点点花芯。清秀的粉脸浅笑轻颦，娇嫩含羞，淡淡约约，风情韵致仪态万千，宛如一位清丽的佳人倚着修竹，花簪摇曳，顾盼生姿、脉脉传情，向着窗前款款伸来朗朗疏枝。那是一片红色、白色的梅林，一枚枚含苞欲放的花蕾，一棵棵饱满的相思；一缕缕花朵争奇斗艳，浪漫着满园幽香。与梅花近距离接触，才真正领略震撼人心扉的不是梅花的芳姿，而是她独特的枝干。梅的枝干横斜交叉，曲折蜿蜒，老虬欹曲，花朵疏密散聚，气势沧桑。确如古人对梅树的描绘：“直则无姿，以欹为美；正则无景，以疏为美。”

我伫立在一棵淡红梅前，使劲嗅着她的香味，久久不愿离开。真想和她就这么永远地并肩而立，人与梅花一样清，让梅的魂魄托付我身，“零落成泥碾作尘，只有香如故”，进入“梅花是我，我是梅花”的境界。

古代爱梅的文人多为独具风骨之人，其爱梅咏梅的理由，也正是他们立身处世的准则——维护道义，高标立世。在这梅花中处处渗透出他们理想中的气质和追求。他们的精神化作优美的文字，散发出传世的芬芳，花中有人，人中有花。梅花圣洁、高雅的品质已与他们的精神世界融为一体了。人称“梅妻鹤子”的林和靖，终生不婚，孤高自好，喜恬淡。曾漫游江淮间，后隐居杭州西湖，结庐孤山。他独喜梅花，以梅为妻。暗香浮动里，他品茗吟诗。孤绝的人就是一朵清梅，开得早，只为了与早春劈面相逢。只有早春的清冷才适合梅花，那热闹的小阳春三月和人间四月天是众花们的事情。独占枝头，哪怕开得并不夺人眼目。

今日，阳光明媚。梅林深处，薄雾笼烟，浅浅淡淡的苍然下，但见红衣如流云，黑发若泼墨，淡淡的阳光落在身上，似水一般流连于那翩飞的衣袂间，笼了一抹华丽的金。行止间有水流动的声音，细细的，柔柔的。心也似被缠起了淡淡的涟漪，轻若繁丝。梅花的香味很清淡，没有桂花的甜，也没有栀子花的浓，就如不施脂粉的布衣佳人，令人心旷神怡。

今夜，我闻歌而来。花影月下，缓缓铺开曾经搁浅的故事。

夜风拂动梅林，皎月摇曳一片银辉，月色把树枝上的花朵映照得斑斓俏丽。听，有乐声，纯净的箫声，在梅花诗韵的禅境里，伴随久远的思绪渐渐进入清风冷月的深处，吹起对她一生完美无瑕的念想。

幽幽箫声，如流淌不息的泉水，汇成人生的河流；一串串悠扬的乐音，发自内心深处；箫声敲碎了歌者的灵魂，也敲碎了我隐隐作痛的心扉。今夜，她是否如期而至，是否聆听他的箫声？聆听箫与梅花的浅唱；倾听箫与月夜的梦呓。我在林边伫立良久，与梅花、明月和箫声小憩谈心。

今晚，我倚靠于梅林飞翔的梦幻，期待着落英缤纷，淹没奢望；或期待一阵清风，撷取长歌，去迎候梦里千万次的默想。你与我，月下共饮同醉，同箫共舞……箫声低沉委婉的思念，被朵朵梅花灼烧成点点晶莹的碎片。夜冷如冰，箫声吹响在梅林深处。

我该回去了！

再望一眼那片梅林：生命不很长，却开放在一个最冷寂的季节，唤醒沉睡的灵魂。你的爱情只献给不畏寒冷的生灵，便有痴情的蜂儿，与你亲密地呢喃。

林清玄这样感叹：“能闻梅香的乞丐也是富有的人。现在，让我们一起以一种庄严的心情，走到心灵的花园，放下一切的缠缚，狂心都歇，观闻从我们自性中流露出的梅香吧！”

2018 年 2 月

第二辑

一场相遇，一场眷念

一场相遇，一场眷念

生命本是一场漂泊的漫旅，遇见了谁都是一个美丽的意外，人生的每一场相遇，都是缘分，没有对错。

生命的每一个清晨，都该努力，不能拖延。喜欢冬天的午间，静谧祥和，慵懒惬意，慈悲的太阳在这个季节最温柔，它懂得人间的寒冷，缱绻着缕缕暖意，挥洒怜爱。揽一怀柔情，捻一抹阳光，着一身素装，静坐阳台，目送高飞的鸟儿，看风轻云淡抒悠闲，赏云卷云舒舞自在。

人生就是一场相遇。牛郎遇见织女，留下的是一场缠绵悱恻的爱情，以及每年七月初七夏夜，人们在星空里企望的永不褪色的神话。梁山伯遇见祝英台，留下的是悲剧的化蝶。孔夫子遇见泰山，李太白遇见黄河，陈子昂遇见幽州台，苏东坡遇见赤壁，达芬奇遇见蒙娜丽莎，生命的情境从此就不一样了。

因为三十几年前填写师范的志愿，与教书结缘，就认识了那么多可亲的同事和可爱的学生，有一部分成了知心朋友。因为三十年前下笔书写了情怀，就与写作结缘，因为阅读认识了书中的不少人物和林林总总，因为文学又结识了一些不同风格的文友。今年出第一本专集《心境向暖》，又新结交一些喜欢文字的大小朋友。与职业和各种人物的相遇，都是缘分，是我的福分，我格外珍惜。

我渴望生命里的种种遇见：山间的怪石和树木等我去了解、去惊识；无垠的草原等着我去奔跑；辽阔的大海等着我去踏浪。某本书里有一段话，等我去阅读、去赏析。他们等着，等着相遇的一刻，等着那一刻的激动！

生活总是两难，再多执着，再多不肯，却也不得不学会接受。从哭着控诉，到笑着对待，到头来，不过是一场随遇而安。对别人要求松一点，就不会总失望；对自己要求严一点，就不会总沮丧。

有时候，走过熟悉的街角，看到熟悉的背影，突然就想起一个人。我不是一个坚强的人，但是我知道，有些时候，除了坚强，别无选择。女人如果遇到好男人，一辈子都不需要成熟起来。人的一生能有一个懂你的人，那是人生最大的幸福！这个人不一定十全十美，但他能读懂你，能走进你心灵深处，能看到你心灵的一切。你在他面前就是个透明体，他知道你在想什么，知道你喜欢什么，知道你需要什么。他让你感到非常亲近，和他在一起你会感到很安全，于是他在你的心里就是十全十美的，因为他懂你，在乎你……如果没有遇到这样的人，就爱自己多一点吧！

人生出现的一切都犹如梦境，谁都是无法永远占有。总有一天，我们都会和曾经拥有的一切永别。经过的无论是多么美好，最后终究只是一份记忆，得到的即使不如意，这也是上天的赐予，只有接受。

一场相遇，一场眷念。即使错过也不深究，应珍惜现在。人生如同坐火车，风景再美也是会后退的。人生的任务，一是欣赏沿途的风景，二是抵达遥远的终点；人生的秘诀，就是寻找一种最适合自己的速度，莫因疾进而不堪重荷，莫因迟缓而空耗生命；人生的境界，就是走自己的路，看自己的景，超越他人不得意，他人超越不失志。

生命里，总有一份懂得，百转千回；总有一份不舍，万水千山。无论时光在历史长河中如何荏苒，那些淡淡的暖，纯纯的情，亦如一条清澈的小溪，源远流长。煮一壶思念，研成笔墨，把丝丝柔情镌刻成记忆的篇章，在心里默默诵读。

别怨命，命运没有亏待任何人，只会顺应你的心助你一把。你悲观它会把你推向更忧伤，你乐观它会给你更强的能量。心明则世界明，心美则世界美，心净则世界净。我们改变不了世界，但可以改变自己的心态。

2014 年 12 月

父亲的“读书”情结

十月的一个周末，是侄女九岁的生日，天下着蒙蒙细雨，父亲一早就打电话给我说，下雨也要回来，并带30本我出版的《心境向暖》，他联系的买书的人问了几次了，要我在雨坛下车时给他打电话，他来接我。

车到雨坛刚停好时，我就看见父亲背着背篼在雨里张望。我一下车，他就接过我的包往一个手机店里走，我抖抖他衣服上的雨，他用手巾擦了几下头上的雨。我问他有伞为什么不打，他说：“等了二十分钟车了，先打了伞的，看见班车开来了才收的，怕你看不见我。”他拿出一个大的塑料袋，想把书都放进去，我说我不可能背空包包吧！还剩五本。我看见凳子上有水，他忙从兜里拿出一张纸抹了两下凳子，说：“你就在这里坐着等我，我把这几本书给别人送去，然后去拿一下修的水泵，你看好背篼哈！”我感动地望着父亲打着伞的背影很快消失在人群里。

二十多分钟后，父亲急急地回来了，提着水泵，腋下夹着剩了的两本书，说那两个人没有来赶场，下一场给他们送来。我们准备回家，我说：“您背得重一些，你赶车吧，我想走路，平时每周末都要走几公里。”父亲说，这二三十斤算什么，四五里路，走惯了的。他背上水泵和书，我跟在他后面。

一路上，父亲和我聊得很少，和他打招呼的人很多，听到“你大女儿又回来了！”他一脸的幸福。他走得很快，我要小跑才能跟上。我又高兴又惭愧，高兴的是，父亲今年75岁了，身体还那样好，与四十年前跟他赶集一样，他挑着几头小猪去赶集时，我背一把秤在后面小跑着。惭愧的是，父亲这把年纪了还要为我操心，他背的东西比我提的五本书重多了……

我们到家时，母亲从厨房出来，看见我们父女都走得满头大汗，感慨地说："出书很辛苦，又花钱。干哪一行都不容易！"父亲接过话说："又不是为了赚钱！我帮女儿卖书也不是为了钱！"刚放下背篼，父亲就戴着老花镜在楼上看我的书去了。

吃饭时，叫了几次他才下来，三妹悄悄对我说："老父亲帮你卖书，他可高兴了！他得到的是成就感，是骄傲和自豪。"我们都了解父亲！

就在年初，我跟他说有朋友鼓励我出书，他说："出吧，有什么呢？人活着就要做点有意义的事。"农民父亲都这样说，我就着手准备了。三八节，回娘家住两天，把书稿也带回修改。侄女要找我耍，父亲把侄女喊走，叫我到楼上去，他把门关好，他看电视把音量调到最小，生怕影响我。八月、九月几次打电话问我书出来没有，他说给别人说好的最迟八月底拿书。

我一人走在回来的路上，情不自禁地哼唱："父亲是儿那登天的梯，父亲是那拉车的牛。忘不了粗茶淡饭将我养大……都说养儿为防老，可你再苦再累不张口。"哼着哼着，眼泪就流出来了，这几十年风风雨雨的路，是父亲扶着我走过来的，父亲真是一棵大树啊！

父亲排行老幺，所以，出生1940年底的他，有幸读完了初中。由于他舅舅的成分不好，没有能出去工作，是他一生的遗憾。后来祖母让他学了泥水匠的手艺，他聪明肯学，不到一年就出师了，带了几批徒弟。他一直爱学习，在那个年代，不知道他在哪里弄了一些建筑方面的书来看，那些书的纸张都已发黄，并被翻烂了。改革开放后，凭父亲的手艺和能力，他本可以像其他包工头一样外出挣钱，但上有老下有小的他，只能在家务农。渐渐地，我常看见家里有养蚕、养猪、种柑橘等方面的报纸和书籍。有一次，到老屋去拿东西，无意中看见一把凉沙发上放了一本翻开的医学书。母亲告诉我："你父亲守母猪下崽，晚上就睡在猪圈旁的旧沙发上。"父亲说："没有事就看看你弟弟学医的书，对自己对别人都有好处。"父亲六十多岁的时候还买些兽医方面的书来看，结合自己的养猪经验，给乡邻医猪。前几年，还常出诊。他常说，人就应该活到老学到老。

父亲一直支持我的工作，喜欢勤奋好学的孩子。记得我刚工作，班里有个孩子，很是勤奋，又老实。他父亲死得早，母亲又常年有病。有几次，我看见他中午只吃从家里带来的冷包谷粑或者红苕，便叫他和我们三姊妹一起吃蒸的盆盆饭。我跟父母说后，他们支持我帮助他，并叫我周末带他到家里来打牙祭。这个孩子很懂事，有礼貌，我父母也很喜欢他。我母亲还给他买布做了一件衬衣和一双布鞋。父亲还带着徒弟帮他家修房。他考上中师后，父亲还送了他一支钢笔和一个脸盆，还叫我送他二十元钱。

虽然我们家孩子多，但父亲在那时就资助爱学习的贫困生了！

父亲特别喜欢和有知识有文化的人打交道，他的初中语文老师吴岷比他大一岁，六十年了，一直像兄弟一样来往。吴老师定居新疆和田后，父亲常和他通书信，打电话。他很重视对子女的教育，尽管我们家女孩子多，但他还是克服困难支持我们多读书。记得我读高二时，冬天的晚上在被窝里看书，煤油灯放在床前的桌子上，祖母几次到我房门口说："怕要吃书呢！可惜了煤油！"父亲听到了，就会很生气地和祖母吵："你懂啥子！只要娃娃些肯看书，我晓得想办法弄到煤油！你去睡了，不要影响她！"我儿子刚上大学时，父亲就鼓励他考研，后来儿子没有考研，他叹息了好几次："有机会都不读，可惜了！如果我有这样好的机会，不但要读研究生，还要读博士！"

父亲不仅重视自己的子女和孙辈的教育，还鼓励亲戚家的孩子读书，二伯的外孙，姑妈的孙辈等，成绩好的或者考上大学的，他都要给红包奖励。

农民父亲爱读书，多少有些书生气。我们常听他讲一些古人的故事，还背"三字经"给我们听。七八十年代的时候，每年的春联都是他自己写，我作为一个语文教师写的字远远不如父亲，很是惭愧。他不抽烟，不打牌，不坐茶馆，六十岁后喝点养生酒。他读初中时，跟老师学了拉二胡，还自学吹口琴。一米七五的个头，人长得还算帅气。他年轻时，是大队文艺宣传队的主力，自创三句半、快板、小品，又导又编又演。在没有电视的年代，常能听到我家传出的琴声。

父亲对生活从不马虎，出门时，一定把衣服换了，穿戴整洁，把鞋子擦干净。他每天把家里收拾得干干净净，常洗猪圈，给猪吹电扇，点蚊香。父亲喜欢栽树种花，柑橘树、枇杷树、黄角兰。房前屋后养点花草，修了新房后，父亲爱在阳台和客厅种花，到十几里路的安富镇买大花盆，到种苗圃人的家里去选花。母亲说："有些花过一段时间就枯了，你父亲每年都舍得买几百元的花！"多年来，父亲除了干农活，回家喂猪，其余时间就是看新闻、体育频道和文艺频道，喂鸽子、养花。有时看我给侄儿侄女买回去的书：《青年文摘》《读者》《成语故事》《十万个为什么》等。

今天中午打电话时，父亲说：“你的书我看完了，写得不错！过年我奖励你一个红包！”

我好幸福，好激动！我的好父亲，一个一辈子没有离开过土地且喜欢读书的农民。

2014 年 11 月

冬日里，想起那些温暖

今天虽是二十四节气中的大雪，但天气格外晴朗。心情也不错，想起了一些冬日里的温暖。

记得我读小学五年级的时候，一次排练元旦节目很晚了，张世芳老师叫我和她一起到学校食堂吃饭，和她一起住。她是我的班主任兼学校宣传队的负责人。那天晚上恰好学校食堂老师打牙祭（后来听说半个月才吃一次肉），张老师就跟管伙食的老师说："我多要一份，记在我的账上。"那老师说："肉已经分好了，没有多余的！"后来他们就吵了起来，炊事员李大爷急忙舀了一碗饭，给我夹了几块咸菜，叫我赶快吃。这时，张老师端着她的那份荤菜过来了，几乎把肉都夹给了我。肉是什么味道记不清了，只记得张老师为了我吵架的事。我考上师范的时候，她很高兴，还买了一块做裤子的灰色布料送给我。我1996年去隆昌看过她一次，不知道快八十岁的她现在好不好!

读初一那年的冬天，我早上穿着胶鞋去上学，头天晚上下了小雪，到学校时，鞋面已经湿透了，我赶快到学校厨房的灶下烤，一只光着的脚踩在扫帚上。炊事员李大爷看见了，就把他女儿的一双棉鞋给我穿，让我回教室，他帮我把鞋烤干。几十年过去了，李大爷已经去世多年，现在每当我从他老家过，还会想起那个冬天的早上，李大爷父亲般心疼地对我说："这个死女儿，脚冷得那样红，都生冻疮了。快把鞋换了去教室读书了！”

那年腊月，我还有半年就高考了，每晚母亲会把“烘笼”给我准备好，拿一个棉裙裙搭在我的腿上，我们就在煤油灯下各做各的事。我看书，她纳鞋底，她不说话，就这样陪着我。等我困了，她就去柴灶里把烧红苕刨出来给我吃。我吃过后又有了精神，继续看书。现在我还能忆起那冬夜里母亲的烧红苕的味道。

寒假里，学生王丽不知怎么知道了我的生日，组织了学校附近的八九个同学来到我家。王丽主持了一个小小的仪式——集体唱《我爱米兰》；每人念了他们贺卡上的祝福语，还给了我一个拥抱；我发表生日感言；齐唱生日歌后让我许愿吹蜡烛。他们每人喂我一口蛋糕，沈奕还在我脸上抹了一些蛋糕，与他们同级的儿子还单独唱了《世上只有妈妈好》，说了几句感谢的话。这是我最难忘的孩子们给我过的38岁的生日。

元旦假期，在去峨眉山的路上，同事九岁的女儿如月看见一只小狗在路边发抖，她俯下身摸摸狗，然后对她妈妈说：“小狗好可怜，它好冷！”如月就把围巾取下裹着小狗，抱着狗走了一段路，看见一个打扫卫生的大妈，我们还要登山，就叫如月送给她。如月很不舍，围巾也不要了，一步一回头地走开了！下山的时候，在亭子里，看见两个七十岁左右的老外头挨着头（看样子是夫妻）旁若无人地共看一本书，我瞟了一下，是中文。天上虽还飘着小雪，那条围巾和那本书却给了我温暖！

去年腊月的一天，收到一个快递，忙打开看，是一件红色毛衣，有一张纸条：“杨老师，你一定不记得我了，我是95级的赖加梅。谢谢老师当年的关心，不是你几次家访，我就辍学了，也谢谢你当初送我的棉衣和秋裤，让我度过了严冬。我亲手织了一件毛衣送给你，谢谢老师！祝生日快乐！身体健康！”我想了很久才想起当年那个内向的瘦弱的大眼睛姑娘！

……

冬日里，想起这些点滴，很是温暖！

2014 年 12 月

林中诗人

古典美女雪莉，言语不多，细声细语。她自幼爱好文学，尤喜诗歌，追求真善美。技校毕业，就在泸州青山岭林场工作。1996年就加入了泸州市作家协会，写诗歌和散文诗。

二十几年，就守在山中，她的心灵被慢慢浸化过滤，变得晶莹剔透。一双明澈的眸子观察着绿色的生命，大山、森林是她的生命，是她的亲人，是她的爱人。好像她成了丛林的母体，让万千生命在自己躯体中演绎，这种物我两忘的超脱境界，使她的诗行不染尘埃，清澄、空灵、唯美！

雪莉行走在天然氧吧青山岭，她欣赏这里的春夏秋冬，喜欢这里的风雨云烟。青山岭的每一片叶子、每一根松针、每一棵小草都饱含诗歌的汁液，汩汩涌入笔端。她的梦境镶嵌着朴素的色彩，在大山纯洁的心空，被绿色环抱，被山花簇拥，被轻烟笼罩。在莽莽林海，她尽情地游弋，游向森林深处，畅游浩瀚的书海。抚摸大山油墨的松香和美丽的容颜，她陶醉了，她依这里的山水而存在，活得鲜亮，活出了个性！

二十多年啊，大山深处，每天做着枯燥繁琐的事，陪伴她的是树林、小路、小虫，是山风、明月和鸟声，还有书香。虽寂寞，但并不孤独。她后来懂得了“绿水青山就是金山银山”的道理后，更加热爱这青山岭。

月亮陪着她度过无数的失眠之夜。“我闭上眼睛，躲开虚无、浮华和内心的喧嚣，把头埋进月光，静静地享受上苍赐给我的风花雪月、良辰美景。”远处，树林里吹来的风透着原始的气息，那松涛、海潮，不断地漫过她心的堤岸，再次触到了积存于心的那一湖澄澈的往事，酿成精神的芬芳。她多想和吴刚对饮！

她幻想能成为一座山，默默地奉献：“揽珠圆雨露\揽万千气象……让四季自然地\在我的领地流变转回\把最美的风景\把人类最宝贵的品德都赐予我们\永远照耀着我们卑微的生命。”

她爱森林，爱得如此深沉：“我的森林，我是你头上昂首的松针\是你身上斜蔓的枝柯\是你蓓蕾初开的笑靥\是你峰峦滚滚的绿涛\是你灵魂痴痴的守望……”

她每天巡山护林，独自走在山路上，她与树木为友：莽莽苍苍的柳杉、柏木，挺拔俊逸的马尾松，香气浓郁的阔叶桉、香樟，静静地等她与它们促膝谈心。一些有名无名的鸟儿在浓密的枝叶间飞起飞落，奔走相告，仿佛认定她就是它们的亲人。

一句句娟美秀丽的诗行自她笔下喷涌而出，青山岭已经变成了她的领地和伊甸园。雪莉的诗歌，把简单的生活诗意化，是那样的纯洁浪漫。她是一只栖息于丛林中的百灵鸟，在轻轻浅浅的诗行中，唱出婉转的曲子，在青山岭悠扬回荡！

她的诗她的文如人一样干净漂亮，她在我的空间留言：

“光英老师的书要静心品读，她的文字是她心灵的碎银，是她心灵的诗意的风景……细致入微的描写抒情，行云流水般的空灵意境，足以感知光英老师心灵的洁净和美好！”评论都是诗的语言！

尽管灌藤划破了脸，衣衫擦满松脂，脸被蚊虫叮咬，但为了播撒绿色，为保护青山，她驾着诗歌的三个轮子，微笑着，穿过草丛，走进朴素的森林，给我们留下美丽的背影……

2016年11月

我是母亲的朋友

前年三月的一个周末，母亲打电话说要到我住的镇上买药，在我家耍几天。过了一会儿，父亲打电话问："是你叫你娘到你家来的？"我如实说了！

我有点疑惑。母亲刚到我家，我跟她说父亲打了电话的。她说："你该说是你喊我来的嘛！"

"弟弟他们回来了？是他俩惹你生气了？"我问。"是你老汉儿！"她答。"这么多年了，你生他什么气嘛！"我说。母亲喝了水继续说，因为小事，父亲凶她，话说得重，严重伤害了她的自尊，说着，她流出了委屈的眼泪。所以"离家出走"到女儿这里散散心。我说："至少要一周才回去，让他一人在家，老了臭脾气都不改！"过了两天，父亲打电话给母亲，问她什么时候回去，杀黑鸡煨天麻吃。住了三晚，母亲一定要回去了，说家里母猪要下崽了，很多活，父亲一个人忙不过来……不管怎样，善良的母亲还是心疼勤劳的父亲，常说父亲一辈子都累，没到哪里去耍几天。四年前我满足了父亲坐飞机的心愿后，母亲又对我说，什么时候陪你父亲到成都耍几天。

我的母亲虽是个农民，但她念了六年书，也喜欢唱歌跳舞。二十出头的时候去培训了几个月，当过十年左右赤脚医生。所以她比同龄的农村妇女多点见识，也多些烦恼。

母亲有很多委屈。祖母重男轻女，母亲生我和二妹时，祖母还可以，以后母亲生了妹妹们三天就自己做饭吃。那时候父亲早出晚归，祖母和她吵架，她就哭。最后生了弟弟，祖母才对母亲好些。

记得我十五岁那年，几姊妹和母亲一起到外婆家。不久，我到外婆房间，看见母亲站在三个姨妈中间，面向坐在床上的外婆抹眼泪。三姨说："你的大女儿都长大了，有什么事跟她说，叫她说说她老汉！"当时不知道父母之间发生了什么，我就出去了。等我当了母亲之后，母亲才渐渐跟我说了些她和父亲之间的事。母亲说："你老大，我只跟你说。"我们母女渐渐成了好朋友！

我工作的地方离娘家只有二三十公里，以前，基本每月回去一次。近十几年来，我回娘家，一年有几次是和母亲在一张床睡觉，常常聊很久。冬天，母亲抱着我的脚睡，虽然她皲裂的手有时割我的脚，但是我也不觉难受，享受这不多的温暖时刻！夏天，母亲把蚊子驱了，放下蚊帐，把小电扇放在床上后，叫我先睡……

孩子永远是母亲的心头肉。子女幸福，父母就高兴！我常把写着与她有关的稿子打印出来，带回家给她和父亲看，如写舅舅、姨妈的，写父亲修房子的，写带她旅游的，写她做布鞋、做咸菜的等。母亲常在妹妹面前夸我："你大姐从小就勤快，割草挣了很多工分；她工作干得好，得了很多奖，她的学生对她又好……"二妹说："是！你的大女儿是你的骄傲！"

手心手背都是肉，每个孩子都是母亲的骄傲。母亲常说起她每个孩子的优点：老二，爱干净，字写得不错，在公司常评为先进；老五，对人和气，老实勤快，对婆婆妈好，周边人对她评价高，所以药店生意一直都好；老幺，肯吃苦，做事踏实认真，哪个老板都喜欢他……她的孩子个个都勤劳善良，聪明能干！

子女多，父母操心。我尽量不在父母面前诉苦，也常安慰母亲——改变不了别人改变自己；现在生活条件那么好了，活久点；你孩子多，可以到处耍，女儿们常给你买吃的穿的，五妹他们常给你看病拿药；你比我们有福气……

母亲不想麻烦子女。2016年初，我给她在泸县喻寺镇卫生院联系好了白内障手术。办了住院手续，等三天后的下午泸州的医生才来动手术！我说周一下午五点我们要开会，我请个假。母亲说："刚开学就请假，不好吧！你没有去，你不晓得给你安排的任务。有你四妹一人就行了！"但我还是请了一个早退假……母亲在我家住了八天！动手术前，还帮我打扫卫生。早上，看我八点还没去学校，就说："耽误你上班没？"中午吃了饭陪她坐一会儿，她就催我："你去睡吧，每天习惯了的！"我午休时，她叫四妹把电视音量开到最小。晚饭后，又叫我和四妹出去走走。说我平时都有散步和跳坝坝舞的习惯！——我的母亲，生怕打乱了我的生活，怕麻烦了我！

母亲常说我懂她，陪她最多，常带她出去耍。我常跟她聊高兴的事，聊她感兴趣的话题。有两次在我家耍，我拉二胡，拉一些老歌的曲子，她跟着哼唱。我耐心倾听她的唠叨，虽然有些话听了无数遍。我每次回去都会买点他们喜欢吃的东西，每次旅游带点小纪念品给她……

有一年过母亲节，我请老家邻居带了拔丝蛋糕和苹果回去，母亲收到后，很高兴地给我打电话，说这几年才知道有个母亲节。当父母的多容易满足啊！

在母亲眼里，我们都是孩子。母亲听说黑鸡煨核桃花能治眩晕病，就想喂几只黑鸡送我们几姊妹，结果只养活了一只，她很内疚。母亲常对我说，写作亏脑筋，让我以后少写或不写了；退休了就好好耍，趁能动就多出去旅游。今年三月底，母亲和我一起参加我学生的婚礼，我要代表证婚人发言。她一会儿弄一下我刚盘的头发，一会儿帮我牵围巾，还叫我再熟悉一下稿子，见我听话地拿出稿子，她特别高兴。

父母老了，几个子女都不在身边，近十几年来，只有还在上学的侄儿侄女陪着他们。母亲今年79岁了，精神状态远不如前些年，年轻时拼命地干重活挣工分，又生养了那么多孩子，身体每况愈下：腰椎间盘突出和骨质增生等病困扰着她。她的背驼了，腰弯了，视力下降了，牙齿掉了，血压高了，记忆力不好了，说话更啰嗦了，也不能远行了。

不知道我们还能吃多久母亲种的菜和养的鸡？也不知道我这个女儿朋友还能陪母亲走多远！

2019 年 4 月

怀念我的两位恩师

王申叔老师

这几年的清明节，我回老家时，就想去看看葬在山坡下我的王老师，给他上一炷香，在坟前和他聊聊天。

2015年1月23日，教我高中语文的王申叔老师永远地离开了我们，享年89岁。四年多来，我常忆起四十年来王老师对我的关爱，脑子里呈现出一幅幅王老师生前的画面。

王申叔老师，泸县人，1976年从合江调回泸县雨坛中学。后调到喻寺区教育办公室任语文教研员，退休后被教研室请回，又工作了几年，上中师函授课。我们高79届的学生是他的关门弟子，他很爱我们，我们也很尊重他，所以几十年了，我们同学都和他有来往。

恩师啊，您是我的引路人。记得上高中的第一次考试，我的数学考得很差，中午我在办公室耍，您就对我说："杨大，不去教室看书！看看你的数学成绩，后面再加一个零就好了！"老师啊，您的这句话，点醒了我。我从头学起，数学成绩一次比一次好，其他科也有进步，高考时我上了中师录取线。您对工作负责，一丝不苟，常教我们做人的道理，有一次，因为我不守纪律，您把我骂哭了！我知道您的严厉是对我的爱！

老师，是您引导我走上了文学路。高中时，每周都写作文，您布置的两个题目我都写，您都要全批全改，常把我的作文当范文在班上念。读师范时，您鼓励我多阅读；工作了，您指导我的作文课；看见我的文章出现在小报上，把样报亲自给我送来。您借了很多名著给我看，还把看过的杂志送给我，如《红岩》《十月》等，至今我还保存着十几本。后来，我发表的文章多了，您鼓励我出书。我想，您那么爱文字，那么爱我，我的成绩就是对您最好的报答，也怕您看不到我正式出版的书了，就在2008年初，我选了近50篇文章，打印装订成册，取名《感谢温馨》，请83岁的您写了序。2014年10月，当我把正式出版的散文集《心境向暖》送到您手里时，您微笑着，看看封面，看看作者介绍，翻翻目录，不停地说："杨先生，不错！"……没想到三个多月后，您就走了。

老师啊，我时常翻阅您给我的一些书信，看着熟悉的字迹，想想我的成长，离不开您的引导，我把它拍下来保存了。记得在雨坛读书时，我们打着饭在食堂门口吃，您常把在食堂分得的一小半碗菜夹点给我，十天半月才打一回牙祭的肉也给我几块。我考上师范，您很高兴，还送我一本《现代汉语小辞典》。去叙永读书时，我每次去和回都要在您那里报到，用您的饭菜票在你们单位食堂吃饭。您的几个老同事都对我说："你是王老师最爱的学生！"读师范的两年您给我写了十几封信，鼓励我要为当一名优秀的人民教师打好基础，教给我一些主动充实自己的方法。刚工作的几年，您给了我外出听课学习和上公开课的机会，使我很快成为教学骨干；儿子考上高中和大学时，您还送礼物鼓励他。

老师啊，生活中习惯了有您——教学上遇到难题或者公开课要请教您；您退休在喻寺时，我一个月至少带孩子来您家耍一次，常在您家吃饭；我优质课或者哪篇文章获了奖，首先要和您分享；过年了，习惯给您拜年；教师节、您生日时给您电话，习惯听到电话那头的您很高兴地说：“杨先生啦，好久没看见你了”；您到泸县二中后，我习惯了去福集监考或学习时对同事说：“我要去看我王老师！”爱听您问起我的儿子和家人，问起同学的情况，问起我教高中的感受；习惯了我们同学聚会时请您和王荫槐老师，您不怎样动筷子，就一直笑着看着我们；习惯了在我的每一届学生中骄傲地说起我的语文老师，读我写您的稿子给他们听，聊起我们深厚的师生情……老师啊，四十年的师生情，我成长的点点滴滴，怎离得开您呢？疼我爱我的您，走了四年多了，我常在梦中见到您！

敬爱的王老师，您是师长，您更像我的父亲。师母和您的几个儿女也把我当成了亲人，他们帮了我不少忙。您走不久，师母就病了，病得有些糊涂了，但师妹给她看我的相片，她还认得……去年，师弟请我去他贵州的学校，我怕累，也怕背井离乡，没有答应，您不会责怪我吧？

王老师，虽然您离开了我们，但您正直无私、热爱学生的优秀品德和兢兢业业的工作态度永远留在我的心中。老师，我也像您一样爱我的学生，37年的教学生涯，每一届的学生都与我有联系，他们对我很好，我很欣慰……

老师，您对我的爱我会铭记在心的，千言万语表达不尽我对您的感激和怀念之情！

2019 年 3 月

王荫槐老师

教师节到了，我特别想念我的高中老师王荫槐。

2016年初，王老师患脑溢血，三次手术治疗。不幸于2020年8月9日去逝，享年78岁。得知噩耗时，我哭得很伤心……

王荫槐老师，1942年出生于泸县雨坛，先在雨坛邹寺村小任教，后任雨坛中学教导主任、喻寺镇中学校长。他是我的老师，后来成了同事。近五十年来，一路关爱，似父亲，师生感情无比深厚。

王老师家庭成分不好，性格有些内向。他在泸县六中初中毕业后，被分配当小学教师。他与同学加同事的李老师结为夫妻，育有三个儿子。二儿子幼小失聪，二十多岁时误食药物而亡，他和李老师悲伤和内疚了好多年。

我在2014年的《感谢一路有你》一文中，写了我从小学三年级起，王荫槐老师引导我成长的许多感人事迹。非常有幸，几十年来一直得到他的厚爱！

王老师深受大家的爱戴。得知他去世的噩耗后，几个微信群都在悼念：老同事王生力说：“王荫槐老师仙逝，令人痛惜！为人师表，堪称风范。业务精通，还勤学不止；团结同仁，顾全大局；爱生如子，关怀备至！”同事伟刚：“老校长走了，我很难过。他的好说不完！”学生黄常明：“龙洞山顶的内操场，四方小小，有您矫健的身影，抑扬顿挫的声调……敬王老师！同时也很感恩那些年雨坛中学的所有老师。你们用自己的理想、热情与无私，将雨坛的教育书写成一个巅峰时代！”

大家都记得王荫槐校长的好，都说他兢兢业业、正直无私，清正廉洁。一年后，王海舟在悼念他的文中写道：

“槐兄可谓才德双优。他担任雨坛初中学校教导主任。平时无偿为老师代课；节庆时热心协助班主任指导排练文娱节目。他爱校如家，特别是在假期中，学校大小杂务工作，不管分内分外，均主动承担，从不要报酬，深受全校师生爱戴。

“喻寺镇中于1986年从零开始兴办，困难重重。两年内，先后两任负责人都畏难而退。1988年秋期，槐兄受命于危难，接替了负责人的工作。他为了校舍建设的规划、征地、农户搬迁等，不知跑了多少路？费了多少口舌？熬了多少夜？终于，新的教学楼、教师宿舍、食堂建成了，操场、围墙完善了，功能齐全的独立校园展现在喻寺场上。随之教学秩序规范了，教育质量突显了。获得了‘三级合格初中’招牌，槐兄才正式被任命为‘泸县喻寺镇初级中学校长’……学校修建，正规渠道招标。包工头是我们村的，他说：‘王校长太正直了，从不要好处。’因工作来校的上级领导，即使到了饭点，他从不主动挽留公款吃喝。正常接待的，对口作陪，他很少参与。各个招生学校给他的个人回扣，若是推不掉，他便立即交给了出纳。处于那时的风气，多数校长是做不到的……他心中装着全校教职工，关心其切身利益，如某人评职称，他亲自去县上争取指标，该君如愿而得……”

读了此文章后，许多熟悉他的人留言——

镇分管老领导：“王校长虽然文凭不高，但知识面广又不断学习，既是一名好老师，更是一位好领导。我们怀念他，是因为他的业务水平、工作作风、人格品质。他是值得敬佩的不可多得的人才。”

同事宗群：“王老师真的很好！我刚工作的时侯，他是教导主任，听了我的课，笑着与我交流，委婉地指出不足，又叫杨大姐帮助，让我成长得很快。”

同事小涛：“走了几个学校和单位。王校长是最有才、最公平、最清廉的领导！”

学生富美：“王主任是我的化学老师。他上课特别认真，通俗易懂，百问不烦。同学们都非常喜欢他。”

学生培芳："在我读小学时，有这么一对夫妇，都长得慈眉善目，说话温文尔雅。每次碰到，都是一身清清爽爽，满眼温和从容的样子。他们就是王老师和李老师。他们就是我心目中，中国知识分子最美好的样子。"

……

王老师，我怎能忘记，在喻寺镇中那段时间，我们母子得到了您一家的不少关爱，也是同事们都知道的。我永远是您和李老师的孩子。

2014年11月，您看完我出版的散文集后，特意打电话说："写得好！有些篇章我都看流泪了！"近五十年来，您不停地鼓励我。我敬爱的王老师，这一生遇到了您，是我的幸福和骄傲呀！

安息吧，老师！这一年多，我常与李老师联系，也几次去看望了她。我会永远记住您：博学多才，不停学习、认真负责、正直善良、心底宽广、爱生如子……

王老师，我永远的恩师！诉说不完，感激不尽！

2021 年 9 月

常记着那份同事情

快退休了，很留恋和同事在一起的日子，感激三十多年来一路上陪我成长、历经风雨和一起变老的同事们。特别是在喻寺镇中和泸县六中的二十多年。

昨天晚上九点四十分左右，家里热水管的开关和厨房里的总开关同时爆了，水很大，在房里四溅。我惊慌失措，平时楼上的小梁一家帮了我很多忙，前天他才冒着被蜇的危险，取下了我家墙上的马蜂窝。我急忙去叫小梁，他赶快跑到楼下后阳沟去关了总开关。这一关，有五十多家人用不上水了。他又跑到学校拿工具来修。从昨晚一直到今天八点半才打通水管站的电话。打了五次电话，足足等了两小时，两个师傅才来……

此时，想起同事对我的帮助，说得上有求必应。

在喻寺镇的这个房子住了快二十年了，水管、电路常出毛病。

记得有一次，天很热，晚上近十点的时候，我家突然没电了，看保险丝是好的，便立即给距离我家有十多分钟路程的学校陈师傅打电话，很快，他骑着自行车来了。原来是闸刀的问题，他又去街上帮我买，说他熟悉些，卖货的人会给他开店门的。半小时后，陈师傅帮我修好了闸刀，空调可以用了，陈师傅水也没喝一口就走了。看着大汗淋漓的陈师傅，我很是感激。

刚调到喻寺镇中时，只有我们母子俩。搬家那天，四五个新同事帮着把车上的东西搬到家里；几家人买了煤，小飞就帮着把煤挑到我住的三楼；停水，兴贵就帮忙挑两桶井水；外出学习，绍春照看孩子四五天。几个喜欢打球的年轻人，耐心地教我儿子打篮球、踢足球，儿子不仅身体长好了，也变得乐观开朗了；参加县级竞赛课，大家真心指出不足；学生流失，学校没安排，科任老师主动陪着我一起去家访……记得一个寒冷的冬日，半夜，孩子发烧，难受得大哭。隔壁的晓飞夫妇听到后，敲开我的家门，立即帮我把孩子送医院。一个帮忙背着孩子，一个打着手电筒，陪着我们去医院打针拿药。耽误他们一个多小时，第二天平还有早自习。

2000年，年轻的体育老师丁丁，从成都给我们乡村老师带来新鲜事物——计算机。学校有了电脑，老师们很想学。2001年，丁丁不要报酬，利用晚上的时间给老师上课，教计算机知识。夜晚的微机室，灯火通明，老师们学得很认真。丁丁洪亮的声音回荡在教学楼，他耐心地手把手地教同事们。一学期后，我学会了基本的word文档和电子表格等教学常用技能。2002年6月，丁丁带我们四家人去泸州买电脑，他反复比较，挑选了满意的电脑，回来后，他一家一家地安装，没有吃我们一顿饭。有一天晚上，我在修改第二天县级公开课的课件，电脑突然坏了。我急得没办法，给楼下的同事伟刚打电话，他来看了看，还是不行，说只有请丁丁来解决。我一看时间，晚上十点二十分了，外面又在下雨，我明天一早就要坐车去县一中上课呀！电话打过去了，没人接。打第三次，通了，丁丁说感冒了，睡得早。他还是打着伞走了二十多分钟，来到我家。听到他不断咳嗽，我很过意不去，给他煮了一碗姜汤。二十分钟后弄好了。丁丁用手捂住口鼻咳嗽了几声，说："是你杨大姐叫我，我才来。"我感动得只有说谢谢。我目送他，深夜，他的咳嗽声和撑着伞快步走路的身影渐渐消失在灯光微弱的街口……

前几天，接到丁丁的电话："在喻寺镇中，你是我最敬佩的人。你退休了，我想请你和韩老师来杭州或者上海耍……"

2003年，喻寺镇中与六中合并了。没几年，丁丁辞职了，我们一直没有联系，两年前加了微信也没聊几句。突然请我去耍，是喝醉了吧？后来又打了两次电话邀请，聊了很多，我才相信他是真心的。他学的体育专业，为什么精通计算机呢？他说："相信知识可以改变命运，大一下学期开始，我把计算机本科和研究生的书全部买来自学。没有电脑，等学生上课后，我才有机会上机。两年多时间，无数个通宵，是一行行的命令和代码试验。现在感谢当初的毅力和基本功。我是信息技术的坚持者，工业互联网的时代终于到来了……"挂断电话，他又微信留言："你是我敬重的最不能忘记的人，不是因为你书教得好，是因为你的人品！我已经到上海工作了，真诚请你来耍。你退休后还可以工作】，高质量的生活是有所为和有所活。"与丁丁共事的七八年间，除了电脑方面的事，其他没有什么接触。他离开学校十几年了，还一直记得我，并真诚邀请，我高兴，很感动！

到泸县六中，我负责学校古榕文学社，当了十三年指导老师。在办公室紧张的情况下，李校长专门留一间文学社办公室；团支部书记洪林手把手地教我编辑排版；油印室喻师傅常晚上加班，按时把《古榕》印好；祖泉、世忠、洪林、友群等不问报酬，给文学社的孩子讲座；办公室和家里电脑出毛病了，童老师不分上下班时间也要及时修好。七十周年校庆时，我建议出一本彩色封面的《古榕》送校友，王校长当即就答应了，祖泉写刊名，洪林收集了六篇老校友的稿子。有了同事的支持，文学社越办越好，自己有了成就感和愉悦感。

一次我感冒了，身体极不舒服，恰逢我值周，中午要守学生，我跟同事天池说："帮我守两个中午，下周你值周我换一下。"后来我两次说我帮他守两个午休，他都说"不"……

生活和工作中还有很多同事帮助过我，都留在我的记忆中。

2014年，我出版了一本散文集，有的同事找我买。这本散文适合学生读，本校和调走的同事们帮我向学生推荐了书，如三中的魏亮，帮我出了很多主意。很多同事都尽心帮我！

前年体检后，医院打电话要我去复查，同事们安慰我。去拿复查结果那天，我很紧张，刚到泸州城北医院，佳英、顺富就打电话问情况，知道没大问题才放心！

在现实生活中，很多人都说，除了借钱什么都好说。去年九月，我买房急需钱，就在微信上跟四位同事语音留言借钱的事。一个小时内，没问有没有利息和什么时候还，十四万就借到了。我当时很是感动，特别感谢他们向我伸出援助之手。后来才知道，小莉是找她姐姐借钱来转给我的……

我是一个乡村教师，我的同事真诚朴实。单位就是一个社会空间，它是属于你的熟悉、温暖、安全的天地。在这里，工作上齐心协力，相互帮助；在这里，你来我往，可以有亲切的"胖校、杨大姐、张四、菊阿姨、煤炭"等称呼；在这里，闲暇时聊聊八卦、开开玩笑，一起吃饭散步，一起逛街旅游……

离开的同事成了我的背影，而我也马上就成了他们的背影。

同事是缘，同事之间的情谊简单而又珍贵，每当我从心底去触摸和回忆这份情谊时，在轻松和感激中，深深觉得同事是我泥泞路上的拐杖，是日常生活的水和灯，是人生舞台上一首首动听的歌！

谢谢你们，我亲爱的同事！

2018 年 2 月

补记：

我退休后，住泸州，老同事照样乐意帮助我。如，我需要找课件，杨顺、利华、陈莉等即刻找给我；我三次要表演朗诵，配乐都是请童老师剪辑的，有时要反复弄几次；丁丁在春节时回到泸县，请老同事聚餐，并买慰问品看望两位长期有病的同事……

2022 年 1 月

窗口飘来的琴声

在我住的小区，早上和傍晚能听到的琴声，就只有两处的二胡声。但在抗疫情居家的二十多天里，上午到晚上，还能听到钢琴、大号和小提琴的声音。

小区里琴声悠悠，也给宅得无聊的人一点安慰。

近两周，我在家看书时，从楼上传来电子琴的音声。每天上午约一个小时。

如果楼上的琴声悦耳动听，我倒是很高兴。因为我是很喜欢音乐的，我习惯听着音乐看书写作或做家务。

但这么多天，楼上窗口飘出的曲子从来没变过——《卖报歌》，就是这么简单的曲子，还从没听过一次完整流畅的，总是弹不了几个音节，就跑调了，又从头再来。

我想，现在的许多家长都爱跟风，别人家孩子学吉他，我家小孩就要学钢琴或架子鼓。但有些孩子没兴趣也没天赋，大人又何必天天逼着这么练。隔壁的孩子怕都把曲子听会了，这孩子还弹不成调。每天听到这不着调的琴声，我都感叹：是教育出了问题，还是做父母的不想孩子输在起跑线上！

我总想找个合适的机会认识一下这个孩子的家长，顺便问问孩子的功课和练琴情况，再寻机建言，也许会对这家孩子的父母有点指导性，毕竟我是教师，在教书育人方面还是有那么点经验的。

但总也遇不上。我感叹城市的水泥房子和防盗门，把邻居都隔成了陌生人，搬进新居一年多了，同楼的邻居，只认识一户有小孩的人家。

一天上午，我正构思一篇征文，楼上那不着调的琴声又响起了，我忙把窗户都关上，以减轻噪声干扰。这征文稿明天就截止了，我有点着急了，听着这琴声比以往任何时候都刺耳。我也没多想，戴上口罩来到楼上，敲响了那家的门。

“等一会儿，我戴口罩”，开门的是一位头发花白的老人，面熟，我在小区里见过几次，她总是提着菜走得很快。没等她开口，我强装笑脸说：“大姐，我是楼下的邻居，你家孩子弹琴的声音可不可以小声一点，我今天要赶一篇稿子。”大姐微笑着说：“不好意思，打扰你了。常听到楼下的二胡和古筝声，原来是你，真羡慕！”

这时，一个十来岁的男孩走过来，手在抖动，很吃力地说出含糊不清地话语：“奶奶，快来看我弹琴！”看那孩子的样子，就知道有残疾，因为小区对面就是特殊学校，常看见家长接孩子上下学。大姐摸着孩子的头说：“幺儿，乖，你休息一下，去玩一会儿玩具。”顿时，我有点同情他们祖孙。便站在门口，和她多聊了几句，原来，大姐在教孙子练电子琴。大姐说，孙子两岁时就检查出来不正常，五年前有了小孙女。儿子开挖掘机的，三年前和儿媳离了婚，孙女跟儿媳。听说练琴能锻炼大脑，还能使手指灵活，于是买了一个二手电子琴，她陪着孙子一直这样练了近两年，只稍会弹《小星星》和《卖报歌》。上学的时候，吃了晚饭练一个小时。现在放假在家就上午练。说着，大姐指了一下靠窗的那台有些旧的电子琴。

我原来为什么没听见楼上的琴声呢？是傍晚的小区很闹热，还是晚饭后我们散步去了？

看着流着口水自言自语玩的男孩，我说：“幺儿，等疫情过了，我教你弹《春天在哪里》！”

回家后，在“555｜555｜”的琴声中我很快完成了征文稿。

从那以后，每天上午我也弹几遍《卖报歌》。再听到楼上窗口飘来的琴声，竟感到无比的亲切、美妙和动听。

2020 年 2 月

来自学生的幸福

从成都回到喻寺，下车拉着行李埋头走了不远。突听“杨老师！”抬头一看，一个帅哥，是学生，面熟。“你知道我的名字不？”“×贤树”。庆幸，姓说错了，名还对。“我送你回家。”“不用了，五六百米！”“天热，拖着行李，我开车送你回家。”简单聊了几句，知道是94届的，在重庆开县教高中，今天回老家看母亲。到我楼下了，还把孝敬母亲的礼物分了一份给我，把行李箱给我提到四楼家门口，转身走了，幸好在车上我们留了电话。当初每周只上他们班两节政治课，他很优秀，毕业21年了，还有印象。

前几天，在成都，贤彬和祥桃问我什么时候回老家，他们过几天要回去，开车来接我。我说不等了，坐大客车不晕车。结果还是学生把我送回家的！

我是一个幸福的人，除了享父母亲人、朋友的福，还享学生的福。

我从参加工作到现在，教了多少学生没有统计过，三十多年来，和他们一起成长，得到了不少帮助，享了不少福。

一

那些书信、贺卡和短信。

当初因为身高不够没有读中师，后考入天津大学的正根，现在德阳工作。到大学的前两年，他每年寄给我的新年贺卡上是天津大学的校园。他给我写过几封信。毕业后一直没联系，直到去年才联系上。三十多年未见，当他车刚停稳叫我时，我还是一眼认出来了。后来他在微信留言说："杨老师，看到小师弟的幸福，我非常高兴。再听了一段恩师您的精彩'教课'，我很感动，又让我回忆起三十二年前您的教诲！我永远记得您帮我联系农中的熟人，和王荫河合住；永远记得您从我碗里分出一半我妈炒的酸菜而把您有肉的菜分给我的情景！老师，永远谢谢您！"而我却一点没有印象了。

原来没有手机和网络，毕业后学生和老师联系的不多，只能写信或寄贺卡。印象深的是：俊逸、秀兰，坚持十几年给我寄贺卡。成猛，常给我寄明信片，先后送了我几幅他自己创作的画，还有几盘磁带。三年前，成猛从北京寄来他特意给我制作的一个保温杯，杯子上印有他们1987年的毕业照。独一无二的，难得呀！

电话网络方便后，节日、生日，坚持给我发短信的有十几个学生。

前年教师节，忠富给我写了一封信：

"杨老师：在我的记忆里，1982年秋期您接我们初二的语文兼班主任。当时的您，不到二十岁，大家认为您管不住我们。但在课堂上，您严肃认真、幽默风趣，讲得有声有色，同学们都喜欢您的课；课外，您常找学生谈心。课堂上您是严师，课外，您却像一个大姐姐，把师生距离拉得很近。您把班级管理得很好，常搞一些我们喜欢的班活动。您常说，该学就认真学，该耍就耍，学校生活应该是丰富多彩的。1983年春天，您一个人带我们到离学校七八公里的大山搞野炊，那顿饭让我们终身难忘。您让我们度过了愉快的初中时光！

“杨老师，我喜欢您，还得从一件小事说起。那是1983年的三月份，那时的三月说得最响的是‘文明礼貌月’。我家离学校较近，经常自愿留下帮助离学校远的同学打扫教室和公地。我的这一行为，被细心的您观察到了。周二早上，您在进校门的黑板上，用彩色粉笔在表扬栏写上：‘助人为乐的同学——殷忠富’。第一次在学校黑板报上得到表扬，我心里美滋滋的，脸微微发烫，觉得好光荣。您的这一表扬，更促进了我对班集体的热爱，促进了对您的热爱和尊敬，促进了对您所教语文的喜爱。在以后的语文课上，我比原来认真，特别是您朗诵诗词和散文的那种感情、那种腔调更让我喜欢。我常在家里学着您的模样，模仿您用抑扬顿挫的语调朗诵课文。那时的我，就想长大后成为您一样的老师……在我当民师的十一年间，您教书育人的方法给了我很多帮助，让我在教学上取得了不少成绩，也像您一样赢得了家长、学生的好评。感谢您，我亲爱的老师，在我人生路上有十多年成了您。三十多年了，我一直没有忘记您的好，您是我的良师益友……”

现在还能收到手写的书信，真是幸福！

二

孩子们还帮我做了很多事。

德富，我第一届的学生，最让我感动的是，十年前，帮我七十岁的父亲办超龄保险，转户口、开证明等一切手续弄好了，我才知道。是他默默地帮助我家，关心我，就像弟弟一样！谢谢懂得感恩、重情重义的大徒弟！

87届的加群，辍学后不嫌报酬低，帮我带了半年小孩，一直有联系，我们成了知心朋友。

那年，我调离桐兴中学后，九月的一个周末，94届有七个孩子步行六公里来喻寺看我，给我带了些水果、糖等小礼物！有的给我挑水，有的弄楼顶的花台，邀我到相馆照相！毕业后，海泉在喻寺卖灯具时，还送给我一盏台灯，至今还在用；陈波从浙江给我寄过电子表。

95届的光伦，上学时很用功，很踏实，是学习委员。他帮我挑水，家里杀了过年猪，给我拿肘子来；请我到他家吃饭，有时周末陪我儿子玩儿。毕业后，他一直记挂着老师，那年我到泸州改卷，特意请我和我的同事到江边吃鱼。以后，回喻寺时，也常来家里看我。有车后，三次请我到泸州周边和贵州旅游。

98届的翁彪，班长，常帮我在粮站买米，我外出时，晚上跟我儿子作伴。几年前我去昆明耍，请我和妹妹一家吃饭。每年都给我拜年！

高2006届的红燕，她的作文《走进高一》，我推荐到报上发表后，她更有自信心了。读大学时织了一条围巾送我。九年前的冬天，我妹妹从乌鲁木齐飞成都，到成都半夜两点，她帮我接机。她后来结婚到新疆库尔勒，每年都给我寄红枣、香梨、葡萄等特产。

三

从未联系，一样热情。

2011年暑假，昔端听说我在昆明妹妹家耍，请我和三妹到他木雕门市看了看，二十多年不见了，还是那么热情，请我们吃饭，并送我礼物。

七年前，92届李林请老师聚餐。十八年不见了，见到我的那一刻伸出双臂拥抱，除了亲切的问候，又是倒茶，又是夹菜，还请我们去隆昌耍了半天。

邹丽，87届一班的班长，在2013年春节他们班同学聚会时才联系上的。她看了我写的参加他们聚会的文章后，给我留了一段几百字的文字，大概意思是，我是她的师姐，从她读小学时就听她班主任方老师常提起我，说我是她的偶像；她住在崔老师寝室，知道我的一些私事……慢慢地，我们的距离越来越近，聊她的孩子，聊她的生活。我出书，她支持。每次去成都她都要请我到龙泉耍。前年暑假，她和祥桃特意陪我去都江堰耍。

那年春节，陈友知道我在福集参加87级一班的聚会，很激动，晚上打摩的专程来看我，说二十多年不见了，很想念。

“老师，书收到了。淡雅、温馨、暖心……《心境向暖》很适合学生读，都是很温暖的美文……老师，你的文笔一直都很好，很佩服你坚持了这么多年。真心感谢，那时你教会了我们很多。一直记得你的作文课，现在我教学有时都在回想你的方法。现在我成了你，更能体会当老师的辛苦和幸福！”这是在叙永某中学任教的田丽，给我的QQ留言。一个阳光漂亮的女孩，毕业十年后，在2013年的泸州市创新作文大赛上遇见，她很激动。她知道我退休后到叙永新苗学校支教，周末开车专程来摩尼看我，还给我带来她亲手做的高山全鸡多菌汤，说跟婆婆学的，炖了四个多小时。那幸福鸡汤的独特味道，永远难忘……

2002届张益，在厦门，已是两个孩子的妈妈，近几年，我生日时，不是给我发红包就是寄茶叶或送花，附言：“亲爱的老师，永远年轻！”

四

我出书，学生给力。

那年我的散文集《心境向暖》出版，得到孩子们的大力支持。那段时间有学生主动加我QQ。每一届的学生都有买我书的。

有的看了书后，还给我留言。95届的代丽，读初中生时，我们母子是她家的常客，现在的她，在北京的一所学校任教。朋友圈里有一段很清新很温暖的文字："快递小哥刚刚送来了昔日恩师撰写的散文集，好生激动，晚饭没吃就捧书细细品读。淡雅的文字如山间的涓涓细流，洁净而温润，舒适而静心！书中的一些人和事仿佛也把我拽到了二十年前的懵懂时光。感谢您当年像妈妈一样包容我的放肆和任性，像姐姐一样与我分享文学和音乐，像朋友一样与我讨论理想和人生！请原谅忙碌的生活让我曾经暂时将您忘记，但即便是从未联系，您一直在我心里！谢谢您让我看到了淡定的人生不寂寞，愿您这如丁香般的女子永远优雅而芬芳！"

只读过初中的小会留言："老师，你的书，在平凡的故事里表达出了你对家人、同事、朋友的真挚情感。老师做任何事都很认真，不怕吃苦。在你的书里面我也找到了很多在02届四班的回忆……总之，能做你的学生，我觉得很骄傲，我一辈子都不会忘记你这位好老师。"

初一的孩子，拿到我的书后，请我签名。我给孩子激励语，如："书是最好的化妆品，让你更美丽！""阅读让你看到更美的风景！"等。我又根据名字的含义来签……孩子们拿着书满意地离开，其他同学就会凑上去看看写的是什么内容，有的说："老师，你偏心，他的写了两句！"看见他们开心，我也很高兴！

五

我和很多学生成了朋友。

1992年初一下期的最后一节课，我在班上说："请产假的郭老师回来了，下学期我不上你们的语文了！"话音刚落，我看见刘地军趴在桌上。我拍他的肩时，他哭出了声。有几个女生也埋下了头，眼红红的！后来，刘地军也成了教师，我问他还记得不，他说："当然记得，当时就知道喜欢上你的课！"他是一个很向上的孩子。我们也是好朋友，他和我有同样爱好，那年，我们师徒一起欣赏了那场难得的大雪！

"杨老师，我到北京了！谢谢你的关心，我家的事过去了，我们和好了，你不用担心！"王坤今年三月底给我的微信留言。大约是八年前，王坤在喻寺街上看见我，拉着我的手，很是高兴。几天后，她提了些水果到我家来看我。第二年过年时，又送我北京烤鸭和保暖内衣。一次，王坤说："杨老师，我很尊重你，把你当亲人了。读书时，你没有瞧不起我成绩不好。我特别敬佩有知识、人品又好的老师……"

几年前的暑假，在成都，参加工作不久的良娟、烈梅和焱子三个姑娘特意买鲜花来看我，之后又请我到黄龙溪旅游！这次暑假去成都，李桃又请我去四姑娘山。他说："能够成为师生，是一种缘分，师生情特珍贵！"

今年，我生日，高14届的雷雨星快递一个她亲手做的蛋糕，并附了一封信——

"突然回首，高中毕业都快六年了啦……我的杨老师，第一次见到你，你笑靥如花，穿着一件红色裙子，神采奕奕地走上讲台，在课板上写下你的名字，亲切地自我介绍。和蔼可亲的模样好温暖，像一位慈祥的妈妈……老师，我真的很佩服你：佩服你每天上课都是笑容满面、精神饱满，佩服你小小的身体大大的正能量……很多年前，我是一个不爱学习的孩子，喜欢抄别人的作业。但是你对待我们都一视同仁，苦口婆心地讲一些励志故事给我们听，给我们力量。我好喜欢上你的课！你曾经说过，初中、高中、大学这三个成长阶段中，你们以后最怀恋的是高中时期，要好好珍惜。

“谢谢你，老师，你是我成长阶段重要的指引人，很幸运是你最后一届高中弟子。你每天都勤勤恳恳地工作，每天都如此有活力。你每次批改作业都十分认真，还有记录。你爱自己的工作，也十分爱生活。走入社会之后的我，也像你一样，所以我喜欢现在从事的职业，也自豪成为行业的能手。因为你，我喜欢上了阅读，也保持了下来。因为你，我内心始终保持着一份单纯和简单的美好，变得乐观勇敢和自信了。我要尽全力活出精彩。

“老师，我突然好想回到学生时代！提起笔的时候，不知不觉眼泪就流出来了。也许是对快乐短暂高中生活的不舍吧，还有对我影响深远、给人生指明方向的那个你。感谢你在当初无条件地信任我、爱我，教会了我许多。感激不已！我爱你，老师妈妈……”

……

谢谢我的大小徒弟，因为有你们，我很幸福！

2020 年 8 月

这一刻，我醉了

“可喜可贺，来了！来了！她终于来了！此处应该有掌声！”

“网上也可以购票，终于可以带上老妈出远门了，高铁不会晕车。”

“哇哦，终于等到你啦，可以不到隆昌去坐高铁了！太开心啦！虽然到广州要去成都转一圈，但还是很开心！咱家门口也有高铁啦啦啦！”

“盼到你了，就为了你，我放弃了坐飞机！”

“网上哪儿可以买票？在哪里购票啊？”

“已购买明天第一班次，不坐，不为啥，就为纪念！”

27日，网上公布泸州高铁于2021年6月28日正式开通运营，可以预售票了。泸州人兴奋不已，不到20小时，票就抢购完了。网友纷纷留言，刷爆了朋友圈。

绵泸高铁内自泸段全长约128公里，共设七个车站：内江北、内江东、白马北、自贡站、富顺站、泸县站、泸州站。

28日清晨，赶去泸州高铁站的人络绎不绝。听说有多条线路的公交车直达高铁站。七点一过，我也坐K167去看看，但今天不是每班车次都到高铁站。在商贸城等车的人焦急地望着每一辆班车。有人说，第一天通高铁，是泸州人的大喜事，是重大节日，无论如何都要去看看。有个拄着拐杖的老者说：“我在这里等了十几分钟公交了。85岁了，我还没有亲眼见过高铁，孙子说，放了暑假陪我坐高铁去成都。现在的社会真好！共产党好呀！”“K8来了！又不去呀……”终于上车了，一位大姐自豪地说：“是我给公交调度室打电话，说有很多人要去高铁站，那边才和这个师傅沟通的。”

公交车过了云台路，路两旁都是来来去去的人和车，不少市民来看首班动车的风采。

从2014到2021年，从立项到2016年开工，从平场到铺轨。为了这一刻，泸州人等待太久了。508万酒城人的高铁梦终于在此时成真，这一刻，每一个泸州人怎能不欢呼雀跃？高铁站人山人海，人声鼎沸，人们喜笑颜开，有的拍照，有的录视频。人们要留下永久的纪念。售票处、出站口都是人，不管买不买票，都要进来看看。这样的盛况，我是第一次见到。

泸州媳妇曾琴早上七点多就到达高铁站，早早过来看看高铁站，拍抖音。昨天，她和两位朋友抢到了今天上午从泸州出发的第一趟高铁票，非常激动。她们带着妈妈今天上午从泸州坐高铁到成都逛街，晚上搭乘末班高铁回泸州。第一次坐高铁，三位妈妈一脸的幸福。

28日上午9时19分，从泸州站始发的D1758次列车驶出站台，核定人数554名的动车组一路向前。人们站在铁轨旁等待着，“看，和谐号出来了！”拍下视频与远方的亲人分享：“喔！喔！喔！泸州通火车了！弟弟，你看，泸州的第一辆高铁出发了，好长好长！好多人看！”

记者正在采访，一位领导模样的人说：“绵泸高铁内自泸段通车后，川南城市泸州、自贡、内江将形成半小时经济圈，这对实现川南经济一体化发展，助力川南经济区打造成为全省第二经济增长极具有重要意义。正在建设的渝昆高铁和规划建设的泸遵铁路，未来将在泸州站实现共站。水路、公路、铁路、航空齐备的交通方式，提升了泸州的成熟能级，有助于泸州建设全国性交通枢纽……”

中国铁路发展真快呀！

印象深刻的是，20世纪70年代初，在成渝铁路边的大姑妈家，我第一次看见绿皮火车，好长呀；80年代初，第一次坐火车，从李市镇到自贡市看灯会，不到100公里，坐了那么久；90年代末，从重庆到上海，人多，有站票，虽是硬卧，也坐得头晕背疼；三年前，从成都坐高铁到昆明，那么宽敞平稳，不晕车，不到六小时就到了……

此刻，耳边回荡着韩红的歌声：“这是一条神奇的天路，把祖国的温暖送到边疆，从此山不再高路不再漫长，各族儿女欢聚一堂……”2006年7月，全长1956千米的青藏铁路建成通车，这是世界上海拔最高的铁路。这条铁路在修建时，攻克高寒缺氧、多年冻土、生态脆弱三大世界性难题，挑战极限，勇创一流。一条条巨龙翻山越岭，青藏铁路巍然横亘在雪域高原，为藏家儿女带来幸福安康和吉祥。

中国高铁，是中国“创时代”的标志，是“改革中国”的最美代言。从“追赶”到“领跑”，弯道超车的中国高铁，凝聚了国人的智慧，也令国人充满自信与自豪。在祖国广袤的大地上，铁路密布，高铁飞驰，从林海雪原到热带丛林，从大漠戈壁到东海之滨，铁路穿越高山田野，通达四面八方，创造着美好生活的新时空。

为中国高铁点赞，为默默奉献的铁路人点赞，为正在强起来的中国点赞！

这一刻，我特别感动和自豪！泸州醉了，酒城醉了，我也醉了！

2021 年 7 月

多年后，文学社的孩子们

去年教师节，高2006届雷亮微信留言：

“杨老师，节日快乐！记得上初三的第一节语文课，你戴着一副黑框大眼镜，满脸笑容地走进教室。你讲了学习语文的好处、方法和要求后，问谁主动当课代表？我立刻举起了手。或许是因为你的笑容和声音，或许是你对写作的热爱。从此，我很荣幸地当了你四年的语文课代表，又在文学社两年。谢谢你给我特别的关爱，教会了我很多……”

前不久，学校语文组要搞一个科研课题，需要文学社的支持。我就联系了几个原来文学社的学生，让他们写写。

高2010届的王忠涛，现在是宜宾市翠屏区诗词楹联家协会的副主席和秘书长，他填了一首词《昭君怨·忆古榕》——

柳絮团团思绪，欲去又还不去。无意着新风，落春榕。念念难为故旧，两片伤心时候。一片尚遗伊，泪如兹。

高09届的王堂宽，班长，是我的科代表，一个宽厚帅气的阳光男孩，大学读的考古专业，现在泸县文保中心上班。他说：“在人生至关重要的三年，杨老师教会了我为人处世，深深地影响着我。记得班里有一个同学家庭经济困难，准备放弃学业的时候，杨老师及时做她的思想工作，资助了她两年多，她考上了大学。杨老师的言传身教，真、善、美，课堂内外的关怀、鼓励，我都铭记于心……杨老师的生活有诗和远方。读万卷书，行万里路，这样诗情画意的生活，令学生们向往之……”

已工作七年多的李佳玲《不仅仅是学习写作》——

高一时，作为文学社副社长的我，目睹了任教高中两个班语文的杨老师，利用各种空余时间耐心地教各部门的干部如何开展工作。而她为了做到精益求精，更是在我们多人审完稿件后，将稿件带回家再次审查修改。杨老师做这份工作并没有什么报酬，凭借的无非是一份热爱和强烈的责任心。而这一点也在今后的学习和生活中影响着我，让我无论面对什么事情，只要决定去做，就要力争做得最好。

杨老师对我的影响不止这一点。一次，杨老师把我叫到办公室，高兴地拍着我的肩说："你这篇文章很不错，有文采，有鼓动性，完全可以作为新一期校刊的卷首语呀……"后边的话我没有听清是什么，心里只顾一个劲儿地高兴。这是我第一次投稿，这无疑给了我很大的鼓励，也让我重拾了学好语文的信心。大学选择了中文专业，而今，我也成为了一名小学语文老师。

远在阿尔及利亚工作的胡绍蓉《一盏灯塔》——

杨老师是学校古榕文学社的负责人。听杨老师的讲座、参加文学社的活动，自己也有幸在《古榕》校刊上发表过几篇文章，得到一些稿费。这一段经历，显得弥足珍贵，奠定了我热爱文学的基础，鼓励我不断挑战自我。

毕业近十年的今天，我仍然觉得文学能给予我力量。每当我内心感觉浮躁的时候，我总喜欢看看文字，写点东西，因为这样的瞬间可以让我内心充盈且宁静。杨老师是我的良师益友，她就像一盏灯塔，为远航的学生们指引着方向。天涯海角有尽处，只有师恩无穷期。

高12届钟国蕾《我喜欢这段经历》——

在我的认知里，文学社，是大学才有的。而我的高中不仅有文学社，而且还有自己的期刊《古榕》出版。从写稿、审稿、校对、排版、印刷、装订、出售，完全由文学社学生完成，而我从头到尾都参与过。我喜欢这段经历，现在回想起来，当初的自己是多么的勇敢。因为喜欢，所以敢毛遂自荐，加入了这个大家庭；因为喜欢，我观察生活，自省其身，认真地写每一篇稿子；因为喜欢，可以做很多觉得自己不能完成的事……

我的爱好不多，文学社刚好包含了读书和写点文字这两点。高中时的零花钱都拿去买了书，高中三年每期的《古榕》我还保存着。我记得写下那些文字的心情，有开心的，也有泪光。记得校对稿子时，我曾多次感叹初中部的小朋友文笔如此细腻；记得初二5班那个漂亮的女孩一篇写妈妈的文章，让我泪流满面……

我时常想念母校的古榕和文学社。人生的路很长，走着走着，我停下了笔却未停下脚步。

高13届马晓洁《文学的光芒》——

高一，我第一次站在学校那棵古榕树前，感受它巍峨身躯磅礴的生命气息。不久，我加入了古榕文学社，担任了一年的社长，并认识了杨光英老师。不同于古榕树的硬朗，杨老师身上散发着柔和的文学气息，一点一点地浸润着社团里的每一粒种子，哺育我们在文学的道路上茁壮成长。从收集稿件到装订成册，每一个步骤，杨老师都悉心教导。

阳光明媚的时候，杨老师带我们在山野采风，感受泥土的跳动，聆听微风的歌声，触碰小草的舞姿。我们肆意地奔跑着，阳光肆无忌惮地涂抹在我们身上，如钻石般闪耀。

毕业后，时常走进杨老师的朋友圈，感受每一条文字带来的洗礼。时而和书友们探讨文学；时而独步沐浴冬日的暖阳；时而轻抚瑶筝，享受丝竹之美。杨老师的世界绚丽多彩，花香四溢，沁人心脾。

大约这就是文学的光芒，熠熠生辉却毫不刺眼。和书籍生活在一起，永远不会叹气。

高14届陈欣《提忆》——

记得我初入文学社有些拘谨，不知如何交谈与分享。第一次尝试写稿，交给杨老师当面修改，再投稿，被录用。拿到作品时，高兴极了，这是我人生中第一次被认同，它鼓励着我主动迈出第一步。在高一这段时间，文学社带给在异乡求学的我更多的温暖和勇气，让我勇敢地表达、自信地结交朋友。

到文学社的第二年，很荣幸成为社长。杨老师主动了解我的想法，肯定我的付出和努力，渐渐改变了我，我的进步很快。

很庆幸我在高中时期加入了文学社，有幸在杨老师的指导下修正自己。杨老师爱学生，拥有一颗包容心，从学生的角度去指导和交流，让学生发现自己的优点，从内心开始成长……

在毕业后仍可看到杨老师对文学的热爱，品读她的每篇作品，可感受到她对生活、对工作和世界的热爱。无形中告诉我们，放下浮躁的心去热爱文字、热爱生活。

文学社社长雷文鲜《我的古榕，我的老师》——

再谈泸县六中的古榕，我已是一名大三学生，最亲切的记忆是在初中。我的古榕，我的老师。

刚上初一的时候，我就喜欢在上晚自习之前坐在高大的古榕下看天空，对未知的事物充满了好奇与期待。后来我加入了古榕文学社，做了社长的跟班，认识更多喜欢用笔书写心情的小伙伴，也让我遇到了杨老师。

我由衷地感恩杨光英老师，当初能发现我，鼓励我，带我进一步领略文字的魅力。杨老师是我心中的偶像，我喜欢亲近她。我经常投稿，她耐心地指导，让我的文章有幸一次次登上古榕校刊，我很享受那种创作带来的快乐和自信。

记得2017年，杨老师带着我和王琨去参加泸州市青少年现场作文创作大赛。那是我写作生涯里离文学最近的一次。赛后，看见她和一个作家在交流，她热情地牵起我的手，向杨主席介绍我。我很骄傲，我只不过是一个平凡的农村孩子，何以见过这样的世面！当天的每个画面都印在我的记忆里，因为那是一个善良的老师不经意间给一个孩子心里埋下的希望种子……

现在，虽然我没有成为作家，但我依旧用文字记录着我的生活，没有华丽的辞藻，只是写着我最真实的感受。看着老师的朋友圈，她依旧是那个和蔼、热爱生活的女作家。只是老师不知道她曾经的言传身教给当年的孩子心里留了一束光。母校的古榕也依旧生长着，只是当年树下的孩子有了新的生活轨道，比起当年的憧憬，心里多了一份对未来的坚定。

……

都说现在的年轻人不喜欢看书，但多年后，我文学社的孩子们依然爱文字，我很欣慰！

2022 年 1 月

乡村狗事

那日，在朋友家小聚，一只小狗，摇着短尾巴，欢蹦乱跳地跑到我的跟前。红棕色的卷毛，圆溜溜的眼睛，一对大耳朵，如同“洋娃娃”般可爱。朋友说这只泰迪狗叫美美，是女儿养的，这段时间女儿考博士，就叫她代养。朋友聊起了它的许多趣事。

我想起一些乡村狗事。

一

儿时，在农村，家家户户都养狗，一是看门守户；二是狗不嫌家贫，有一点汤水都吃得很欢。

夜晚，人们睡了，村庄便成了狗的世界，土地和人都累了。假如有一个人走夜路，一只狗开始叫，其他狗跟着叫，此起彼伏。躺着的人听得更清楚，那叫声在寂静的村野上空飘来飘去，把远远近近的村庄连在一起，那声音飘忽神秘。

我家养了一条黄狗，叫黄板儿。只要一有响动，黄板儿就会“汪汪”地叫。若是看到熟人、亲戚朋友来我家，我就会跑出去，轻轻地打狗一棍子，吼一句：“黄板儿，不许叫！”狗自会没趣地躲开，然后又摇头摆尾地讨好主人，“招呼”客人，像承认错误。

有一学期，我读走校，要上早晚自习。有一公里多的小路我一个人走，还要从坟坝旁经过，特别吓人。每天早上，黄狗看着我背书包了，就兴奋地欢跳。在路上，它一会儿跑在前面，看我没跟上就等着我，一会儿又跑在后面。到了桥头，我说："黄板儿，回去了！"它依依不舍地望着我，目送我和同学一起走了，它才回，走几步又回头看一下我。下了晚自习，父亲带它来桥头接过我两次，后来的任务就是它的了，它总是走在我后面。后来我住校了，每周末回家黄板儿很远就呜呜地跑过来，跳起来扑在我身上，我用手摸摸它的头，它才蹭着我往家走。周日下午回学校，它也要送我到桥头。

暑假的一个午后，黄板儿突然从外面大叫着快速跑回，向着在竹林里摆龙门阵的几个人狂叫，叫声很急切。邻居木哥平时和它也亲，就骂它："你疯了呀！叫什么叫！"黄狗急了，咬着年轻力壮的木哥的裤脚，拉他走。木哥还是不懂，用另一只脚踢了它两下。黄狗咬下一块布，就着急地边叫边往河边飞跑。父亲说："快去看看，肯定有事！"木哥第一个跟着黄狗快速跑到三百多米远的小河边，几个小孩吓得直哭，大一点的男孩说，周三妹在水里。黄狗望着小孩落水的地方叫。木哥跳下河，摸起了五岁的周三妹。给她做人工呼吸，又搭在牛背上，才救活了。从此，黄板儿成了救人英雄，大人小孩看见了，都给它东西吃。黄板儿长得比以前更壮了，毛更光滑了。

我读师范第二个寒假回来的时候，没有了黄板儿的身影。母亲告诉我："你大舅公（祖母的哥哥）大病了一场，医生说，可能活不了多久了，想吃什么就吃，特别是狗肉煨萝卜，大补。你幺表叔家的狗被几个知青偷去吃了。你爹晓得了，就把我们家的狗杀了，给了大舅公。"我知道了，父亲是报恩，他常说大舅公是我们一家的恩人：祖父死得早，是舅公的资助，祖母一人才养活了四个孩子；一次父亲病重，祖母不想医治了，是舅公连夜背着父亲走了十几里山路到医院看病；是舅公建议让父亲读完了初中，又学了泥水匠手艺……娘说，爹决定杀黄狗的那两天都睡不好觉，那天早上，他用绳子勒死狗的时候，没有让其他人看见。他边剐狗皮边用衣袖擦眼流水，眼睛都哭肿了……狗皮留着给祖母做了一件皮衫。

没有了黄狗，我们一家人都很难过，但后来舅公又多活了近十年。

母亲感叹，狗这一辈子也不容易……

二

狗是非常忠诚的动物，很有灵性，它能读懂人的心思，分亲疏。听小姑妈说，几年前，五表弟这个镇长，成了“狗不咬的扶贫干部”。姑父生日时，五表弟对我说：“我把贫困户当亲人。驻村工作两年多，走遍了包村的家家户户和每个坡坡坎坎。从狗看到我就咬，到狗看到我就远迎，不是件容易的事。现在这个村脱了贫，我受到老百姓的好评，满足了！”

十几年前，老家邻居母狗下了崽，送了一条狗给父母。父亲给它取名青龙。

这只土狗，身材好，一身纯黑发亮的毛发。无论我们多久不曾回家，只要一看到我们，就远远地迎上来。儿子第一次看到青龙，它也不叫，还在他面前摇头摆尾，儿子拿骨头喂它，青龙吃完了，还舔他的手。

因为我们常年不在家，青龙就一直忠心耿耿地陪伴着我的老爹老娘，看家守院。母亲走人户都要给狗带骨头。有一次夏天，母亲在荣昌走人户，捡了很多骨头，住二妹家，怕骨头臭了，包了几层才偷偷把骨头放冰箱里。母亲说，别看青龙个头不大，可是凶得很，晚上都拴着它。狗也聪明，一个大院子有十户人家，只咬一个手脚不干净的女人。

父母年纪大了，但还种庄稼和果树。橘子是当地的主要经济作物，许多人都种，不需要专门看护，但是苹果稀少了，成熟期就要防备着被偷。父亲就要在果园里守夜，狗也跟着去，整夜待在果园，有一点响动，父亲就起来看。第二天早上日出，狗随着父亲回家，吃饱后再去。母亲说，有一天中午，父亲干完活回家吃饭时把衣服和背篼忘在了果园旁的路上，吃过午饭又看了会儿电视，才发现青龙没回家。赶忙到果园去看，烈日下，它吐出红舌头，趴在那个背篼旁边守着。

一次回家，邻居温阿婆很高兴地给我讲青龙追人贩子的事：

“一天，我边续麻线，边照看摇篮里的孙子。听见我家的麻狗在叫，过路的一男一女走到门口，说要口水喝。女的跟着我去灶房水缸里舀水，我出来发现孙子不见了，着急得很，边追边大声喊：‘偷娃儿喽！抓强盗！’青龙看见麻狗追去了，也去帮忙。女人用棍子打麻狗，青龙就去追前面抱孩子的男人，它不怕男人扔来的石块。追了约一公里，青龙咬住男人的裤腿不放，女人用一块大石头向青龙砸去，青龙还是不放。男人看见几个干活的村民追来了，放下孩子就跑……青龙的腿被砸断了，现在走路就只有三只脚了。我只有常给它吃的，来感谢你家青龙。”

青龙老了，又受过重伤，但还是在尽职尽责地为我们看护着老家，看护着我们的爹妈。一次，母亲一人在家，她去晾酸菜摔倒在后阳沟旁，很久起不来，又没带手机，狗就一直陪在旁边，不时舔舔母亲的手，直到母亲起身一瘸一拐走回家。后来，狗老了，走不动了，到了快死的时候，几天都不吃一口东西，母亲喂它，只望着母亲流泪，母亲也流泪。青龙死后，父亲把它埋在了果园。

几年过去了，父母不再种果树了，但常聊青龙的故事，母亲说："现在生活好了，这只拴着喂的旺财狗没有青龙乖：挑食，白饭不吃；娇气，要人每天牵去散步；不管事，一天夜里两只大母鸡被偷了，它都没叫；除了我和你爹，看谁都汪汪的……"

三

村里有个曾三娘，七十二三岁，没有文化，电视都看不懂。老伴去世几年了，只有一个儿子。儿子儿媳在浙江打工，把两个孙子放家里。后来，两个孙子相继读高中后，平时只有她一人在家。她种庄稼，喂养些鸡鸭，说孙子放归宿假回来吃。她家单独住在一个山坡上，她的听力很差，先后喂了两条狗，都被偷了。后来，儿子叫她晚上把狗关在屋里，这条灰狗陪了她七八年了。有时，她把狗牵出去走走，到另一家同样一个人在家的陈大娘家耍。她耳朵不好，聊天很吃力，渐渐地，去的次数少了。一次，在路上，碰到一条白色公狗，和灰狗很亲热。接连的几天，白狗都到曾三娘家门口找灰狗。它们恋爱了！

一天，曾三娘赶场回来，灰狗不见了，只看见挣断的绳子。曾三娘很着急，在周边的村子到处找，还请队长帮她的忙。她打电话给儿子，儿子很不耐烦地说："跑了，买一条就是，土狗又不值钱！我看见城里一个老人贴的寻狗启事，赏金六万！"曾三娘气得生病了，儿子只好托堂嫂带她去镇医院拿了药。

曾三娘每天想灰狗，人消瘦了许多。谁从她门前过，就问灰狗的事。过了两个多月，灰狗回来了，一身脏兮兮的，肚子大了。曾三娘赶快给它洗澡，边洗边唠叨：“乖乖，你去哪里了？饿着没有？有了男人（白狗）就不要我了？”狗不时嗯嗯地回应着。狗一回来，曾三娘就有精神了，房前屋里又有了她和狗说话的声音。

农村的老人，因子女进城，只剩下春节子女回家时的闹热和陪伴。可外出打工的子女，给父母的经济支持也不充足。老人们的生活来源还要靠自己“一把老骨头”添补。有些老人就是不干农活，不缺吃不缺穿，但寂寞，精神生活就只有寄托在狗身上。

近年来，每次回老家，我都要去看望那些看着我长大的空巢老人，给他们点小礼物，和他们聊聊天。他们家的狗都不咬我……

2021 年 2 月

第三辑

悠悠稻草香

怀念高粱

秋天的傍晚，去乡间散步，看见一片高粱地，很是亲切感动。

记忆深处，在二十世纪六七十年代，高粱是我童年的亲密伙伴之一，伴着我在物质匮乏的岁月中顽强地成长。

我们一直和红高粱打交道。春天，跟随母亲到地里间苗除草；夏天，给高粱打叶。密不透风的高粱地里，不满一尺的过道，两边尽是长长的高粱叶子，像利剑，割在人脸上和手臂上就是一道血印子，汗水一出，火辣辣地疼。有时在茂密的高粱地里扯那又高又嫩的草，饿了，掰个“灰苞儿”（高粱含苞结的菌类东西）吃，粉嘟嘟的，有点回甜，但有点噎人。若稍微吃急了，就呛得眼泪长流。“灰苞儿”吃完，嘴巴、鼻子漆黑，就像长了胡子。土质不一样，高粱长的颜色不一样，甜水子类的高粱秆就很甜，贪吃的孩子们能从众多高粱中一眼认出它。

抽穗的时节，高粱已经长成了个子，秸秆外渐渐出现一层薄薄的白霜，这是最吸引孩子们的时候，背着背篼割草的孩子路过高粱地，总爱拿镰刀砍几棵解解馋。选好一棵高粱，从靠近泥土的根部砍断，去头去尾，剥掉外壳。甜津津的香味早让我们急不可待了，咬一口，反复咀嚼，直到嘴里只剩下干碎的渣滓，才舍得吐掉。去掉的穗子、叶子和撕下的秆皮往往丢弃一地，让大人看见了很心疼，有的孩子还会挨打。谁都知道高粱秆甜，可大人们怎么舍得折断未成熟的庄稼呢？在那个艰苦的岁月里，高粱就是他们的命啊，他们期待用高粱粑去安慰辘辘饥肠，可他们也知道，孩子没有什么吃的，只是为了解馋。他们一边埋怨叹气，一边把那些孩子们砍下的未成熟的穗子捡回家喂兔子和牛羊。

一截秸秆一段情。堂姐喜欢知青点的一个姓黄的小伙，除了送鞋垫，没有什么礼物可以表达的。每次她砍到的那种甜的高粱秸秆都要给那个知青送去，一来二去，他们偷偷地好上了。一个中午在巷子里，堂姐又把高粱秸秆给黄时，让伯父看见了，堂姐挨了一顿打："别人是城里人，迟早要回去的，乡下人要找一个门当户对的。再去找他，我打断你的腿！"过了几年，高粱红的时候，黄考上了大学，堂姐已嫁邻村。黄离乡的那天傍晚，月色朦胧，他在堂姐常去砍秸秆那块高粱地旁站了很久，突然，他看见堂姐站在离他不远的地方，她说："我到这里第四天了，我知道你走之前会来这里的。"这次，他为她折下一截秸秆，他们含着泪嚼着秸秆，再没有当初的味道……以后，堂姐再也不吃高粱秸秆了！

过了处暑，湛蓝的天，流云朵朵，挺拔如竹的高粱，细长的叶子互相挨着膀子，挽着手臂，把火红的穗子顶在头上，随风摇曳，像极了泛波的红海。各种鸟儿、虫儿嬉戏其间，高粱地成了它们的天堂。她们这里一方，那里一片，红彤彤地铺陈在大地上，构成一幅风景大写意。高粱晒得红红的像一片云，红黄高低错落构成一幅丰收图。大人孩子齐上阵，拿着镰刀把高粱砍下六七十公分长的秆，穗子用连盖打下高粱米，秫秸晒干好扎扫帚。没有及时晒干的秸秆，也是村民做饭极好的柴禾。

秸秆最上面的茎秆，这可是好东西，单独截出来，粗的细的一搭配，用麻绳子串起来，锅盖垫、端饭用的传盘、吃饭用的家什就全新的了。熟透的高粱，秸秆有红的，黄的，花的，色彩缤纷，家家户户整好码齐，用来串成囤粮的围子，盖房的屋顶。孩子们开心的是自制的土弓箭，在这个茎秆上面插上钉子，用起来最顺手，射得又远又快。读小学一年级时，我们用高粱支做小棒数数，帮助学习数学。

高粱晒干后，用风车把高粱壳吹走，高粱壳可以喂猪、装枕头。生产队把优质的高粱米送公粮。社员很早就去送，根据重量算工分。一天早上，父亲用麻布口袋装满高粱挑着去送公粮，要我背一些，我小跑着跟在父亲身后。走了一半的路程时，我绊了一跤，摔在一块石头上，头碰了一个小口，在流血，背篼里的高粱也洒了一些在地上。父亲没有骂我，用他搭在肩上擦汗的帕子在田里打湿水后，给我擦伤口，到田边用冷水给我拍打清洗伤口，止住血后，他把地上带泥的高粱包在手帕里，叫我回家。把我背的高粱装到他麻袋里了，我看见，他挑起的那一刻特别吃力，挑着那超负荷的担子，腰更弯了，脚步更慢了！望着他远去的背影，我责怪自己那么笨，心里一阵酸痛。

记忆最深的是父亲扎扫帚。冬天，父亲坐在一间较宽的屋里或者门前的坝子里，左手拿起一撮高粱苗子，头朝下向地上一拉，成了整整齐齐的，再缠上几圈篾条，熟练地绑了起来，迅速打一个结，再拿过来一撮，然后用刀砍整齐。渐渐地，地上也堆满了父亲加工好的扫帚。终于，扫帚数量达到一百把了。这天下午，父亲用石头压刚扎好的扫帚，然后把所有的扫帚都头朝上摆在坝子里的墙边上，鲜红的颜色在阳光下是那样耀眼。我为父亲感到骄傲与自豪，他那双大手能做出实用的草根工艺品：会编背篼、箢篼、炭篼和屯堡，会做洗锅把。同时，我也充满了无尽的敬爱与心疼，父亲那双手布满了老茧，严重的地方还裂开口子发红，似乎要渗出血。扫帚被父亲十个一捆，绑成了十个大大的捆子，第二天赶场挑去卖了，给我们缴学费。

生产队分了新高粱，在石磨上磨成粉，可以蒸高粱粑，煮高粱汤圆，煮高粱饭或高粱粥。我最喜欢吃高粱还未完全成熟时蒸的高粱粑。祖母去自留地里挑选八成熟的高粱穗子，然后用手搓下高粱米，洗净后，看见红的、白的高粱米躺在箢箕里，就很想吃了。在石磨上磨后，用力揉一会儿，就可以做成圆圆的高粱粑。再在蒸笼里用高粱叶垫着，放在锅上蒸，熟后冷一会儿，蘸着白糖和炒熟的黄豆粉面吃，很香，很糯。母亲会叫我们端几个给二伯家尝尝鲜。我最不喜欢吃高粱粑稀饭，那粗粗的有点咸味的高粱粑粘在喉咙那里，很难下咽。我只吃稀饭，饿得很快。

红高粱也是经济作物，高粱米是酿酒的上品。在公社酒厂，烤酒后的糟子由每个生产队轮流挑来喂猪。上初中时，为了给家里挣工分，每月我去挑两次糟子。中午去酒厂挑糟子，看见一些烤酒工人，光着上身，穿着半截围腰，围着一个很大的酒窖干活，热气很大，一股很浓很香的酒味。我不喝酒，但我喜欢闻烤高粱酒的味道。那时的酒也是要凭票才能买，父亲说，那时的小高粱酒正宗，很醇，很香！

农村实行土地联产承包制后，随着农耕条件的改善和粮食种植结构的改变，农民都改成种玉米了，已经很少种高粱了，一片连一片的红高粱景观不见了。三十多年后，今天我又看见了一片红高粱！当我惊喜地走近它们，用手捏一捏高粱籽，那么饱满，那么硬实。闻一闻，一股粮熟的清香，沁人心脾。看见收高粱的大叔，问他为啥又种上了，他说："泸州是酒城，有好几家大酒厂叫我们种，高价收购，比种包谷强多了。"是啊，“风过泸州带酒香”，高粱是酿造泸酒的主要原料。为打造泸州千亿白酒产业，泸州大面积种植高粱。那一粒粒红高粱不仅托起千亿白酒产业，而且让农民走上脱贫致富之路。

看着壮壮的高粱秸秆，我说：“高粱秆甜吧？”大叔知道我想尝尝，很乐意地砍了一截给我。我吃着，仿佛又回到了童年，只是没有当年的那么甜，那么香……

2014 年 9 月

悠悠稻草香

稻草也叫谷草。在我的印象中，它既是一种农业副产品，也是一种与生产生活息息相关的必需品。记忆中的稻草与农人的生活和我的童年有关。

秋收秋割的季节到了，人们把田里的稻谷割下收净后，紧接着把稻草有序地捆起来，从水田里拖到田坎或空地一把一把地摊晒着，散发出淡淡的清香。

在那晴朗的金秋时节，收稻谷和收稻草一样要抢好天气，收了稻谷之后，但愿老天一直晴下去。稻草晒了两天后，大人孩子戴着草帽还要去翻晒。等稻草干透后，全家总动员，大人挑，小孩背，老人用耙子捞收后剩下的谷草衣子。他们或在坝子旁或在田边地头选好一棵笔直的大树，把晒干晒透的稻草堆积起来，再以树为中心堆起圆柱型的稻草垛来。那蘑菇型伞形的稻草垛便成了人们遮阳躲雨的好地方。冬天，小孩在稻草垛里掏一个洞，钻进去睡在里面，暖烘烘的，很舒服！

稻草是牛的主食。入冬后，天气变冷。乡亲们能保住牛在冬天里不掉膘，开年好耕春，最好的饲料就是喂稻草。对要生崽的母牛，格外疼惜，有时就在稻草上洒点盐水，有时把稻草切细，放在铁锅里掺上水拌着包谷粉或米糠煮一煮，牛一吃，肚子滚圆滚圆的。我记得，每到十冬腊月的半夜时分，父亲总会抱上一捆稻草给牛添上。听着牛不紧不慢的嚼草声，悠悠的，像一支动听的催眠曲。

冬天，农闲，草堆就成了青年男女幽会的好去处，他们披着月色，踏着星光，来到稻草堆下，闻着稻草的香味紧紧地挨着，说着悄悄话。这稻草堆就是他们谈情说爱的见证人，就在这稻草堆下成双成对的男女，从初恋到热恋到成熟美满的婚姻。我表姐和本村的他就是在稻草垛下幽会结成的一对恩爱夫妻。

那时的人们都喜欢穿稻草编成的草鞋。上山下山，涉水过河，穿草鞋方便实用，巴脚。每次，打草鞋之前，祖母总是选择光泽好的谷草，浇一点水，半小时后，叫我们用棒槌捶得软绵绵的。我们一边捶，她一边翻动谷草。然后坐在打草鞋专用的一个“机头”里，用事先准备好的黄麻绳子为经线，以谷草搓成一根根草鞋索为纬线，精心编起草鞋来。然后用线做草鞋的“耳朵”，穿起来更舒适，称为“线耳子草鞋”。女子穿的，还在大脚趾母处装饰一朵红线做的花。编草鞋除了自家穿，剩余的拿到集市上去卖，换回买油盐火柴的零用钱。那时乡下的集市上专门有一处卖买草鞋的地方。我小时候，穿过几双祖母做的带花的草鞋去上学，特自豪。

稻草可以取暖。冬天到了，家家户户的床就在席子下面垫上厚厚的稻草。不管外面北风呼啸或冰天雪地，人睡在松松软软又香又暖和的稻草上面，阵阵清香会很快带你进入甜蜜的梦乡，一觉睡到大天亮。过了一阵，稻草不那么松软了，就可以拿出来晒晒太阳，感觉又像是新的一般。每年到了又有新稻草的时候，母亲总会把家里的床都换上新稻草。家里来了客人，母亲就会把稻草铺得更厚，睡上去更松软更暖和。猪圈里、鸡窝里、小兔子的窝里也放些谷草，给小动物御寒！

稻草可以当鞋垫子用，特别是放在筒靴和胶鞋里，既柔软又暖和，还可以天天换新的，穿起来既暖脚又防冻疮，又除臭，还可以治脚气。

稻草可以搓草绳。星期天，我和伙伴们用稻草搓成一根较长的粗草绳，在坝子里跳绳。或者就在村头的那棵大树上牢牢地系着，我们几个轮换坐在上面，荡秋千耍。人们在院坝种上一窝丝瓜，搓上一根稻草绳子，牢牢地系着，让丝瓜藤顺着草绳子攀沿起来，花开花落，草绳上挂起一个个鲜嫩硕长的丝瓜。用草绳夹住新鲜烟叶来晾晒，易干，好收拾。用稻草可以编凳子，高矮都可以，人们叫“草凳”，坐着舒服。雨天，在鞋上绑一根稻草绳可以防滑。稻草、黄麻和一些烂布头一起编的绳子，可以用作背篼索。用短草绳拴住鸡鸭鹅的腿去集市上卖！

稻草的用途很多，可以用来盖茅屋，做燃料和肥料等。

那时的茅草屋多，谷草日晒雨淋，就会霉烂，隔一年或者两年就要换一次谷草。还记得杜甫的《茅屋为秋风所破歌》吧！一到早晨和傍晚，村子里就腾腾冒出用稻草做燃料煮饭炒菜的袅袅炊烟，伴着饭菜的香味弥漫开来。稻草烧过的草灰就是上好的壮籽肥料，每到稻谷开始育穗的时节，乡亲们把满挑满担稻草灰撒到稻田中，这样的有机肥料远比用上无机的化学肥料强得多，既肥田又壮秆又壮籽。撒点稻草灰在青苗上可以防虫。有时，人们把用烧成灰通过清水过滤的稻草灰水做浑水粑，吃起有股稻草的清香。把谷草切短混合在稀泥里，可以用来糊墙壁。运送缸缸坛坛时，用谷草隔着，减少摩擦力，不易碎。买轻一些的藤藤菜、莴笋叶等，卖主用几根谷草套好就可以提起走了！

我们乡下的稻谷年年种，田里的稻草年年收，陪伴乡亲们度过无数个春夏秋冬，也陪伴我度过了温暖的童年。

如今回乡下，看不见稻草垛了，但那悠悠稻草的香味，永远飘荡在我心底！

2015 年 7 月

夏季，雨天的乡村

雨下了四天，仍滴滴答答地下着，雨滴敲打在紧闭的玻璃窗上窃窃私语，悠然、静雅，随风奏响一帘幽梦。我安静地坐在电脑旁，思绪轻轻地、慢慢地飞扬，飞到那些年夏季雨天的乡村。

一

下雨了！半夜的时候，雷鸣电闪，雨哗哗地下起来了！

父亲下床点上煤油灯，披上蓑衣，戴上斗笠，打着电筒，再扛一把亮锃锃的锄头。他要去扎水田的缺口，不然，水全流走了，秧苗就没水喝了。母亲说："天亮了再去吧，还在打雷，前年，周……"前年，五十多岁的周幺爷就是半夜打着电筒出去看秧水，被雷电击死的。但父亲还是出去了，他的脑海中还映现着去年的一幕，时节早已过去，可老天就是不下雨。乡亲们望眼欲穿，眼里布满了血丝，嘴皮磨起了水泡，身骨板变得比平时沧桑多了。后来，雨终于下了。乡亲们脱掉了身上的衣服，光脚跑到了雨地上，脸上挂满了笑，伸开双臂拥抱它。

父亲出去后，母亲怎么也睡不着。一个小时后，父亲回来了，全身没有一点干的地方！

天亮了，雨还在下，房檐上的水，像是挂在房前的一幅水帘子。大人们开始找寻着空的水桶或盆盆罐罐什么的，全摆放在屋檐下接水。因为缺水，这雨水更显得珍贵了，沉淀后的水还要用来洗洗涮涮或者喂猪。孩子们全然不顾这些，只顾伸出手去，任雨线砸在手心再迸溅开来，惹得咯咯咯地笑。房前的花儿，此刻被雨水洗净了容颜，只是不肯抬起头来，如少女般羞涩，却比平日里越发显得妖娆动人。屋旁树冠里，也躲满了麻雀之类的鸟儿们，叽叽喳喳地叫着，和屋檐下的孩子一样，没有片刻的安宁。看燕子、鸽子在雨天里穿来飞去，在夏季这场时下时停有点缠绵的雨天里，听燕语鸟鸣和孩子们的嬉戏声，增添了些许感动人心撩人思绪的天然情趣！

雨天，女人从柜子里挖出二升黄豆倒在簸箕里认真地拣净，然后到磨坊拉成豆瓣儿泡在盆里。傍晚，豆瓣儿涨发了，女人和男人一起推磨，磨豆腐。这时候很轻松，两人一边推着一边添着豆瓣儿，说一说家长里短，灶房里有了些暖暖的气氛。

豆子从石磨里变成了白白的豆浆，流进木桶，一个小时后，二升黄豆就磨完了。女人烧开了水，支起豆腐架把豆浆倒进去过滤。男人摇着豆腐架子，女人每添一勺豆浆，男人就赶紧摇几下，直到全部豆浆滤完了，倒进大锅里，用柴火烧开。女人先舀一大碗豆浆，让老人先尝尝。然后点了卤汁，锅里变成了一块块云状的豆腐脑儿——豆花儿就做成了。到地里掐些木姜菜，再和点用菜油煎过的辣椒，放点盐，就是蘸水，吃起来十分爽口！

下雨天里，农家差不多家家户户都推豆腐吃，像过节。

二

夜里，雨时下时停，人们也时睡时醒。天亮了，不用一大早去地里干活，人也就起得比平日里晚些，庄稼人，不逢下雨，难得有这样歇息的时候。

孩子们更是在家待不住了，迫不及待地戴上草帽或斗笠，穿上哥哥姐姐的凉鞋，一走路，扑嗒扑嗒地响，但这丝毫也不影响他们玩的兴致。他们在雨地里嬉笑着大声打闹，抬起脚，狠狠地踩下去，溅了满身满腿的泥水，谁踩的水溅得高，便会引来一阵的欢呼声。接着，有谁不小心“啪嗒”一声摔在泥水里，全身便被泥水糊了。过不了多大一会儿，准能听见女人大声呵斥孩子的声音：“小牛，看你这个样子，像花鬼一样，只晓得疯！还不快回去换衣服……”有时还能听见孩子抽抽嗒嗒的哭声，准是挨了母亲的骂，或是屁股上挨了巴掌。一切，都像是雨天里跳跃的音符，高低起伏，很欢快！

不多一会儿，孩子们又聚在一间公用的宽敞的空屋里：折纸飞机，看谁的在雨里飞得远；或者用两截竹片做一个手拿的风车灯，在雨里跑着，它就会转动；或者用废纸做“东西南北中”的游戏；或者打弹子、跳绳，或用毛线头编蜻蜓、金鱼等小玩意儿。

稍大点的女孩子和大嫂大妈们往往拿了活计，聚集在谁家的堂屋里做活。边做边聊，说笑的声音很远都听得到，不多一会儿，人越聚越多，声音也就越发的大了。她们手里拿的活计并不相同：大姑娘手里一般都拿的是鞋垫之类的，花花绿绿的丝线，被她们用心绣成好看的红花绿草，更多的是鸳鸯戏水的图案。因为是绣给“他”的，所以就绣得格外上心。要不了半天，谁家的女子手巧，就传遍整个村子了。大嫂大妈们手里的活计可就不同了，是自家男人又大又厚的鞋底子。哧啦哧啦，一根白麻绳拉过来又拉过去，看得人眼花缭乱，间或用针在头上抿一下，或者用锥子夹一下，细细密密整整齐齐的针脚显示着她们的能干。还有的在续麻线，想给自己的女儿准备一床麻布蚊帐，作为嫁妆。没有男人的时候，女人们说笑更放肆。你一言我一语，常常会把哪位姑娘逗得涨红了脸，捂着脸背过身去，她们才肯罢休。欢笑声和着雨声在小山村回荡！

男人们也有自己的活，他们扎扫帚、扭牛绳子、编篾器。一些有文化的人会互相交换着看发黄的书：《三国演义》《李自成》《林海雪原》《古今传奇》等。

父亲喜欢看书，看后还给我们讲故事。心情好的时候，他还会拉二胡或吹口琴给我们听，有时我们唱着《北京的金山上》《王二小》《打靶归来》等歌曲，他给我们伴奏。

父亲也会编家里常用的篾货：背篼、箢篼、罗筐、簸箕、篮子、筛子、鱼篓等。这些篾器看起来简单粗糙，但很耐用。

父亲从竹林里挑选几根稍老一点的竹子，把竹枝剔除干净，一根竹子破开两半，只要兜头一刀，然后稍稍一掰，那些坚硬的竹节就会顺势裂开，发出哔哔啵啵的炸响，势若炮仗。随后是划篾条，将竹篾破成黄黄绿绿的散发着清香的柔韧细丝。一根细细的竹篾，青的亭亭，黄的袅袅，却织成了坚固的器具，支撑起生活的重负，甚至跟人的命运绑在一起。

父亲做篾活很认真，编出来的东西很美观。如编箩筐，箩身是由青篾编成，十字型的竹架支撑箩底，竹片包住四角，四面结实牢固，箩口则由粗篾条裹紧，再用细篾一道道锁箍，每一根接头都精细地藏匿在篾缝中。一对箩筐大小式样是一样的，用篾多少事先分好，粗细长短更不用说，不差分毫，所以两只箩筐酷似一个娘胎出来的双胞胎。最考手艺的是别在腰间的鱼篓，圆不圆，扁不扁，方不方，像葫芦一样两头大，中间细，里面还有倒卡装置，别具心裁，令人称巧。每编好一样东西，父亲都要端详好一会儿，或者让邻居看看，有哪些需要改进的地方。

三

第三天，雨还在下，女人们依然做针线活，男人们接着编他们的“工艺品”。孩子们更高兴，不用割草放牛。他们顶着荷叶在雨里走来走去，看谁接到的雨水多。然后又忙着玩泥巴了，房檐下一排的小孩，各自拿泥巴捏成碗状，然后喊“预备，起！”一起倒扣着摔下去，看谁的泥巴摔得响。更多的时候是闷闷地一声响，或是干脆开了花，溅得满头满脸都是泥巴，引来同伴们的一阵嘲笑。雨天，赋予了孩子们平时所没有的欢乐和笑声，也给他们留下了永远也抹不去的记忆。

夏季乡村的雨天，是一种有滋味的日子。三四天的阴雨天里，人们会变得温和、亲昵、清闲。雨过天晴，农人们又开始扛着农具下地劳作了。

2016 年 7 月

母亲的咸菜

咸菜，对我们川南人来说都不陌生，有一大部分人会对咸菜有着某些特别的情愫，而我，便是如此。于我而言，咸菜承载了一段岁月，是一份难以忘却的记忆，是母爱的味道。

今年暑假，母亲叫我给在城里的儿子带点滰豇豆，我们又聊起了咸菜。

小时候，物资匮乏，家里穷，为了解决一大家人的生计问题，一年四季，母亲喜欢做各种咸菜。做咸菜工序十分复杂，每道工序母亲都得用心腌制，里面蕴含了浓浓的母爱。

咸菜坛子讲究清爽、干净，不能沾油，否则咸菜易坏，生“白花”。母亲手巧，且认真，腌出来的咸菜黄亮醒目，咸淡适宜。

泡菜，一年四季都可以做。父亲负责把菜坛子买回来，是烧制的瓦坛子，大小适中，要有坛沿的那种，要不透气的，无裂纹的。最先就是制作盐水，挑水井里的水放在坛子里，不要太满，放些盐、白酒、花椒、八角，有条件的可放点饴糖，加点老盐水更好。第二是选择菜，选新鲜、不走籽、不空心、无变色、无变味、不发软的蔬菜，把菜洗干净，晾干，就可以入坛了，用一个内碟放在坛口，防止接盖时水滴在坛里，再用坛盖子盖上。母亲在坛子的“耳朵”边沿加满水，让坛中的菜完全与空气隔绝。坛沿水自然干涸之后得再添加水，坛子里外都要保持清洁，我常帮母亲洗坛子。多泡几次，又要加盐，隔段时间添白酒，青菜、萝卜、豇豆、苦瓜、茄子、辣椒、姜等，都可以泡，有时放些紫苏叶在菜坛子里，防盐水生花。有时，放学饿了，就拈泡菜吃。母亲做的泡菜大家都喜欢吃，邻居常端着饭碗到我家，说："杨幺娘，要点你的泡菜来吃！"到现在，邻居摆坝坝宴的时候，还提前把菜给我母亲，请她做二三十桌的泡菜。

腌咸菜与泡菜不同，泡菜相对简单，而腌菜是一门手艺，要腌制出味道可口的咸菜必须得下一番功夫。母亲说，跟外婆学了些，也跟别人学，自己慢慢摸索，孩子多，逼出来的。

春天，腌酸菜。开春了，地里的菜吃不完。母亲把瓢儿菜、包包菜等青菜砍回来，黄叶子喂猪，用刀在菜头那里划开，再划几刀，便于晾干，然后挂在屋檐下的绳子或铁丝上。等上半个月，取下来洗干净，晾干水汽，挽成小把就可以装坛了。装坛时先在坛底撒一层盐，然后铺上一层菜，用手或粗一些的筷子压紧后再撒一层盐，然后再铺一层菜……反复如此，直到坛子装满，一坛酸菜就算腌制完成了。但要尝到鲜美酸爽的咸菜还需再等上个把月，等盐分浸入到菜叶里才好吃。这种酸菜煮清汤、鱼汤、炒、蒸烧白等都可以。把酸菜切碎，然后放几个朝天椒，用来拌饭或是煮面吃，很爽！

从仲春到暮春，母亲还腌苦藠儿、葱子头、大蒜、蒜苗等。做法特别简单，洗净、晾干、放盐、洒白酒，再放几颗花椒就可以了，一般要一个月以后才能吃。夏天的时候，就着稀饭吃特别爽口，父亲直到现在都离不开。

夏天，母亲做豆豉、豆瓣酱、麦酱等。

做麦酱。把小麦洗干净，发涨，待发芽时，蒸熟，放簸箕里发酵，用新鲜黄荆叶覆盖，待起香灰后，洗干净，晾干，在石磨上磨成小颗粒状，加少许冷开水、盐和白酒，入坛。甜甜的，下稀饭特可口。割黄荆就是我的事。近三十年没吃到麦酱了，很想那甜里带酸的味道。

秋天，把茄子切成片，晒干，待吃的时候泡发就可以了。母亲会做阴茄，把茄子蒸熟，把盐、花椒包在四瓣的茄子里，晒几天太阳，就可以入坛了，坛子底和四周淌点白酒。吃的时候，放点猪油蒸一下，味道酸酸的，特别香。

冬天，母亲做红豆腐和萝卜卷。推豆腐的豆渣可以炒来吃，也可以和点糯米粉做成豆渣粑，晒干，吃的时候放点猪油蒸一下，香得很。把除去水分的豆腐切成小块，用竹片插在背篼里，可以放几层，在竹片上放谷草。最后把豆腐放谷草上，背篼挂在通风的地方。待豆腐起毛时，取出豆腐，蘸上白酒、盐、红海椒粉和少许花椒粉，放事先准备的坛子里。直到现在，母亲年年做，送给每个子女，我儿子特别爱吃外婆做的红豆腐。

母亲将精挑细选出来的白萝卜，洗净，切掉根须，然后切成大小均匀的条状，铺展在事先准备好的竹篾上，放在日光下暴晒，还时不时地翻动一下，就像在轻轻抚摸自己的孩子一样，眼神很温暖。经过几日暴晒，萝卜条已经半干，适合腌制了。母亲将萝卜卷放在大盆里，按照一定的比例放少许白酒，撒上一层盐，开始拌揉，直到盐分均匀浸入萝卜条里面，再放点花椒，就可以把萝卜卷放坛里了。半月后，就可以吃了，如放点白糖、辣椒面和少许醋，就更好吃了。煮汤、炒肉都可以。我常偷吃萝卜卷，有嚼劲、回甜，还拿去“招待”好伙伴。

母亲的泡菜坛子存放在阴凉处，食用时要用干筷子夹出，不能碰生水，如果用手，也需要将手清洗干净再烘干，才能入坛。泡的菜尽量在短时间内吃完，放久了，蔬菜会变软，而且很酸。母亲夏天做的老咸菜煮酸汤、煨鸡鸭，味道特别。在当时是极大的奢侈品。

腌菜是细活，男人从来不做，洗、搓、揉每一道工序都是母亲一点点亲手干出来的。母亲的手经常沾水，每年在腌制咸菜的时候，她的手总是习惯性的就皴裂了，常常看到她将裂开的手悄悄放进盐水里又悄悄拿开，盐水的浸泡使她的手痛得厉害，但为了一家子，母亲心甘情愿地做着。

母亲做这些腌菜的时候，我都打下手，所以还记得。但很遗憾和惭愧，除了泡菜，其它我没有单独做过。

那时候，自留地不多，一天能吃上一顿青菜就不错了，有的家庭吃饭时，就放一个盐罐在桌上，幸好我们家有母亲做的咸菜。

上高中时住校，学校只有一个大蒸笼，学生自己用饭盒蒸米饭或冷饭，吃的菜就是家里带来的咸菜，如焦油海椒和咸豇豆、炒了的酸菜、红豆腐等，偶尔买两分钱豆瓣或豆油下饭。在我的家乡，这样一种“蒸米饭+咸菜”的读书方式持续了好几十年，至少我的父辈和我们这一代都是这么过来的。有人自豪地从中概括出一种“咸菜精神”，这是一种自嘲，抑或是一种自励。现在看来的苦，在当时尝到的只是咸。

咸菜，除了食用和作调料，还有药用功能。如：泡萝卜去寒，泡青菜清热去暑，泡茄子用于腮腺炎，泡姜御寒祛湿等。现在，有的饮食店也把泡菜端上了桌，吃火锅，要一碟泡菜，解腻醒酒开胃。吃惯了大鱼大肉，来上一碟，使人胃口大开，食欲大增。像酸黄瓜、大头菜、榨菜，都成了人们喜欢的风味小吃。

也许，咸菜是母亲肠胃里永远淡化不了的一道浓浓的滋味，也有一种自豪的经历吧，故一聊起咸菜，母亲仿佛有着说不完的话题。母亲说，咸菜在二十世纪可是百姓家庭的大众菜、招牌菜。一般一个十来口人的大家庭，都有七八个菜坛子。

咸菜的味道就是母亲的味道，就是家的味道。虽然说母亲不能代表家的全部，但相较于父亲的严厉和经常在外做事，在母亲身上，家的韵味更加浓厚。浆衣洗被，缝缝补补，柴米油盐，都离不开母亲的操持，生产队的农活，母亲没少干，挣了不少的工分。如果不是母亲的勤劳能干，靠父亲一人之力，家里的生活在当时可能要拮据很多。

等经济条件有所好转，一家人的生活大有改观的时候，母亲会变着法儿改善一日三餐。汤圆、咸鸭蛋、粽子、凉糕、白糕、糍粑、醪糟、凉豆腐、猪儿粑等等，没有一样不融进母亲对家人的关爱，没有一样不是母亲的味道。

我庆幸有这样一位母亲，也庆幸自己在农村长大。一把把沙土，一个个红苕，一碗碗井水，一块块咸菜补给我很多淳朴的养分。咸菜的盐质沉淀进我们的骨子里，咸菜的清香浸润进我们的生命中，让我们在灯红酒绿的现代生活中，却始终不忘那段艰难的生活。忘不了母亲那双皴裂的双手，更忘不了母亲的言传身教。虽然饭菜不丰盛，但是温暖，伴随着那可口的咸菜，一大家子在相互的关怀和拮据中走到了现在。

马未都曾说过，咸菜不咸了，日子也就淡了许多！现在超市和农贸市场可以买到各种咸菜，但没有母亲做的咸菜的味道！

2016 年 8 月

老水井里的乡愁

近日读到“凡有井水处，皆歌柳永词”，心受触动，神思既往，不为柳郎词盛行于市井巷陌，只为老家的水井。

在我们川南丘陵，水井分土井和石井。土井浅，蓄水少，只够两三户人家使用。土井里面的水多是裸露着的，清清亮亮。汲水无需吊桶之类的工具，触手即可及。石井有的有十几米深，多为圆形。

想到水井，脑海里便浮现这样的镜头：两只水桶在乡亲的肩头不停地、有节奏地起伏，水满满的，经不起震颤、颠簸，溢出来了，路上洒出两道湿湿的印痕，从挑水的井边一直延伸到挑水者的家门口……为了防水荡出，有的在水面放一片荷叶或两块木板。

井在民间，常设在最干净的地方。我们村的水井，在山坡下的田边。听说有六七百年了，两条小路通向老井，野草杂花斜逸着小路生长，像平平仄仄的诗行。水井不远处耸立着一棵柳树和一棵苦楝树，几米远是一片竹林，高大的两棵树形成厚厚的浓荫，将水井完全遮住，即使炎热的夏天，井水依然清澈凉爽。有时候，一些调皮的青蛙会在井沿的石板上呱呱直叫，引得燕子也赶来凑热闹，轻轻地掠过并留下清脆的歌声。儿时的伙伴们也会顽皮地站在井沿上，看着镜子似的水面映出自己可爱的样子，做各种怪相。有时我们会折几根柳枝轻轻地荡漾水面，朝着自己的影子哈哈大笑。

井台是一整块的青石造成，石质鲜青，经水的浸泡更加清凉温润。井壁也是大青石的，因为岁月的侵蚀已变成青墨色，夏天还可看见一些光鲜的青苔长在上面。在井壁两边，从上到下凿了一些凹处，便于下井脚踩。

记得那时，是用水的人家中有威望的人组织淘井，每两年淘一次井。我们小孩子最爱看热闹。那时，没有抽水机，村里组织十来个壮年劳力，用三四个小木桶不停地提水。人们喊着号子，唱着顺口溜，甩开膀子越干越有劲。井水下降后，组织两个胆子大的，沿着井两边的石凹下到井底淘井，将掉落在井底的杂物和淤泥全部掏出来。井上的人用绳子提出，一批累了，又换一批，接力着忙活，掏出来的泥土黑黑的，还有很多竹叶。

农村的孩子懂事早，记得十一二岁的时候，我就开始去水井挑水。看见有人挑水，赶快去，看看大人是怎样把水弄上来的。父亲的大徒弟平哥还亲自教了我。如果水井浅，打水时用扁担一端的铁钩牢牢地钩住水桶并慢慢地下放到水面上，再轻轻地把水桶摆到井壁处，然后反方向猛地用力快速往下拉水桶进水，等水桶注满水要瞬间提上来；或者把木桶倒着用力丢进井里，然后双脚作为支撑点务必站稳站住，双臂快速往上提水桶，这样就能把水打上来。如果水井深，就需要用竹竿。一根竹竿，在有竹节的地方用刀对穿一个孔，把套在水桶上的绳子穿过竹孔，然后放下水井就可以打水了。水井很深，一根大约十米的竹竿，才可以到达井底。若水井深，桶又大，装的水多，就两人共同把水桶扯上来。

一次我用锑铁桶挑水，来不及用扁担钩钩住桶，注满水的桶就沉到井底去了。父亲在外给别人修房，母亲还没收工。没有挑到水，晚上没水做饭喂猪，我不知怎么办，就在井边哭。过了一会儿，邻居周三爷来挑水，我哭着跟他说了。他说：“别哭了，一会儿我帮你弄上来。”他挑第二次水的时候，手里拿着一个拴有绳子的较长的铁钩，他把铁钩绑在竹竿上，趴在井边，才把我的桶钩上来，并把水倒了一半在另一只桶里，说：“挑回去吧，小孩别挑那么重，压坏了身子不肯长。”

清晨，一声鸡啼，小村就掀开了一天的门帘儿。挑水的男人们相互打着招呼，拉着家常，亲切而温馨。一担水上肩，随着扁担的起伏，桶颤悠悠地晃着，荡起细碎的水花，小路上洒出两道湿湿的印痕，空气中飘着淡淡的馨甜气息。

夏日中午，女孩子们在井旁用木盆洗头。细花的白短袖，一盆青丝软软地漂在水里，用皂角轻轻地搓揉，然后用毛巾洗了脸，坐在一边，用一把木梳，从上而下，细细地梳理，直梳得青烟如龙，彩霞四起，一股皂角味缭绕井边。那才叫美呢！

有媳妇陆续提着衣服、被单聚拢来，井台上便越发的热闹起来。她们手里忙活着，嘴里更不闲着，东家长西家短，嘻嘻哈哈。大概“市井”一词便与此有关联吧。倘若还有谁家男人来挑水，总少不了一番只属于乡村媳妇的泼辣与开放频频上演。姑娘们只管梳头，悄悄地听，有时帮张大娘拧一下被单，然后提着半桶水回家。

一直到夕阳西下，疲惫的老井还无法清静，依旧有三三两两的男人来挑水。他们却不急着回家，纷纷脱光上衣，提上一桶井水，劈头浇下，大呼爽快过瘾。黝黑结实的胸脯上残留着颗颗水珠，在清丽的月光下晶莹剔透，散发着一种原始的雄性之美。有的甚至还借着这兴致南腔北调地吼上几嗓子。当然，这种情景大都是在夏夜。

记得二十世纪七十年代初，我们生产队从泸州来了一个刘姓知青，约二十岁。生产队专门给他修了两间房子。他也买了两个铁桶去挑水，开始的时候，别人把水从井里提出倒给他，他用两手提，到家时，水晃荡还剩半桶了。一次，大队郑支书的三女儿去挑水，看见瘦高的刘知青笨手笨脚的样子，就教他打水和用扁担挑水。有几次做示范，把水挑到刘的家，顺便帮他收拾屋子。因为挑水，郑三姐常去帮他做饭、洗衣，还给他做布鞋和鞋垫子，他们渐渐产生了感情。郑支书反对也没办法，他们结婚了。当他们的孩子两岁多的时候，知青返城了，郑三姐也和孩子进了城。每次她回娘家，都要去挑水，只为感谢水井这个媒人吧！

井水夏凉冬暖。夏天，烈日高照，暑气炎热，人们做活归来第一件事，就是用手掬一捧这甘甜的井水，咕噜咕噜灌个痛快。没有喝水的器具，就把头伸进别人家的水桶里喝。后来也有好心人，放一个桶在井边，用楠竹制做了几个简易的水瓢，放在水井旁边干净的岩石上，方便过路的人饮用。冬天，寒气逼人，而这口井水，却冒出暖暖的热气，温暖的井水滋润着乡亲们的心。妇人们用井水洗菜、洗衣一点也不觉得冻手。

记得母亲用这口老井的水煮的稀饭，推的豆花，做的凉糕和浑水粑特别好吃，有股清香味。

如今，井边的树已经很老了，井台上刻满了岁月的沧桑。几百年来，多少人曾经喝着这井水渐渐长大、又悄悄变老，可井依然年轻；曾经喝过这井水的多少人远走他乡，可井依然坚守故土，寸步不离。

无论春夏秋冬，井，就这样一年年直直地站立着，连睡觉也是站着，尽管你看不到它——因为它不是站立在大地之上，它是站在大地心里。

乡愁，是一口深不见底的水井。井，是一个村庄的灵魂，亲眼目睹了一代代人从生到死，见证了人们生活由贫困到富足。

老家这口七百多岁的老井，至今仍未干涸。捧起这井水，仿佛捧起正静静凝望着我的沧桑岁月；饮着这井水，我好像正在细细品味着一段淌满家乡人淳朴、安然、奋斗的历史……

2017 年 2 月

消散的炊烟

乡村那缭绕的炊烟，在我的记忆里，是那么美，散发着淡淡的柴草味。它或直或弯，或零零散散随风飘散。它和着公鸡的啼鸣、狗的叫声，和着村落、绿树、小河，和着在树林、田野穿梭的鸟儿以及忙碌的人群，组成了一幅幅美丽的画卷。炊烟飘荡在田野、树丛中，像薄雾、像轻纱，把山村笼罩。那袅袅的炊烟迎风飘扬，宛如长袖轻舞，衣袂飘飘的仙女。

故乡的炊烟是最早升起的一缕温暖。每当冬夜里鸡叫过三遍，母亲便起身点亮煤油灯，为外出修房的父亲煮一小碗醪糟，然后给我们上学的几姊妹做饭。天刚蒙蒙亮，月亮仍然高悬在天边。远近的鸡鸣狗叫之声此起彼伏，鸭鹅唱和的晨曲唤醒了乡村的梦。村里男人们披着旧棉袄，戴着破棉帽，嘴里叼着不带嘴的香烟或叶子烟，扛着锄头到田间地头劳作去了。女人们也不赖在床上，纷纷起床做饭、喂牲口和照顾年幼的孩子。那一道道窜出烟囱的炊烟，慢慢地覆盖在故乡的池塘、树林上空，升腾起乡村的又一缕希望。

炊烟总是让人温暖和感动。傍晚，夕阳的余晖将村庄洇染成一片金黄色，炊烟缓缓地蠕动着，像是一幅水墨画，涂抹着安宁与闲适。母亲站在家门口，翘首盼着亲人回归，就如心有灵犀一样，似是听到了母亲的呼唤，听到了炊烟的呼唤，夕阳里扛着犁具的父亲和老牛的身影同时出现了，像一座小山，缓缓走近。村里的灯火次第亮起来了，灶膛里的火也越发亮了，把农人的叹息忧伤与压抑的情感和对生活的向往全部吞进去了，过滤成炊烟缕缕升起，弯弯的，袅娜的，把一切心事和梦收藏。

如若看见别人家的烟囱里已经冒烟，而自家却还没有动静，就很失落。大人还在远处的田地劳作，我管理好兔子和鸡，或者帮着大人热洗澡水等。父母回家看见烟囱冒烟，就知道是老大在烧火了，很是高兴。

在乡村，炊烟是一道风景，是一朵飘逸的白云，是一个家庭的温馨，是一个乡村的祥和。在坝子中间，一人端着一大碗红苕稀饭，一根咸菜，几个人一围，不论张王李赵都是一家人，柴米油盐海阔天空都是谈论的话题。浓浓的乡情在这里得到升华，天南海北的绯闻轶事都在这里交流。孩子在树林里捉知了，月光下听老人讲古老的传说或村里的故事，那是一种多么快活和有趣的生活！

炊烟给了我宁静温暖熨帖的感觉，不急不徐，飘飘渺渺，那淡灰色的缕缕炊烟在房顶与高大的梧桐树上缭绕着，你觉不出哪是炊烟哪是云彩。每每这时，那些白发苍苍的穿着如炊烟一样颜色衣服的奶奶，或者头发黝黑的穿着红色小褂的母亲们在灶前忙碌着，蹲下身子往灶膛里续上麦秸、高粱秆、油菜秆。这些庄稼秆从地里收回来，在灶膛里燃烧着，把母亲们的脸映得红红的，也点燃了母亲们的希望。做饭，烧菜，续火，都是母亲一个人的事，有时祖母也帮忙烧火。她们乐于这样做，从未觉得苦和累。其实那菜就是萝卜、青菜，饭是一锅红苕，有点凉豆腐或蒸过的黑豆豉最好了。于是，母亲的味道、红苕的味道、咸菜的味道、猪食、牛粪的味道相互纠缠着，以及坝子里鸡鸭鹅的叫声，在炊烟的伴和下，形成了一种独有的乡村甜甜的酸酸的生活味儿。

村落下是大片的田畴。没有农药，没有化肥，没有除草剂，稻谷格外健康。生产队分的再生稻，伴随着父亲下田打弄的黄焖鱼，香甜了我数十年的梦境。

我爱乡村的味道，抓一把泥土，摘一根野草，嗅一嗅都有亲切感。每次回老家，有时看到一缕缕的炊烟，从一个个农家小院升起来时，特别亲切。冬天，我很喜欢帮母亲烧火，热潲水喂猪，或烧洗脚水。闻着秸秆的味道，烤烤火，还可以在灶里烧红苕吃，有点糊味和柴火味的烧红苕真香呀！

有炊烟，家总是温暖亲切的，虽然那时不富足，但记忆里却洋溢着幸福。我仿佛又看见那火光中的母亲，在湿漉漉柴禾的烟雾中，睁不开眼，在为我做饭，唤我早起。只要在外面大老远望见家里升起的炊烟，就仿佛看到了母亲端在桌上那热气腾腾的饭菜，心里总是充满了快乐、甜蜜！炊烟里洋溢着的是幸福、温暖和爱。

假如你没有在乡村生活过，你没有感受到炊烟的缭绕、渗透、温润，你就不会懂得炊烟一词的真正含义，你就无法理解乡村生活的恬淡、质朴、安宁和忧伤。

社会进步了，现在的乡村已经几乎看不到会冒烟的烟囱了，我们感到高兴，因为我们的生活燃料发生了一系列的革命性的变化，从沼气、液化气到天然气、电等清洁能源。炊烟的消失，是时代的进步。当下，绿色低碳正加快成为我们最厚重的底色。现在的天更蓝了，空气更清新了。

偶尔还会有，那是年纪大的前辈，一辈子用惯了柴火和灶头，才觉得地里的柴禾可惜，也只能用它们消磨自己远离儿女的整天无奈的时光。如今，乡村以老人和孩子居多，孩子们长大了，都离开了乡村，离开了炊烟，走向了大城市。这是社会文明发展的标志，但空巢老人多了，炊烟升起的时候，你很难听到母亲的唤儿声了。炊烟留给人的只有回忆、怀念！

2017年12月

旧时光里的布鞋

过去的那个年代，干净的布鞋是最时髦的鞋子，那个年代的女人个个都是能手巧匠，做鞋是重要的女红之一。

冬季，农闲，母亲趁这个时候开始做全家人的单鞋。千层底布鞋工序复杂，耗时长，一双单鞋最快也要五六天时间。

夏天收青麻，剥皮晾晒干，娘将麻丝搓成细绳，以备扎鞋底用。每年秋天，我们姐妹几个就会被娘指派去捡笋壳。将笋壳铺在地坝上让火红的大太阳晒干，用一把旧扫帚擦掉壳毛，然后用竹片将它们夹成一叠一叠的，用棕叶子捆住竹片两头。

做千层底布鞋的第一步是“打布壳”。趁天气好，娘把所需的工具搬到坝子中，一张长桌或一块木板，将一筐箩洗干净的旧布整理成一片一片的。娘先在桌上刷一层浆糊，我便递上一块布，铺上后，剪去布料边角，再刷一层浆糊铺一层布，大概铺四五层，就成了。将长桌或木板晾在坝子里，太阳暖暖地烤着。家里人口多，通常要连续打好几张布壳才够做全家人的鞋。

第二步是做鞋样：用笋壳按照各人脚的大小，做成各种鞋底的样板。然后剪裁：把晒干的板壳从木板上取下，把鞋样贴在上面，按样剪裁，裁完了，先缝上几针固定好，然后再裁剪下一双，待我们全家的鞋底都齐了，再开始缝纳。

最关键的一道工序是纳鞋底，也叫打鞋底。右手中指套上顶针，准备好一枚较粗的纳底针，左手捏住鞋底，右手的拇、食、中三指把住针，用顶针顶住针“屁股”，使劲往厚厚的鞋底上推压。但也不是全凭力气就能穿过的，更要讲究技巧，拔针时，不可歪斜，不能摇摆，不然针屁股会断掉的。有的妇女使用拔钳，夹住针，手腕向上轻轻一抬，针就轻而易举拔出，轻松多啦！然后“沙、沙、沙……”抽线，抽到底了，食指缠住线端，手腕朝下一翻，用力一拉。拉得越紧，鞋底就越结实。由于拉线要直接用手，还得用力，纳完一双鞋底，娘的右手中指和食指就伤出很多口子来。有时流着血，娘用旧布包着伤口坚持着纳，白天纳，夜里纳，赶到过年前，要做好我们全家所需的鞋子，想象一下，得花多少时间，多少气力？每当夜晚，我们在煤油灯下读书写字，娘在灯下纳鞋底，还时不时地哼着歌。娘纳的鞋底，针眼的密度非常密，拉得也非常结实。还纳些花样，大多是四瓣一朵的。我问娘：“鞋底别人又看不见，为什么一定要排列整齐且纳些花样？”娘说：“做事要有规矩，要踏实认真。好看，又不是做给别人看的！比如爱干净，自己觉得舒服就可以了！”

我十二岁的时候，娘教我纳鞋底，主要是妹妹们的，鞋底小些。父亲穿44码的鞋，鞋底像船一样，我手拿捏不住。有几回针不听使唤，不是针断了，就是针鼻子钉到我手指里去了，娘马上给我吮血，说要用力钉到鞋底一半才用顶针。第一次，我纳的是五妹的鞋底，虽针脚不匀称，但娘还是很高兴。我以后又帮着娘纳了几年鞋底。

纳鞋底是农村最常见的一个场景。在田间地头，在打麦场里，在家家户户的门口，尤其是到了冬天农闲时，吃完午饭，暖暖的阳光懒洋洋地洒落在每家每户的院落里，巷道里。汉子们在打牌，抽烟，吹壳子。小孩子们在四处嬉笑打闹，鸡群们在土堆上，脚底下啄食。这时候，家里的女人就会搬张小板凳，或坐在门槛上，或挨家串门聚在一起，一边唠着家常，一边纳着鞋底，十分惬意。

千层底做好后，娘便开始制作各式各样的鞋面。鞋面又叫鞋帮，也要先做鞋样，再裁剪，裁好的鞋面也要糊上几层旧布，等干了，再缝到鞋底上。鞋帮和鞋底连接的那一圈儿用白布条包上边，鞋面处的边沿用黑布条包边缝合。上好了鞋面，女孩的就在鞋口两边钉一个鞋袢，男子的就镶一块松紧布，脚稍微肥一些瘦一些都能穿。这样，一双鞋就完成了！

最激动的时刻是新鞋快要做好的时候，眼看着娘手中的鞋马上完工了，就守在跟前不肯走，耐心地等着缝完鞋帮的最后几针，钉好鞋袢的扣子。一双鞋递在我面前，“小英，拿去试一下！”我飞快地找来纸铺在地上，脱掉旧鞋，就开始试穿新鞋。“脚拇指有点挤。”娘接过我脱下的鞋，用钳子伸进鞋里，用力往前顶几下，再穿上时，就不那么紧了。

穿着这样的布鞋，心里是那样地踏实，平和。它透气，舒适，走再远的路脚也不会累。娘做的布鞋我穿了近三十年，后来母亲的视力下降，小姨怕我晚上看书写作冷，每年冬天还给我做棉鞋。

时常回想起娘纳鞋底的模样，屋檐下或煤油灯下，娘左手拿鞋底，右手拿针，专注地一针针穿梭着，不时用针尖划一下头发。我们姐妹几人像麻雀一样在房间里穿梭喧闹，却不曾打扰到娘的安详。一不小心，顶针一滑，针尖扎在手上，鲜血流出，娘吮吸一下，继续一针针地缝。

现在少了孩子们的吵闹，孤灯下的娘又在怎样地劳作呢？也许会想起我们小时候一些趣事，一个人笑出声；也许想起电视上看到的某个案件，对离家在外的我们产生担忧；或许还想为孙辈做一双布鞋吧！

千层底布鞋，虽然现代生活已经不需要它了，但是，它曾经是我幸福的一部分。我难忘的童年，难忘的新鞋，我贤德勤劳的母亲，这一切，在我的记忆中，是永恒的。

我怀念布鞋，多想穿着布鞋周游世界，或许，穿布鞋的脚，会走得更有底气、更稳健、更灵动，也会走得更远。

2017 年 1 月

亲亲我的麦子

麦苗青

“寒露霜降，胡豆麦子在山上”。川南沙土多，秋收过后，给地里铺上底肥，把土挖松平整后，打上窝，把麦种播下，浇点粪水或撒点柴灰，把麦子盖住。不久，站在麦子地里，会让人升腾起一种惬意与明净。在秋日暖暖的风里，针尖般的麦苗顶开土粒，欣喜、激动地向这个世界探出头来报到！

在我记忆的深处，对麦子最关心的是父亲，每年麦子播下之后，田间地头总会时不时出现父亲的身影，麦子啥时出苗，何时除草、施肥。冬天下雪的时候，他会站在屋檐下望着难得的连天而降的片片飞雪，毫无缘由地抒怀：“今冬麦盖三层被，明年枕着馒头睡。”

冬天，寒风凛冽，万物萧条，麦苗却更稳重了，不知不觉中新绿更迭为苍翠的绿。北风呼啸，麦苗被迫匍匐着，灰头土脸，却又一次次坚强地挺立起来，抖抖灰尘，与同伴结成一片，蔑视狂风的淫威。深冬里，麦苗却把根扎得更深、更牢。

春天，睡了一冬的麦苗卯足了劲儿，欣欣然地舒展开嫩嫩的枝叶，在春雨的滋润下，嗖嗖地往上窜，一天一个样。如果这个时候，走到地里，你仔细聆听，你就会听见它拔节的声音。几天功夫，就到了抽穗扬花的时节，有经验的农人提醒，麦起身了，千万不能拔草伤苗。迎着和煦的春风，嫩嫩纤细的麦穗从枝叶间伸着摇摇晃晃的长颈，爬满了如小虫一样的粉黄花粉。农人在心里祈祷，这个时候千万不能下雨。风一吹，麦穗唰唰地摆动，那是抑制不住的喜悦，一股香气扑鼻而来。几天过后，花粉的颜色渐渐变得褐黄，扬花的时节过去了。

麦穗黄

初夏，一切都显得葱葱郁郁，一派生机盎然。每逢麦子由绿变黄将要成熟的时刻，我的内心总是充满期待，一边欣赏滚滚麦浪，一边观察着麦田色泽的变化，心里算着大约多长时间就要开镰收割，多长时间就可以在打麦场玩耍，听打麦机呜呜的声音。

麦子还没有完全成熟的时候，我们这些吃不饱肚子的孩子，割草时，和伙伴们找一个背弯的地方，选饱满的麦穗，烧着吃，用手搓掉麦壳，边吹边吃，麦粒散发着馨香，我们津津有味地吃着，黑乎乎的，吃得面目全非，可唇齿留香。吃完，打着饱嗝，哼着歌儿又回家放牛去了！

“小麦不吃立夏水”。麦子抢收的五月，空气中夹杂着麦子浓郁的芬芳，连成片的麦田黄灿灿的。黄的麦秸，黄的麦穗，整个天地融在那片金黄的色彩中，饱满丰盈的麦穗像风情万种的少妇尽情施展着它成熟的风韵。俗话说“麦熟一晌”，小麦快要熟的那几天，父亲每天都要到麦地里转转，看看。这块地明天可以收割，那块土后天就能收割，父亲根据地里的情况安排好收割的顺序。

父亲匆匆忙忙赶去街上的铁匠铺，拿着家里麦收的几把镰刀，在铁匠那里淬火，唯恐别人占了先。千家万户都在紧锣密鼓地准备着夏收。

母亲带着我和二妹，到麦田里去拔麦挽子。割麦要先准备捆把的挽子，或叫麦腰子。麦挽子是用整株麦棵子做成的，挑那种麦秸还是青的，麦穗也是软的最合适。我们把这种麦子连根拔起，抓过一把麦棵子从根部均分成两份，顺手沿着根部捋向麦穗，捋顺了捋直了，便将有麦穗的那头挽个死结拽紧。有的人捆麦也用谷草和竹蔑。

开镰割麦的这一天，母亲照例会起得最早，先烧上一大锅开水，泡上一大桶薄荷茶，然后煮早饭，才叫一家人起床。吃罢饭，提了装镰刀的筐子和水壶，天蒙蒙亮就到了田里。早上的空气透着湿润，已有起得更早的乡亲在割麦，他们不声不响弓着腰正奋力挥动着镰刀，传出麦秸分离的撕裂声。

看母亲割麦是一件赏心悦目的事。镰刀闪着星月一般俏丽的锋芒。母亲右手抡开镰刀，左手揽麦入怀。镰刀贴着地皮，挥出一道优美的弧线。瞬间，一大把麦棵便倒进母亲温暖的怀里。连续两三次就是一大堆了，这时，她用脚勾住，拿镰刀往跟前一拢就是一大抱，顺势放在早已等在那里的麦腰子上，然后扯过两头来一个十字交叉，用腿压在麦子上面用力拽紧，最后将两头紧紧掖进麦腰子里，一个结结实实的麦捆就捆好了。割麦时，我常看见青黄的蚂蚱在麦田间跳跃，有时有一两只野兔倏地从田里跑过，想追已来不及了。

大人小孩老人全家上，割的割、拉的拉、晒的晒。父亲是最辛苦的，为了不让成熟的麦粒掉在地里，他借着月光收割麦子，随着“咔嚓，咔嚓”的声音，一大片的麦子被他割倒在地，他好像不知疲惫，浑身是劲，割完了这片又去割那片。这时候，我们最怕下雨。如果不抓紧收割，麦子就会烂在地里。看着一眼望不到头的麦子，再看看阴云密布的天空，我和大人一样犯愁了。父亲二话不说，领着我们就往坝子里跑，赶紧搭麦垛。迎着豆大的雨点，我们递麦捆，父亲搭，稍跟不上，就挨父亲一顿训斥。麦垛要搭得紧凑、整齐，麦秆朝外麦穗朝里，防止雨水灌进麦子发霉。有时候，麦垛刚搭起，天就放晴了，耀眼的光芒穿过乌云直射下来，又开始准备拆垛，折腾来折腾去。

麦粑香

打麦子大都是在夜晚进行，打麦场的夜晚灯火通明，马灯或油灯照亮那漆黑的夜，灯周围白蛾成群，麦稔子在农民手中挥舞着，高高地举起，然后重重地落在拌桶的内沿，发出“嘭嗵，嘭嗵”的响声。有些没有拌桶又没有打谷机的人就用连盖打麦子。麦场上人声嘈杂，像重大节日一样。这里是孩子们的天堂，孩子们会钻进硕大的麦堆，嬉笑，追逐。有时，我们便爬到高高的麦垛顶上，躺在干燥柔软的麦把捆上，你一言我一语争着讲些胡编乱造的故事，听着听着就睡着了。打麦声、说笑声、孩子的嬉戏声，这些声音在乡村宁谧的夜里，夹杂着偶尔几声犬吠，青蛙的鼓噪，夏虫的低吟，风车的“哒哒”声，组成了一首动听的小夜曲。

那些被碾去麦粒的麦草，柔软而恬静，一堆一堆默默地矗立在打麦场上，在烟雨迷蒙里，在炊烟的牧歌里，和麦地边缘的农屋、老树一起勾勒出乡村的素描。然后再被一点点化入灰烬、墙泥里。颜色好的秸秆可以编草帽、造纸，编灯笼虾子等玩艺儿；麦草压碎后和着胡豆叶，是猪的食料。现在麦秸秆作工业原料，如建材、一次性包装盒、食用菌的培养基地等。麦秸秆的作用也不小。

麦子收割之后，我们便享受那麦饭的香味，那粒粒麦子在锅里蒸煮着，全村都飘着麦饭的香味。夜晚收工之后，各家各户的石磨磨麦子“嚯——嚯——”响个不停。然后用米筛把那些麦麸筛掉。用马齿苋，或用又嫩又脆的南瓜花煮麦粑，又光又滑，吃起来津津有味。面粉还可以蒸桐子粑。有时把麦粒炒一下再在石磨上磨，磨出的面粉很香，冲开水搅成粥的样子就可以吃了，红军长征时也吃过这种炒面。麦子换兑面条，只能是节日，或者是有喜庆的日子，因为一斤麦子只能换八两面条，并且要两毛一斤的手工费，大人们都舍不得。

后来机子磨面粉，很高兴，跟着大人们背着麦子到五里以外的观音桥去打面粉。记忆中磨坊的蛛网成了一道道白絮，挂在墙角、椽梁上。嗡嗡嗡的噪音充斥着耳膜，堂姐在机房排队，黑发染成了白絮。我一会儿在外面转悠，一会儿看轮到我没有。该我了，我守在机旁看白色面粉流进我的布袋，心里有说不出的高兴。装好面粉、麸皮，随即返回。

机子磨的面粉比石磨磨的更细，更好吃，吃法也更多，但少了点纯麦香。在自家地里摘点韭菜，放在面粉里，放点盐，煎的麦粑，菜油、韭菜、新鲜面粉，几种香味满口。做馒头包子、炸麦鱼鳅，那就是打牙祭了！

夏天，母亲把麦粒泡涨蒸熟，用黄荆盖着，等起香灰后，在石磨上磨，加些盐、酒，母亲做的麦酱也格外香甜。

收获是一种灿烂的体味。一个人内心的美好被充实和饱满唤醒，就像麦粒被另外的麦粒唤醒。

麦子情

乡亲们善待庄稼，珍惜粮食，并敬重麦子。在地里，我不止一次看到我的父母乡亲在炎炎烈日下，汗水浸透衣衫结了白碱，弓着腰在麦田里收割麦子；皎洁的月光下，满头麦草衣子，满脸灰尘，跪在麦场里筛麦。各家必定安排小孩拾麦穗。路边偶尔有遗落的麦穗，被枯瘦的手拾了去，一阵揉搓，吹去麦芒麦壳，送进豁了牙的嘴里，发出一阵咯嘣咯嘣的响声；村子里，我不止一次看到：老汉伸出长舌舔碗底的麦粑稀饭；晒坝附近的老人，蹲在地上一粒一粒捡拾遗落的麦粒……我七十岁的祖母，在土沟里，在麦草上仔细寻找掉落的麦穗，像在寻找珍珠。记得祖母用拾麦穗卖的钱，给我买了一张印有两只蝴蝶的手巾，作为我十岁的生日礼物，我十分喜欢。小脚祖母，戴着草帽，背着背篼，拿着蒲扇，蹒跚走在麦田里，用牙咬下麦穗，这个画面深深地印在我心里。

近十几年来，稻谷的产量越来越高，很多人家里有了余粮，越来越多鸟儿吃麦子，很少有人种麦子了，多种玉米、油菜。麦子在我的家乡川南一带从此失去了它的踪迹。但是，每当到了麦收季节，我时时思念那养育我们血脉和精神的麦子，常常念叨那锻造我们灵魂的麦子，想闻闻麦子那纯正的幽香！

2017年6月

那些渐渐远去的农具

四十年前，每当春天来临，步入川南乡村的任何一个角落，我们都会看到“牵牛扶犁”的情景。头顶斗笠、身着蓑衣的老农，一手扶犁把，一手压犁辕，腰弯如弓，足探泥底，胳膊上青筋暴起，脸颊上汗珠滴落，汗水在日色的照射下，闪着晶莹的光泽，身后翻起的波浪型泥垄，像一幅水墨画，勾勒出老农、木犁、水牛组成的剪影。

农具是我们的上一辈辛勤劳动的印记，也是我们儿时的回忆。

龙骨水车

龙骨水车，又名水车、翻车、踏车，是一种水利灌溉机械。这种水车主要由木链、水、刮板等组成，节节木链似根根龙骨，因此得名“龙骨水车”。龙骨水车比较适合平原丘陵地区使用。它提水时，一般安放在河边或水田里，下端水槽和刮板直伸水下，利用链轮传动原理，以人力为动力，带动木链周而复始地翻转，装在木链上的刮板就能顺着水把河水提升到岸上，进行农田灌溉。

在二十世纪九十年代前，龙骨水车还实实在在是家用的农具之一。那时，我国农村还是靠天吃饭，所谓十涝九旱，这水车就是主要的抗旱工具了。水太多时也可以排涝的，春节前把塘里的水抽干捕鱼，也是用的这龙骨水车。我们川南坝子的人，把这活儿称作“车水”。

我对水车印象深的还是七十年代初，夏天抗旱的时候。

太长时间不下雨，大地如火烧，望着被烤焦的庄稼，大人们心急如焚，抗旱成了农村所有男女老少的事。生产队长安排每家的劳动力，增加工分，每架水车都由两组人轮流踩。实行两班连轴倒，做到人闲车不闲。一架水车，24小时车上来的水，能泡两三亩干田，或者灌溉七八亩庄稼。一架架水车，在一道道河边，在一块块庄稼地前，绘出了一幅幅令人心旷神怡的田园风景。伴随吱呀吱呀的转动声和潺潺的流水声，动人心魄。那时，人与人很团结，大家同心齐力，边车水边说笑、唱歌，“车水忙忙，脚蹬水车，喜呀么喜洋洋，喜洋洋”。歌声缓解了疲劳，让整个劳动过程沉浸在欢乐的气氛中。

水车架子上有一根横杠，手轻轻地扶着，双脚上下移动，稍稍用力踩着踏板，熟练的，能不用手扶着横杠。有刚学车水的，因为紧张，双脚不协调，吓得在横杠上挂起来，家乡话叫“挂田鸡”，要让人笑话的。

为了挣工分，母亲和男子一样干重体力活。很多次，在月朗星疏的夜晚，十岁左右的我去给父母送夜宵。看见父亲和母亲一高一矮，吃力地踩着水车的踏板，不时用毛巾擦着汗水。他们踩得越快，水流就越大，在茫茫的旷野里，那白花花的水，从池塘出发，从水车幽深的身体流出，流向水沟，流向庄稼的血管。不久，母亲叫头晕，父亲赶快扶她到地里躺下，母亲闭着眼，拳头紧握，汗水直冒，全身发抖，我吓哭了，不停地叫“娘，娘”！父亲把母亲的头放自己腿上，掐着母亲的人中，叫我拿十滴水来喂母亲。过了好一阵，母亲才醒过来。后来才知道，母亲怀有四个月身孕，又饿又累才昏厥的……

每当读到舒婷“我是你河边上破旧的老水车，数百年来纺着疲惫的歌”这样的诗句，我的心里就会随着水车的转动而酸楚起来。随着时光的推移，农业生产工具的快速转换，水车俨然成了落后生产力的代名词。可是又有谁注意到，水车从汉灵帝时华岚造出雏形，到隋唐时广泛用于农业灌溉，至今已转动了一千七百多年。它在漫长的历史长河中，曾不知疲惫地灌溉了一个民族。

连枷

连枷，我们泸县又叫连盖。乡村人们于院坝砸打谷穗小麦等成熟农作物的工具，在我国出现得很早。

连枷是分离黄豆、油菜等带荚植物的好帮手。它是用一根竹竿，顶端第二节经过用火处理压扁后，弯成360度，形成的一个“轴套”；用五根厚木条以牛皮筋多道扎编而成的“连枷牌子”套在其间。使用时，双手将其高高举起，用力打下，连枷便随人的动作翻转，平面着地打在谷物上，使籽粒掉下来，既方便，又高效。

60后的我，在童年幼稚浅浅的印象中，泸县老家，每到麦收或秋后，酷暑时节的中午，一坝子平躺的金黄麦子再次被镀上一层太阳色，古铜色的人们头顶或新或旧的草帽，各自手握一把连枷，一上一下，一进一退，节奏均匀有序地拍打穗秆，让成熟饱满坚硬的粮食脱离茎秆。那一声声啪啪的沉闷厚重的声响，飘散得好远好远。再热的天气因丰收的喜悦而把啥都忘记了。

这种原始的脱粒粮食方法，在我的老家叫“打坝子”，很朴实却不俗气，很随意又不急促。

记得生产责任制落实到户不久，我家人口多，地多，劳动力少，大大小小都要上阵。每当农忙的时候，父母就特别着急。有一次，父亲教二妹用连盖打麦子，连盖老是不听使唤，父亲示范了两次后，二妹仍然用不来。脾气较暴躁的父亲放下活，用连盖把（竹竿）打二妹的头，二妹双手抱头蹲下哭了，坝子里的两个邻居赶快拉住父亲……那时，哪个孩子不挨打呢！

打坝子，就是打场。打场前，要把连盖在水里浸泡半小时，连盖不易烂和脱落。打场，用力得匀称，你落他起，你进他退，哪里还需几连枷，哪里不该砸打，何时进退，几时歇缓等举止，全在眼耳和眉宇间展现。全坝子除去啪啪的连枷声外，别无他声，缘于汗流浃背的劳作辛苦，火辣辣日头的照射。打场，不紧不慢地上下起落，这一上一下的砸打，这一啪啪的声响，是一把连枷和一株成熟庄稼的磨合和亲昵，是将沉睡的粮食抚摸而醒，是把离开泥土无根的粮食安抚，是将农人的希冀颗粒归仓。

犁铧

曾经很长的时间里，犁铧是川南乡村中最主要的农具，我们这里也称“犁头”。

“犁”字准确无误地解释了这个字的含义，它是与牛有关系的，犁就是套在牛身上的一种类似于枷锁的农具。“铧”，是犁的末端部分，是进入泥土的铁。犁地的时候，牛走在前面，犁铧跟在后面，农人又走在犁铧后面，脚踩犁沟，一手扶着耕犁，一手扬着牛鞭，口里哼着牛歌，唯一忠实的听众是走在前面埋头拉犁的牛。父亲一心一意对牛吹口哨，忠厚的牛并非全然没有音乐的耳朵，它知道这是农人在与它谈心，向它问候。歇息的时候，牛卧在犁头边静静反刍，父亲靠在犁头上望几眼远处的青山，拿出口琴，牛和青山都静静地听着那熟悉的琴声。

犁地一般选择在秋收以后，雨水渐渐地稀少，而田地里的土还比较软，容易翻动。而且，秋后犁过的土，经过漫长冬季的历练，土质会变得更加肥沃。因此，刚刚经历秋收农忙的农村劳力，一大早便起床，喝上几碗玉米粥，就扛起犁头，拉上牛，出工了。看着一片片被犁头翻出带着秋收气息的泥土，那些汉子仿佛看到了来年的收获。

石磨、石碾

石磨即磨子。用于把米、麦、豆等粮食加工成粉、浆的一种工具。以前，农村没有粮食加工机械，人们不论是用小麦、大米、玉米等粮食磨面、磨浆，或是逢年过节推豆腐、汤圆、粑粑，全都是用磨子来磨。

记得小时候，我家就有一具石磨，巨石厚重，木架粗壮，平时静静地安放在堂屋的角落里。这具石磨是由两片经过镂刻的巨石上下相叠而成，石匠在磨芯锻着不同的纹路，中间以圆轴为芯推拉旋转，石磨就能转动。

我家的石磨是和二伯家共用的，我们两家的人口多，使用率较高，磨麦子、高粱、玉米或者猪吃的豌豆、胡豆等。我特喜欢推豆腐，我把母亲浸泡过的豆粒，依次添加到石磨上。这时候，母亲和堂姐推动着石磨的拉杆，随着石磨转动，豆浆便从出口处哗哗流进木桶中。石磨转动的“咯吱咯吱”声，如同一曲悠扬的歌，伴随着我的童年。

当然，有粮食加工，终究是让所有乡村人快乐惬意的事。随着磨轮在有力地推拉下“吱咯咯”的转动，面粉白花花地流淌出来，一首村谣也就在推磨人心里响起——“推磨扬磨，粑粑做得大个。推起磨，架起锅，另磨，另做。”

石碾，碾盘尺把高，青石礅成，表面光滑，碾盘上的碾子，也是青色的，坚硬，摸一下有铁的感觉。碾盘中心的立轴，黧黑色，风吹雨淋，也不坏。石碾碾去糠皮，碾出金灿的稻谷熬稀粥。碾子转动，碾框与立轴磨擦出吱吱咛咛的响声，像一支没有节奏的乐曲，有几分欢畅，几分艰涩，只有村民知晓。石磙，粗如小缸，两头正中都有方孔，嵌进磙脐，外套磙框，牛绕场拉石磙，人吆喝着牛转，碾压几分钟后，进行翻场，这样反复几遍，才能收场。

……

那些远去的农具还有很多很多，像碓窝、斧头、铁锨、錾子等等，随着农业科技水平的提高，那些与我们的父老乡亲打了几辈子交道的农具将从我们的视野里渐渐消失。留下的只能是美好的怀念和追忆。新的农业耕作，让农人从繁重的体力劳动中解放出来，他们很高兴。

近几年，随着乡村旅游业的兴起，在许多古镇，那些水车、犁耙、碓窝等古农具又被当作展品，成为后人忆古思前的象征。从这些古老的农具身上，我们仿佛可以隐约听到来自泥土深层的叹息，可以嗅到来自农人脊梁上汗水的味道，可以看到田园中青草和稻谷的色泽，可以领略到川南的农耕文化。

2017年5月

乡村腊月红

乡村走进腊月，农事也在辫梢系上了最后一道红绸结。山野，此刻则显得空落而沉寂。翻耕后有点水的稻田，正静静地躺下来，均匀地呼吸，只有麦苗和青菜在地里绿着。

田家少闲月。农事刚歇，另一种繁忙和热闹便已粉墨登场。一阵锣鼓声揭开这热闹的序幕，也唤回乡人久违的心跳。乡村的两件大事：结婚和祝大生，都集中到这个幸运的季节，难怪它会醉颜上脸，大红的“喜”字和“寿”字，摆在大门口。乡人平日里耕种，挥汗劳作，没有闲暇关心衣食，现在终于可以歇一会儿，对往日的岁月作一次细细翻晒，把生活调整到一条恬适的轨道上去。乡人而今的光景，已不再是贫寒拮据，慌乱而穷于应付的了，他们能寄味于劳动，做到井然有序，还能忙里偷闲，甚至大胆地设计前途，憧憬未来。他们整理家园，修造房屋，还修渠堰，修公路，修学校。他们要让来年的乡村呈现一个崭新的面貌……

腊月，是乡人一段更加喜庆快乐的时光。勤劳的妇人们将新鲜猪肉放在花椒、盐、料酒中腌制，然后用清香的柏树枝小火温熏，当时间的手抚遍肉质的每一处肌理，草木的香气便烘托出了烟熏腊肉这极致的美味。即便如今生鲜随处可买，蜀人们仍然保留着先辈的传统，腊月一到，就在对新年的期待中，着手准备腌鱼、腊肉、香肠、糍粑等种种年货。

腊月是时光结出的最后一枚果实，挂在季节的枝头，殷红，丰硕。

腊月红，红出一片新天地。漫步村巷，红灯笼已悄然挂上了人家的檐前屋后，在风中红红火火地亮丽着，墙院上的喜鹊喳喳地叫着，欢庆人们一年的辛劳终于换来了最后的冬闲时节。腊月二十三过后，就开始团年了，推杯换盏，觥筹交错，人人面色红润，这难道不就是酡红春日的象征么？

腊月红，红出一片喜庆。小年这一天，人们除了做美食，赶集购物之外，在乡下，除尘、布置屋舍便成了主要的活动。要在门楣或者堂屋梁上贴几幅写有“国泰民安”“金玉满堂”“福”之类字样的红门笺，挂中国结，贴“年年有余”的年画。这天，母亲要蒸一缸红醪糟，过年煮汤圆加红醪糟，预示新的一年红红火火、圆圆满满。

腊月红，红出一份热望。腊月里购置年货时，一定还得买一把大红筷子，几挂红鞭炮，大人小孩，要买一件红衣服，一双红鞋子，一块红纱巾。要把旧年的被面拆换成新的红被面，要在猪、羊、牛的尾巴上系上红线绳……村民们忙里偷闲地看看满庭院的红，心里顿时涌上莫可名状的踏实和甜蜜，仿佛觉得一切都可以重新开始，一个新的家园便在此起彼伏的爆竹声里浮现在眼前。

过年这天，家家户户鞭炮声声，贴对联成了大人孩子们最为得意的大事。从大门开始，到堂屋，到厨房，到猪圈，每一处门楣，火红的对联透射着喜庆与祝福。飘逸灵动的字迹，将一年的热望与期冀融于其间，将一年的好运与奋斗写进对仗工整的畅想里。孩子们围着对联在房前屋后相互追逐着，呼喊着，在奔走之间仍不忘点燃一串脆响的鞭炮，在无拘的嬉闹里，将快乐传递着，丰富着。

腊月红，红出一份团圆，一份期盼。

腊月三十，一年的最后。锅里煮着翻腾的鸡鸭和腊肉，带着乡间特有的鲜香，仿佛晨曦投在树叶上留下的光斑，带着微青的黄晕。一盘盘食物的名字，也都寄托着美好的祝福，红烧肉是红红火火，桌上的鱼一定不能吃完，如此才能年年有余。对四川人来说，腊肉的味道，也是家乡的味道，这些味道，已经在漫长的时光中，和故土、乡亲、念旧、勤俭、坚韧等情感和信念混合在一起，才下舌尖，又上心间，让我们几乎分不清哪一个是滋味，哪一种是情怀。

一桌丰盛的年饭，合家围坐，其乐融融。父亲早已准备好爱喝的酒，这是他一年的时间里唯一被允许开怀畅饮的时刻，连平日里不喝酒的母亲，也在父亲的撺掇下，捧起小小的酒杯，小心翼翼地抿上一口，脸上泛起一抹红。一旁的孩子也嚷嚷着要喝，父亲便拿了筷子蘸了酒伸进他嘴里，孩子苦着脸摇头晃脑，窘迫的样子逗笑了一家人。酒过三巡，菜过五味，每个人的脸上都泛着酡红。母亲和侄女洗碗，父亲高声谈论。

守岁，全家老小吃着点心，嗑着瓜子，喝着热茶，看着电视里的春节联欢晚会，烤着旺旺的木炭火。那红红的木炭火，烤红了我们幸福而兴奋的脸庞，烤红了火热的心，也烤热了一个又一个新鲜话题，烤出了对新年的憧憬。不久，接年的鞭炮声在村庄里呼应着，烟花在夜空飞舞，映红了人们的笑脸！

2017 年 1 月

啊，耕牛

城市的傍晚，在小区里、公园里遛狗的特别多。猫、狗、鸟甚至蜥蝎、老鼠等小动物越来越得宠，我却怀想那远去的耕牛。

几千年了，耕牛是农耕文化中的主角。春和景明，农人左手扬鞭，右手扶犁，倔强的耕牛缓慢而有力地拉动着铧犁，翻过来的泥土散发着潮湿的气息，波浪般簇拥在一起，四周是惊起的鸟儿或惊跑的虫儿。这温馨的场景留在我的记忆深处！

一

四十年前，耕牛对于农村人来说，那可是至珍至爱的“宝”！耕田耙地、拉车拖磙子，多少繁重的农活都离不开牛！牛在农村的生产活动中，可是重要的“生产力”了！

要了一个冬天的农民，和耕牛一样，对春天充满了热情和期待。一大早，乡亲扛着犁铧走在牛的后面。来到地里之后，耕牛就在田头乖乖地停歇下来，等待着主人把犁铧卸下，然后将轭头套在肩膀上。此时的耕牛，变得踏实而安宁，一动不动地站在那里，耐心地等待着主人把一切都弄好。当轭头被套好，几乎不用发出任何命令，耕牛就开始迈着矫健的步伐在田野上奔走，把经过一个冬天冻结的土地翻耕出一道道的波浪。

这个时候的乡村，便呈现出了动人的景象：耕牛奋蹄的奔走，农民扶犁的模样，土地翻出的波浪，这是一幅流动的画面。那些吆喝声响彻乡村的上空，成为最优美的音乐和最嘹亮的号角。那握在手里的鞭子，没有抽打在耕牛的身上，但是农人仍旧发出吆喝声，仍旧将牛鞭在空中象征性地甩得噼里啪啦，那样甩出的鞭声最为响亮。也正是因为如此，才在诗人的笔下涌出了“不用扬鞭自奋蹄”的诗句。

休息的时候，耕牛有时候被农民放在田头，那根牛绳就搭在它们宽大的背脊上。它们站在那里默默地吃着草。此刻，它们眼里漫出的焦虑清晰可见，它们就望着面前的土地咀嚼着，恨不得一下子将所有的土地全部翻耕完毕。有时候，它们也被拴在刚刚长出青草的田边和树林里，变得那样安静，几乎不发出任何声响，只静静地啃着青草。

到了傍晚，劳作一天的耕牛开始回家了，这时的耕牛脚步很快，根本不用挥鞭。远远望去，田野展现出了一幅动人的画面，小村升起了袅袅炊烟，耕牛欢快地跳跃，杨柳舞动着妖娆身姿，小河里的春水缓缓流淌，农民相互祝福着，各种醇厚的音符融在了一起……顷刻间，奏出了一曲和谐欢快的“牛之春圆舞曲”。

二

父亲饲养的第一头耕牛，是土地承包不久从十多里远的大山脚下买来的。那是一头大黑母牛，年轻体壮，健硕机灵，一身纯黑的牛毛在阳光下亮得刺眼。这对缺少帮手的父亲来说比生个孩子还重要。父亲一边哼着小曲，一边骄傲地往家里拉，阳光照在他黝黑的脸上，格外灿烂。

父亲像呵护他的孩子一样精心饲养着大黑牛，不倦不怠。

每天从早到晚，父亲总会为他的耕牛备足草料。农忙时节，耕牛比平时的活路多、负重大，父亲常常是半夜三更起来给牛“加餐”，不论刮风下雨，还是酷暑严寒。父亲对耕牛的感情与日俱增，因此，即使这耕牛有不听话的时候，父亲也很少用鞭子抽打它。

父亲常到牛圈去，一会儿加料，一会儿加水，一会儿梳牛毛。父亲常对我们说：“我们白活了，连头牛都不如！你打了牛，牛早已忘了，但牛打了你，你却记着，常常报复它。人比不上牛的地方多了！”

童年的许多时光里，我都是伴在牛的身旁。有时，天气晴好，我会倚着它在寂静的山谷里听鸟鸣，听山水潺潺的流响，我会给它抓吸血虫子，打蚊子，为它刷理背毛。它在草地上悠哉地吃着青草，我坐在离它不远的地方看书，有时我离开书看它时，它也回头看我。雨天里，我打着伞立在它的身边撑着，看它甩着尾巴津津有味地吃草，它啃到哪儿，我移步到哪儿，它身上散发出来的热气也可为我驱散少许的寒意。

当大黑牛要生小牛的那个夜晚，父亲整夜地在煤油灯下守着大黑，给它喂米羹羹，盖厚厚的干草，为它照明。第二天早上就听母亲说小牛出生了，是一头可爱的小公牛。在出生后的前一两个月里，小公牛从不放出来，每次去牵牛时总得要人拦着迅速地把母牛牵出来，再把小公牛锁在牛棚里。等几个月后，小公牛从牛棚里放出来，活蹦乱跳的，可爱极了。

母牛对它的小牛不是很溺爱，但那份母爱的胸怀依旧令我感动。把它们放在山上，大黑在前面吃树叶，小牛在后边啃嫩草，小牛总是离它有一定的距离，而大黑也似全然不去顾虑小牛的存在。隔了一段时间后，大黑要转身看一眼小牛，凭它的嗅觉感受小牛的存在，而小牛却总是乖戾地去寻找他自己喜欢吃的嫩草，不去看他的母亲走往何处。在他尽兴吃足了嫩草后，开始寻起母亲来，“哞哞”地叫着母亲，那边母牛也会“哞哞”地回应着，然后小牛就赶快循着叫声跳到母牛的身边。有时母牛走远了，小牛记不清回家的路，就好像一个迷路的小孩在大山里“哞哞”地叫。小牛看不到母牛，又不怎么信任我，我只好跟着小牛满山跑。好不容易把小牛赶下了山，老远就听着母牛在牛圈里一遍遍的“哞哞”叫着，小牛听到了母亲的叫声，一步三跳地跳到牛圈里对着母牛又是叫又是舔地依偎着，而母牛怜爱地舔着小牛的脑袋。这一幕温暖给我留下了深刻的印象。

耕牛老了，瘦骨嶙峋的，也拉不动家里碾米的碾碌。有人建议把牛杀了，但父亲却不忍心。当耕牛完成了自己的使命之后，父亲不得不含泪把它卖给了牛贩子。耕牛走后，父亲精神萎靡了好一阵。

后听说老牛被牵走的那一刻，眼里含着泪水，它也可能知道永远要离开我们了，尽管不会言语，我想它内心肯定是有说不完的话想倾诉。

三

耕牛是很宽容的生灵。牛给你犁了一天地，晚上你忘了给牛添草倒料饮水，第二天，牛饿着肚子照样给你高高兴兴地干活。在繁重劳作的短暂歇息间，它总是在一旁静静地吃草。它把草料反复咀嚼以后，才慢慢咽下。它在吃草时，往往显出一种极其悠闲的神态，那是它在反复“咀嚼”以后，产生的对人和自然的宽容和谅解。它常常用一种独特的语言“哞——”来唤起人们被岁月的风霜渐渐磨灭的激情，为空旷寂寞的乡野画出一道绚烂的风景。

牛大多不挑剔饲料，有时在耕用前没来得及给它准备鲜嫩的草料，就喂它一些干稻草或干黄豆壳，它也毫无怨言。在烈日下劳作，“呼哧呼哧”地喘着粗气，嘴边吐着白沫，很辛劳！

牛的一生很辛苦，很劳累。牛默默地把一身力气使出来，还常常挨鞭子。牛不发牢骚，不要脾气，但牛脾气发起来也吓人，生产队里曾有一头牛不知何故发“牛疯”触伤过饲养员。

当然，牛的性情也各异。并不全是勤劳无争的品行。好斗懒惰狡猾顽劣者亦有之。

牛最终的命运是被宰杀。我清楚地记得，我们生产队有一头牛因为衰老已经不能耕田了，经批准可以宰杀。杀牛那天，养牛户把牛喂得饱饱的，牵到坝子里，通人性的老牛仿佛早就意识到大限已到，眼眶里不停地淌出浑浊的泪水，见此情景，养牛夫妇哭出了声，我也跟着哭。牛被很粗的绳子捆着四只脚，用黑布蒙住牛的眼，几个大汉按住它，另有两人各用扁担压着牛角，一个人用很长一把刀刺入咽喉，血溅在周围人的脸上。那些围观的人自觉地背着手，大概是想要请求牛的谅解，自己不是忘恩负义不想帮它，而是束手无策。我想人们之所以觉得心虚，是因为他们都明了吃进嘴里的米饭也有耕牛的一份功劳。“耕犁千亩实千箱，力尽筋疲谁复伤。但得众生皆得饱，不辞羸病卧残阳。”这首诗概括了牛对人类的忠诚和贡献。

四

如今，耕牛很少了，农村发生了悄然的变化，农田中过去用于喂牛的稻草人们也不收割了，在田畴里晒上一些时日后，点上一把火燃烧在野外。顿时，天空中浓烟滚滚，严重地污染了环境。记不得是哪位大诗人说过：“如果圣人的手接近了牛粪/圣人的手会变得更圣洁/如果国王的手接近了牛粪/国王的手会更干净”。于是我想，人们制造各种美妙的化学气息，掩盖了自然的气息，当然闻不到牛粪的味道。

听着乡间轰鸣的机器嘈杂声，我突然无比怀念父亲在乡间赶着耕牛劳作的情景。父亲那独特的吆喝牛前进的“吽，吽……”的声音和口哨声在我耳边响起，那是属于父亲的音乐，那是乡间美妙的音乐。

怀念乡村耕牛，怀念一种逝去的生活，怀念的是耕牛的默默奉献，怀念的是那些赶着耕牛辛勤劳作的父亲那一辈人。怀念乡村放牛的日子，怀念的是那份恬静、自在，怀念的是那份与自然的亲近，是守候一个希望……

2017 年 9 月

乡村匠人静静走远

匠人，是对那些手工艺人的一种统称。二十世纪六七十年代，在川南川东乡村，人们是离不开匠人的。

匠人们农忙种田，农闲挣钱，基本是做上门工。村民们会根据自家的实际需要，与匠人提前预约，定好时间；东家要在开工前做好准备工作，最重要的是备足加工材料；其次是准备好伙食，请匠人上门干活也算是一户人家的大事、喜事，不可以随茶便饭，再困难的人家，至少两天要打一个牙祭。

在我的记忆里，匠人们都有良好的职业操守和很强的敬业精神，不仅要按照东家的要求，精心制作出既美观又经久耐用的产品，还要精打细算，充分利用好现有的材料，做到物尽其用。

泥瓦匠

泥瓦匠也叫泥水匠。

我父亲曾是一个代课教师，二十二岁才开始学泥水匠手艺的。父亲常给我们讲拜师学艺的讲究，要遵照沿袭多年的行规，先设拜师宴，正式确立师徒关系。学制一般为两年（最少也要三百天），两年中徒弟不仅跟师傅学艺，还要帮师傅做家务、干农活，且没有任何报酬，逢年过节还得请师傅吃饭或送礼。在学徒的时候，徒弟给师傅打洗脸水，给师傅夹菜，有些菜，师傅没动筷子时，绝不先动。学徒期满还要办谢师酒，请师傅及师兄弟到家中做客。师傅会赠送徒弟一套工具，以示衣钵相传，并主动转让或介绍一些客户，以便徒弟有立足发展之地。

师傅向徒弟传授技艺的同时，更要传递一丝不苟、耐心专注和精益求精的工匠精神，这是一个好匠人必须具备的品质，而这种品质主要依靠师傅的言传身教慢慢培养，是一个潜移默化的熏陶过程。不过，“师傅领进门，修行在个人”。父亲常给我们聊学手艺的心得：当徒弟的，师傅对你的一皱眉，一瞟眼，都是对你的表现做出的评价和考核，特别是师傅的断喝和怒骂，你绝对不能还嘴，晚上睡在床上要默神，要举一反三。眼力好、不断思考、不断实践就有悟性。只有这样，你一年或两年后，才能够出师，别人才能够请你做事。

我父亲先后拜了两个老师。他聪明，自己肯学习，跟老师学了三个月就可以帮师傅带新徒弟了，学满三百天时，正式出师。修土墙房子做乡活路时，父亲跟谢师傅学，修砖房干公家活路时又跟姓陈的老师干。父亲很尊重他的两个师傅，就当亲人一样。父亲常教育子女，要饮水思源：有了泥水匠这手艺，我们一大家子在生活困难时期饿饭也不凶，父亲才有条件把几个女儿送进学堂。父亲为人谦和，口才好，手艺不错，在方圆几十里都很有名。

泥水匠的工具，有墙板和墙槌，还有瓦刀、木制抹子、铁制抹子、水平仪和吊线锤。父亲带领几个徒弟外出修房子，墙板和墙槌很重，都是几个人换着扛。

那时房子大多都是土墙。修房子要请石匠先打地基，然后安放好墙脚石。泥水匠带着墙板墙槌，匠人把泥土倒入墙板内，用墙槌使劲杵泥土，使其牢固，并在泥土中间放墙筋（竹篾圈圈），使墙不易倒塌。一墩一墩的长方形越堆越高。这时候，师傅这里走走，那里瞧瞧，看哪点墙凹进去了，哪块基子挂了线，适时指正。这时候的线，是标尺、标杆，谁也不能越雷池半分。

只几天时间，大墙全部砌起来了，这时就要安放房梁。等到上梁这天，主人设了香案磕头跪拜，鞭炮声里，泥瓦匠、木匠把披红挂彩的木梁架上屋架。上梁，新房就快要大功告成了，主人宴请亲朋，当然，泥瓦匠、木匠是要坐上席接受众人敬酒的，有个别主人还要抓些糖果给匠人。

经济条件稍好一点的人家，在房梁上安放檩子，在檩子上放青瓦；如果条件差的在房梁上放些竹竿，盖草房。盖好房子后，泥水匠用木制抹子把墙弄平整，有少数人家用石灰把墙刷白。这样，一座房子就修好了。

屋落成，屋主就把红包喜滋滋地送到泥水匠的手里，这是工钱以外的奖金，泥水匠们兴高采烈，被请进象征尊贵的头桌，主人敬酒，吃得很高兴……一个红包从两角到六角。不过干一天活才一块到两块钱。

泥水匠在乡下除修新房子外，还垒灶、糊壁头，翻旧捡漏，打晒坝等。

父亲泥水匠的工具，除墙板和墙槌外，许多都还在。每当聊起匠人，他很兴奋，很自豪。

石匠

石匠们背着钢钎、锤子、錾子等工具，面对石头，一干就是一整天。几个楔子或钎子凿进石头里，然后抡起大锤，边喊着号子边使劲，挨个用大锤敲打钢钎，石头便如切豆腐一样，齐齐整整地裂开了。泸县老家一些石山，在石匠们常年累月地开采下，成了许多石坑。

在农村，石头的用处很广，石匠除了打石头修房子，还用石头修水渠、砌池塘、砌粮仓、水缸、桌子、猪圈、猪槽，打碓窝、石磨子、水库的堡坎等。

石磨制作的技术要求高。石磨上下两扇，下扇不动，中间有轴，上下扇都从中心向圆周辐射出一条条齿子。上扇有个圆洞，磨麦子时，在石磨上下齿子的咬合下，把麦子破碎，逐渐转到磨的边沿，落在磨盘上。石磨可以磨豌豆、胡豆、玉米、高粱，磨的豆腐更好吃。

磨东西的时间久了，磨的齿子会老，就是上下扇的磨齿子磨损了，就要请石匠锻磨。石匠一手握錾子，一手拿锤子敲錾子把，錾子在磨齿槽中一点点往前移动，把磨齿子敲打得尖锐一些，等把上下所有齿槽都錾过后，磨就算锻完了。

现在都是机器切割石头了，在石头上刻字刻图案的不叫石匠了！

木匠

那个时候农村人结婚，流行什么“三转一响”，外加多少条“腿”。五斗橱，大立柜，高低柜，床，橱柜，椅子……一般的木匠，手里都有干不完的活儿。若是木匠手艺好，受邀请提前预约要做的活儿，要排到一两年后了。

二伯是木匠，教了一个徒弟，我们叫他刘哥。第一个月，二伯只要刘哥做一件事——学锯。有时二伯和徒弟一起拉锯子。二伯右脚踏在架子上，右手握住锯的一端，刘哥则在对面蹲着，两只手握住锯，两人一来一往。二伯不时提醒，要轻轻缓缓，平均用力。第二个月，二伯要刘哥学凿眼。一个木方子上，你必须要凿得方方正正，无痕无迹，哪怕有丝毫的坑洼不平，都是不行的。第三个月，学推刨子。“你双手推着刨子，把一块木料推出雪浪花的时候，要看那木料是不是像磨刀石一样光滑平整，手一摸，没有疙瘩才行。”二伯对刘哥说。

后来，二伯还训练刘哥如何弹墨线，如何拈方倒榫，他跟刘哥讲勾三股四弦五，讲如何画直角，这都是老祖宗传下来的，是木匠的王法。

二伯先后教了四个徒弟，他脾气不是很好，对徒弟要求严格，但徒弟们对他很敬重。徒弟们都干得有模有样，有些还超过了师傅。

二伯家的墙上悬挂着大中小几把锯子、刨子、钻子、拐尺，桌上摆放着斧子、凿子、木锉、尺子、墨斗等，邻居有个小修小补的，都到他家里去借工具。二伯还经常走东家，串西家，帮人家做桌子、板凳、碗柜、箱子等。人们都说，杨木匠选材用料、结构木头木板严格遵循“鲁班经”，毫不马虎，他做的家具严丝合缝，结构紧密，经久耐用。二伯曾给我家做了很多家具，有一张大圆桌，一直用到现在，四十多年了都没坏，只是父亲漆了几次。

我小时候最爱看二伯打家具，尤其爱看他刨木料，觉得刨出的刨花像绢花一样美丽，常常要捡起拿在手里，扯开又卷起，卷起又扯开，把玩半天。

如果有人请去家里做木工，主家来接木匠师傅，一副沉重的手艺担子，主家替师傅背着，师傅只需背着手走在村道上，不断接受过往行人“师傅”“师傅”的亲切招呼，招呼声中透着对手艺人的格外敬重。

缝衣匠和铁匠

缝衣匠在二十世纪七八十年代还是一门很吃香的行业，每到年关岁末是他们生意最好的时节。

我邻居周大爷就是做裁缝的，他总是穿着一身整洁的衣服，围着一条干净的大围腰，戴一副蓝色袖套。一手拿着皮尺，一手握着画笔，在铺展的布料上潇洒地勾勒，轻言细语地重复着他那职业性的言语，再用剪刀沿着粉迹唰唰地剪，布料就被分割成若干小块，然后在缝纫机上踩上几轮，一件漂亮的衣服就做成了。他做的衣服针脚细密，做工精致，穿在身上舒服合体。腊月，周大爷忙不过来，家里人多的或者要结婚的人家，就请别的裁缝到家里做一家人一年的衣服，冬天和夏天的各一套。

铁匠铺子的叮当声是一曲动听的乐曲，铁匠师傅抡起锤子砸下去，砸起许多火花，如空中绽放的烟花，又像天空闪烁的繁星。

家乡泸县雨坛小镇上有铁匠铺。那地方总是给人一种很红火很威武的感觉，经常招来一堆闲人围着看。烘炉前站着三个人，一个拿小锤的，一个抡大锤的，一个拉风箱的，三人光着上身，各自围着旧的帆布围腰，有条不紊地干着各人的事。烘炉里烧着红红的铁块，风箱有急有缓地一推一拉，炉火光亮时大时小地一闪一闪，熊熊的炉火映红了打铁师傅的脸膛。师傅手里的大钳夹住火里的铁件，翻着，观察火候。铁件由暗红到莹红、晶红，待看去达到几乎透明，质地好像软软的熟透了似的，徒弟抄起大锤，师傅一手掌钳，一手握响锤；莹红的铁件放到铁砧上，响锤叮叮当当指挥，大锤抡起来猛砸，响锤敲到哪里，大锤便分毫不差地落到哪里，大锤小锤节奏分明，火花四溅，旁观的人也跟着亢奋陶醉。眼见那铁件在猛力地打击下不断变形，也渐冷却，变黑，于是再一次被放到炉子的炭火里去烧炼；几次地反复，那铁件儿就成型了，或者是锄头镰刀，或者是菜刀火铲。最后一道工序是把有模有样的家什淬到旁边的水桶里。

篾匠、弹花匠

在川南农村，小型的篾器大多数人都会编织，如背篼、箩篼、篼篼、炭篼、撮箕、竹篮等，但大型一点、复杂一点的，就要请篾匠。如晾晒东西的较大的斗筐，较小的有簸箕、面筛；围谷子、红苕等粮食的围席。在过去，四川人生活中，夏天使用最多的是凉席，凉席是竹编中的一种，是用篾竹编织而成，家乡人也叫篾席子。每年到了冬天，篾匠走村串户，到主家后，主人带着他到竹林里选竹子。把竹子剔干净后，划成厚薄不一的竹蔑，那些竹蔑在他们手里跳集体舞，不多时，席子上有大方块、小方块，有时编制一些花的图案。编好后，用谷草火轻轻烧一下席子上的细毛，使其光滑。有些地方用水竹编织，比篾竹席子更柔软耐用。

在乡间，还有人们喜欢的弹花匠。秋收过后，弹花匠上门为人们弹棉花。他们挑着扁担，一头是大弹弓，另一头则是碾饼、弹槌、牵线杆之类的行头，一边走一边扯长声音喊：“弹——棉花——哟——”声音富有穿透力。进入要弹棉花的人家，来到主人与其他共用的堂屋，几条高凳，上面两块门板一合，再铺上一张床单，就组成了弹匠们的工作台。弹匠们开工前，就把弹弓检查好，再安装调试弹线，直到声音清脆悦耳，才放心地将弓轻手轻脚认真收好。弹匠师傅戴着口罩，微微弯曲着身影，在小屋游步漂移，弹槌起落，奏响的“当当……锵锵……”音乐声和着空荡房屋里的回声，此起彼伏。

弹棉絮工序繁琐复杂，首先要将棉花弹活，丝缕理清才能拢成棉被形状；然后铺底线，拉面线后稍微压实，翻转弹定型，点缀花草，书写主人姓名和日期，如果是结婚喜庆的棉被，非得写上双钩的喜字，再铺另面的网线了；最后扎角，均匀地碾压成型。

大人们有时也会过来凑热闹，他们就像看戏一样，听弹奏棉花的声音，看槌起槌落，边看边评论，有时会和弹匠聊天，师傅一边忙着活，一边和村里人交流，有时他还把自己在各地的见闻像讲故事一样说给大家听，发表着对生活的感慨。之后，人们抱着自家的棉被，笑嘻嘻地回家了。

……

瓦匠、石匠、木匠、铁匠、弹花匠，以及银匠、漆匠、补锅匠、剃头匠、骟匠……一年四季，乡村匠人游走在各个村庄，这些淳朴的手艺人，一生只专注于一件事情。在小农经济时代，他们是农村经济、农业生产的支柱，是农民生活不可或缺的组成部分。因为有他们，使得乡村生活变得充实而丰富多彩。匠人为村庄保留着许多宝贵的东西，比如真实，比如美，比如善，比如安静与耐心。

静静走远的乡村匠人是村庄文明的最初传播者，是行走在村庄的乡村艺术家。

进入现代工业社会，传统手工工匠以新的面貌出现了，需要机械技艺工匠和智能技术工匠。一些年轻人成为新的乡村工匠，在乡村振兴的大道上，这些“匠人”成为乡村文明的灵魂，他们用缓慢和精益求精的方式打磨自己的事业和人生。

旧工匠的淘汰，新工匠的产生，展示了人们生活提升的美好愿景。

2019 年 1 月

寻找那条田坎

故乡，是一条蜿蜒的田坎小路，小路上杂草丛生，漫过了黄胶鞋，打湿了清晨的裤脚，一直通向学校的方向，通向遥远的未知的地方。

这是一条什么田坎呢？它在哪里？怎么这样熟悉，这样亲切？

我开始寻找那条田坎。

我五岁的时候，就能在田坎上走路了。我蹒跚着一双小脚，不顾掉到水田的危险？那是因为，妹妹饿了，祖母用背带把妹妹捆在我背上，让我背着妹妹去找娘喂奶，娘在远处的田里劳作。田坎上有一个缺口，用一根木头搭着，我不敢过，就爬着过，吓得我哭了，妹妹哭得更凶了，路过的田大爷见此把我抱了过去。

哦，那条田坎在哪儿？那上面我爬行的印痕还在吗？我啼哭的声音，泥土还记得吗？飞鸟还记得吗？只有娘记得。娘在75岁动白内障手术，我陪护在她身边的时候跟我说过，这时候她才有空闲，她回忆了许多我小时候的事。

有一次，放学时，我在上面赤脚奔跑的时候，一块瓦片把我的脚划破了，血流了一地。我忍着痛，没有哭，掐了几根铁线草嚼烂敷在伤口上，可是还有血在流。回家后，祖母用盐水给我洗了，用蜘蛛网，再用旧布给我包上。我对祖母说，我再也不从那条田坎上走了。祖母说，那条田坎是上学的必经之路呀，不从那儿走，就要绕很远。

第二天早上，天才蒙蒙亮，娘就到那条田坎上去捡瓦片了。那条田坎好长好长呀，娘从这一头一直捡到那一头，还真的捡到了一撮箕瓦片。娘一边捡，一边说，怪不得划到孩子的脚，这么多，真危险，大人到田里干活也会被划伤呀。娘还把另外几条常有人行走的田坎路都捡拾了一遍。这件事，我是听邻居周三娘说的。

我十一岁那年，背了十多斤谷子跟着娘去送公粮，走在那条田坎上时，被石块绊倒了，谷子洒出来了，一些在田坎上，一些洒落水田里了。我吓得直哭。娘放下挑着的两箩筐谷子，生气地骂了我几句，然后轻轻地把没有泥沙的谷子捧在我背篼里，叫我回去拿扫帚和撮箕。娘心疼地我弄洒的谷粒，草下不能扫起的谷子，她一颗颗捡，我也学着捡。她又下田撮水里的谷子，这些可以喂鸡鸭。

可惜，现在，这条田坎没有了，找不到了。娘蹲在上面捡拾瓦片的身影也没人能够记起了；娘挑一百多斤的谷子在上面歇息的喘气声只有娘和我记得。娘老了，蹲不下去了，提不动装瓦片的撮箕了，更挑不动上百斤的煤炭、红苕、粪桶了。但娘也会像我这样来找寻这条田坎吗？不会的，要知道，一条田坎在乡间的消失实在是太平常的一件事啊，因为有了另外的乡村公路了，这条田坎路挖了，两块田合在一起，成了养鱼塘。

这条田坎路，有我太多的记忆。

那时，牛是农民最好的朋友，犁田耙地，碾米脱粒，挤出大米、麦子、高粱，喂养一代又一代村里人。我常牵着牛，走在爬满青草的田坎上。牛埋头啃着顶着露珠的草，咯吱咯吱，切断，咬碎，吞进胃里。这时，牛和村庄都格外恬静和满足！

春天，满山遍野的花开了，开在春风拂过的山岗上，开在那一条条田坎上。田坎的西面，是金灿灿的油菜花，它们放肆地开放在阳光里，在微风的抚摸下笑得一颤一颤的，在摇摇摆摆中抖落了一地的芬芳。在这微风泛甜的时刻，外地的养蜂人带着他的小伙伴们来了，麻利地在空地上建起了自己的小棚子，几十个蜂箱摆在菜花旁。大人孩子陆陆续续从田坎过去，很远就听到嗡嗡的蜜蜂声，来到了养蜂人的帐篷旁，看见蜜蜂在油菜花海中跳舞，确定这蜂蜜是真的，在一阵精明的讨价还价之后，满意地拿着瓶子或茶盅盛满蜂蜜，让养蜂人过称，秤杆高高地翘起。人们拿着蜂蜜满意地从那田坎回家，一家人围着先喝一口蜜糖水。

夏天，暴雨过后，调皮的水流欢快地从稻田的缺口处冲了出来，使每条田坎都挂上几绺小小的“瀑布”。泥鳅在水流下面的田里欢跳，一高兴就顺着坡坎上那些细小的水流往上游钻。我和妹妹便提着篾篓拿着撮箕去逮它们。拿回去，还没等娘弄，我们就用菜叶子包好把泥鳅放火里烧，放点盐，香得很，吃得满嘴是灰。

快立秋了，终于盼到稻谷黄了，小脚祖母就站在田坎上，割下少量熟稻穗，用手搓出新谷，在碓窝里杵出新米，煮了洁白如玉的白米干饭。祖母刚端上桌子，咽着口水的我就想去吃，她说，不敬天，会遭雷打的。第一餐新米饭，农民都要祭天，希望来年风调雨顺。

冬天，有时下点小雪，打霜的早上，祖母叫我们去水田里捞冰块，装坛子里。可以泡咸鸭蛋，可以涂抹烧伤烫伤……

其实，找不到这条田坎，不在于这条田坎如今的消失。实际上，多年前，我就与这条田坎疏离了。当我的双脚洗净了泥垢，穿上了皮鞋之后，我一度是很害怕再从这条田坎上经过的呀。

曾经，我唱着歌儿从这条田坎上下学，端着凳子在望得见田坎的石坝晨读，歌声、读书声回应在山坡地头。曾经，我在这条田坎上与我的家人告别，他们站在田坎的这一头，向我挥着手，我沿着田坎向外走着，慢慢地走到田坎的那一头，看见他们还站在那儿，我使劲地向家人挥手，眼泪也无声地流了下来。

哎，田坎，我找不到你了，你真的消失了吗？虽然我已两鬓花白，但我仍然是在你身上跑大的孩子，我多想继续在你面前放牛、割草、捉鱼、打水漂、看田野的四季、看乡亲们忙碌的身影！

田坎，我也不需要找你！你就在我的心中，你永远在我的生命中。你就是我的故乡，就是我的童年，就是我的亲人！

2019年6月

渡槽魂

它那横跨一河两山、凌空飞架的恢宏气势，它那渠、拱、洞、桥、河浑然一体的外观造型，它那一跨接一跨并肩合力、整整齐齐如同钢铁长城般的排列阵势，它那古朴清秀的青石色泽……它担当着浇灌庄稼的使命，它的历史不太长，却能深深解读水流的韧性和田地的心情，它见证了近代水利的起承转合。它，便是——渡槽。

大兴农田水利

水是生命之源，逐水而居是自古以来人类谋求生存与发展一直遵循的自然规律。作为传统的农耕民族，充满智慧的中国人为灌溉问题而开山劈树、遇山凿洞、遇河架桥。泸县这个百万人口的农业大县，地处巴蜀丘陵之地，天旱年缺水严重，历代修塘蓄水、筑堰引水从未间断。

二十世纪六七十年代，随着“水利是农业的命脉”号角的吹响，渠道在中国遍地开花，一条条水渠、一座座渡槽，如雨后春笋。泸县先后在濑溪河、马溪河、龙溪河、九曲河及部分支流筑堰，以扩大灌溉面积。境内有石料灌溉引水渠三千多公里。区划调整前的泸县，当年建设的石渠总长度达五千多公里，称得上水利建筑的“万里长城”。

二十世纪七十年代初，全国掀起了一股大兴农田水利的热潮。1973年，泸县水电局高级工程师车福隆从万分之一航测图上发现，奇峰宝藏公社和附近的三溪水库之间地势有落差。同年十月，经过实地勘测，发现两地之间有二十米的高差，车福隆大胆拟定出关于宝藏公社引三溪水浇灌万亩农田水利工程的报告，然后开始施工。

渡槽全用条石垒砌，有平地渡槽、桥梁式渡槽、桥梁兼渡槽等形式。泸县共有渡槽1302座，总长133多公里，隧洞340座，长31公里，倒虹管119处，长15.48公里，分布在全县各镇，其中奇峰、立石、云锦、喻寺等镇的规模较大。

我见过喻寺镇陈沱渡槽、圆洞渡槽等，但被四川省人民政府核定为第八批省级文物保护单位的奇峰渡槽，我是第一次见到。走近它，只有用“震撼”来形容。

大气磅礴的奇峰渡槽

泸县渡槽总长一百多公里，在山间、河溪上用大型石拱桥梁的形式，逦逦于泸县山水之间。

奇峰渡槽，是泸县最大的三溪口水库宝藏支渠上的跨溪河高架渡槽，境区内的引水干支渠，建成后的四十多年里，一直发挥着引水灌溉农田的作用。奇峰渡槽群共长65000米，其中石拱式渡槽33座，长达4000米。奇峰渡槽群中，最典型、建设规模最宏伟、设计施工技术难度最大的是“胜利渡槽”和“华丰渡槽”。

1974年4月到1975年7月修建的胜利渡槽，位于泸县龙溪河罗桥处。是桥梁式渡槽，两层建筑，桥上桥，两层拱，槽顶离水面最高33米，长275米，宽3.5米。第一层有15个大桥墩，14个拱跨，第二层有62个桥墩，63个拱跨，渡槽上层桥面过水。

当你从宽1.2米，高2.3米的桥面第二层卷门进入人行通道时，仿佛走在神话里的彩虹上，都想留影记住这个地方！

修建渡槽的经历者介绍，胜利渡槽的主体施工主要分为七个步骤：第一步，在龙溪河内围堰抽水开挖基础，建基础桥墩；第二步，木墙板夯土找厢呈弧形，沿弧形平面砌石头拱卷；第三步，条石铺装第一层桥平面；第四步，砌筑人行桥拱洞和二层桥墩；第五步，拱第二层卷；第六步，条石铺装第二层桥平面；第七步，砌筑顶部过水槽渠。

胜利渡槽建成后，大家高兴得无法形容。大锅煮红苕吃，有的一下吃七八个；有的打赌吃两斤手工干面，看的人围得水泄不通，当打赌者吃完最后一口，被旁人搀扶到椅子上坐了很久。开庆功大会那天，鞭炮声、锣鼓声、村民的谈笑声在山谷回荡，参加的人脸上挂着自豪的笑容，每人有奖品：毛巾和茶盅，一斤肉。晚上还放了一场电影。

春灌时期，行走在胜利渡槽双层拱桥的桥面上，头上是引水渠里哗哗的流水声，脚下，龙溪之水穿拱桥而过，四周是绿油油的秧苗，好一幅美丽的山水画！

位于泸县龙溪河支流铁石溪甘桥处的华丰渡槽，桥长一公里多，槽体离水面处最高33.5米，横跨铁石溪，有47个大拱跨，76个小拱跨，桥墩上还设计有间距分布均匀的小卷拱。该渡槽用土石方九万多方，也是四川省最宏伟、最高、最长的桥梁式渡槽。华丰渡槽于1976年5月动工，直到1978年6月完工，历时两年多。

胜利渡槽和华丰渡槽同是泸县三溪口水利工程的重要干渠，至今都发挥着灌溉作用，浇灌面积三万多亩，受益面积近五万亩。

泸县渡槽，是记录历史的“水利长城”。

难忘那劳动场面

当年到奇峰学习水利工程建设的知青王建新回忆说，他在工地住了一周，当年的劳动场面历历在目——

正在建设的胜利渡槽水渠工程非常大，任务也十分繁重。正是夏天，只见无数的石匠蚂蚁啃骨头般在石场上蠕动，狂燥的太阳烘烤着枯萎的茅草。方圆几公里的工地上，“叮当”的锤声从早响到晚。陈幺爷只穿了一条裤衩站在巨大的石头上，背上淌着汗，像一块涂了油的铜板，在毒辣的日头下闪着光。他抡起十五六公斤重的大锤，颈上青筋条条暴出。他每打一下，嘴里就迸出嘹亮的号子：“嗨哟——佐力！”锤子落下了，“当”！好像不是砸在“卸子”上，而是敲在远近的山峰上。这时，满山满谷响起此起彼伏的锤音，“当——叮，当——叮”的声音不绝于耳。

男女老少上阵，齐心协力奋战。几千人劳动的工地上，红旗招展，人行如蚁，那年头没有大型机械，没有起重机，没有混凝土搅拌机，靠的就是一双双粗糙的手，一副副压不垮的肩。最忙的时候，这七八千人被分成多个小组，锹挖肩扛板车推，夜以继日三班作业。每天早出晚归，中午就在桥边农家中吃集体伙食，每人一碗饭一个菜。困了，就席地打盹午休。有的手磨破了，有的手指脚趾扎断了。最惋惜的是宝丰大队一个不知名的打杂工的哑巴，在这里献出了年轻的生命。尽管劳动艰苦，尽管酷暑和寒冷，尽管工分很低，一般是6到11个工分，一个工分是四角左右。大多数人手皲裂了，身体透支了，饿着肚子，但没有丝毫怨言，没有人喊苦喊累，没有人提报酬，没有人在“不可能完成的任务”面前退缩一步。工地上还不时欢声笑语，其乐融融……

工地上那一声声响彻云霄的劳动号子叫人难忘。

“那时修桥、修水电站，全靠石匠开山采石，先把大石头打成长方体的条石，再抬到工地，‘打抬安砌’，非常辛苦。”六十八岁的村民老黄说，“工地上石匠很多，是热闹的，也是枯燥的。精疲力尽的时候喊两句，提神鼓劲。”

石工号子是石匠即兴编唱的，以生活趣事、爱情友谊为主，想到哪儿就唱到哪儿。既自娱自乐，也表达内心情感，可以鼓舞精神、调节情绪、团结力量，调整用力的节奏。

八十岁的石匠李老伯，读过四五年书，他给我聊起石工号子：

石工劳动的采石、拗石、搬石这三个步骤，都有相应的号子。工匠们在山里劳作，一人喊，众人和。此起彼落，热闹非凡。

儿时的我，上下学路上，很远就会听到大锤号子：“哟呵呵——太阳嘛要落山了喔哦——石头嘛就要开花了呀。嗨——”那声音在山谷田野间回荡！

“锤石前为什么还要唱呢？”我问李老伯。“做一做深呼吸，也是让四肢有时间松弛一下，做好举重前的准备。”他说，如“对面那个幺妹嘛，你看过来哟——石匠那个号子嘛，响遍了几道弯哟呵。哇——”随着大喊“哇”的一声，锤子砸到石头上。

抬工号子。根据石头大小确定人数，两人、四人、六人、八人等抬运石头，前呼后应，号子节奏与步调统一，劳动与音乐和谐一致，优美动人。其表现形式主要为：在同抬一样东西的石工中，由一人领唱，其余的应和。如：领头说“明晃晃”，其他人应和“水凼凼。”其歌词内容，大多是石工即兴式地对伙计们的提醒，如：“滑得很，踩得稳。”“两边空，走缝中。”“右有挨，左边晾开”；有的是鼓劲的：“抬头望，莽起上。”“大家出力，还有一气。”有的是对眼前景物的咏叹：“叫你石头不要恼，请你上去修大桥”……

石工看似一个简单、纯粹体力的过程，可以折射出如此丰富的文化细节！

了不起的劳动智慧

泸县渡槽有哪些独特之处呢？

首先，构思巧妙，设计新颖。

渡槽全部靠石块镶嵌成的，所以每个镶嵌面的尺寸要特别精准。渡槽有拱形的桥洞，修建时没有使用水泥或米浆来粘接，全靠石工按照设计模块精准打切的坚硬石料互相挤合在一起支撑。如果石料大小不一，就不能顺利镶嵌。尤其是最顶端那块合拢石料最为关键，起到抗弯抗压的整体合力核心作用，一定不能有偏差。

横卧在龙溪河上的双层胜利渡槽，采用了拱桥加拱、桥上架桥的“双层”设计，下层为人行廊道，上层为灌溉渠，设计与世界闻名的西班牙塞戈维亚的古罗马高架输水渠很相似，构造更令人叹为观止。远望双层渡槽凌空飞架，干渠蜿蜒如龙，就是一条天河，蔚为壮观；渡槽设计巧妙，构思别致，建造科学，既解决了群众渡河出行问题，又解决了引水灌溉，堪称水利工程中的珍品。工程干渠图刊登在1976年的《人民画报》上，峨眉电影制片厂拍了纪录片。

华丰渡槽横跨铁石溪，长1122米，拱的最大跨度20米，高40米，凌空飞渡，气势磅礴。在建筑业高度发达的今天，仍然是当地最高的建筑。

其次，土法施工，有勇有谋。

当时的施工工具和材料简单：楠竹、木棒、大绳、錾子、钢钎、二锤、碥子、钢材、铁丝、水泥、石灰和一台小型卷扬机等。跨河流、跨山沟设计拱桥渡槽，施工难度很大，在当时资金不多的情况下，工程总负责人、高级工程师车福龙，带领泸县水电局的一批技术人员反复斟酌，干部群众也积极想办法出主意，根据跨度大小，因地制宜地采用木拱架、筑土墙、砌条石、砌小拱并成大拱、制作二十米钢拱架等“土办法”代替拱架。为了精准计算拱形桥洞每一块条石镶嵌面的尺寸，将二十米大拱放大样，画出每盘拱石图，由木工做出样板，再由石工比照样板重点检查，确保了安砌拱石的质量与安全。在当时没有起重吊装机械的情况下，条石、灰浆以及两吨重的钢拱架用“木索搭”吊装，绞车升降，土法提升。工程还提前三个月竣工，真是了不起！

泸县文化广电旅游局游富荣说：“最令我难以忘怀和感动的是：修建胜利渡槽，当时的干部和专家们不唯书，不唯上，实事求是，解放思想，敢想敢干，创意别出心裁；他们那种勇于冒险，勇于挑战大自然，勇于挑战当时施工条件和工匠水平的英雄气概；当时那一代农民那种顾全大局、无私奉献的集体主义精神，那种不怕苦不怕累、不惜流血流汗的大无畏精神……”

再次，全县受益，闻名全国。

当初，宝藏公社建设渡槽引三溪水库自流浇灌万亩农田的方案，最终列为1974年四川省农田水利基本建设项目。奇峰渡槽建成后，项目区内80%的农田实现了自流灌溉，彻底解决了当地干旱缺水的问题，至今四十年仍能正常灌溉农田。该项目实施后，鼓舞和带动了各镇大兴农田水利，引水干支渠遍布各地，泸县渡槽有效灌溉面积50多万亩，受益面积近100万亩。仅三溪口干支渠长达463公里，有渡槽265座，改变了当地的干旱面貌，结束了农业“靠天吃饭”的历史。

华丰渡槽，1978年入选水电部设计院编辑的《中国小型水利水电设计图集（渡槽分册）》，向全国推荐（四川仅选入两处）。

水利文化丰碑

泸县奇峰渡槽是修建时期全国代表性的水利工程，它是一本历史书，是几代人的一段集体记忆，是二十世纪六十到八十年代泸县政治、经济、社会生活的实物例证，蕴含着十分丰富的治水兴水的历史文化。

在建设生态文明的当今，水利遗产文化价值和社会意义非凡。水利工程是文化符号，是历史的记忆和文脉，也是一份寄托与象征，保护它捍卫它，就是召唤水利灵魂。农耕文明是中华文明的重要组成部分，水利工程从传统水车到大坝电站，是文明演变的历史。

特殊年代的水利工程有特殊的文化价值。二十世纪六七十年代，全国修建的水库多达八万座，泸县就有渡槽1300多座。中央一号文件提出要加强“灌溉工程遗产保护”。保护遗产，留住“乡愁”，将水利建筑遗产保护下来，让前辈们铸就的丰碑成为水利人骄傲的见证。

水利遗产是传承水利精神的文化家园。以水利遗产为载体开展的思想教育，不但能增强青少年爱水节水意识，也能增强爱国主义和集体主义意识。

渡槽是中国工匠精神的代表作。泸县奇峰渡槽工程是在特殊社会条件下完成的，当时的人民公社一穷二白，集体与个人经济十分贫乏。工程的建设，充分体现了劳动人民的智慧与勤劳。在施工设备极为简陋、生活条件极为艰苦的情况下，受益区群众自力更生，积极投工投劳，专业队、普通工每天都有上千人，连续几年热情不减，战天斗地。奇峰渡槽的设计、施工技术指导车福隆工程师和农户同吃同住近三年，直到工程竣工通水。工地上涌现出基干民兵先锋队、青年突击队、铁姑娘队、工地标兵……群众用智慧和汗水铸就了一座座水利丰碑，其艰苦奋斗、人定胜天、无私奉献的“治水兴水”精神值得大力传承和弘扬。

……

我伫立在泸县渡槽下，久久凝视这长虹般的建筑，心情激动万分：这仅仅是水利建筑吗？不！是一部水利史诗，是一首赞歌，是一种精神，是一种文化。

——渡槽魂！

2019年8月

飘香的草草药

儿时，我们几姊妹一旦有个头痛脑热的，母亲会马上去田间地头找中草药：水灯草、车前草、五皮风、马鞭草和麦冬草等，连着根须洗净了，再加水竹的叶子一起煮。灶头上满满一铁锅，还未沸腾便满屋子的药香味，一人一碗当茶水喝，简单又便利。每年春末夏初，母亲会找很多草草药晒干备用。我们也从她那里认识了这些常见又很实用的中草药。当我们长大，但凡伤风感冒了，也会去采集那些熟悉的中草药来给自己治病。我的家乡四川泸县属丘陵，沙土居多，这些中草药遍地都是。

一次，三妹生火眼，母亲用夏枯草熬水给她吃，并每天用药水洗几次眼睛，三天就好了。还有一次，我发高烧，母亲双眼红红地焦急地站在床边，床头放着热气腾腾的汤药。她找来墙上的艾草，每年端午它们都会挂满门楣。母亲点燃艾草，熏了我发烫的额头，然后叫我喝汤药。这是她清早去采摘熬煮的，有紫苏叶、泥鳅串、橘子树皮、折耳根、水岸板（鸭舌草）等。喝了汤药，蒙着被子大睡一觉，出了许多汗水，第二天就好多了。还有点咳嗽，母亲又摘回癞疙宝草，炒鸡蛋给我吃。母亲说是祖母给她讲的，二伯常年奔波在外，有一次感冒拖久了没及时治疗，咳得厉害，祖母用癞疙宝草炒鸡蛋治好了。多年后，儿子咳嗽吃药几天没好转，我到郊外采摘癞疙宝草回来给他吃了两次，就好多了。

从记事起，我就与草结下了缘。割兔子草、打猪草、割牛草。有时镰刀不听使唤，直接上了手，鲜血直流。母亲顺手在田埂上扯了一撮铁线草，在嘴里嚼烂了给我敷在伤口处，一会就止住血了，以后割草自己也学着这种方法给自己和伙伴止血。后来渐渐知道了，铁线草这中药的神奇，它具有舒筋活络，利尿通淋，清热解毒的功效。可治疗肺热咳嗽、咽喉肿痛、无名肿毒、疮疖、下肢浮肿、腹痛等病症。铁线草捣碎后外敷，对刀伤、跌打损伤以及筋骨损伤都有很好的疗效。乌鱼炖铁线草对伤口的愈合是有辅助疗效的，而且是高蛋白的食物，可以提高免疫力。

那时，家里养的牛生病了，或者母猪下了小猪仔，父亲就叫我去找草草药。我拿着镰刀和小锄头，背着背篼就满山遍野去找。丝茅草、苦蒿、猪鼻拱、折耳根、香附子、马鞭稍、泥鳅串、泡儿刺头、酢浆草、牛筋草、蛇舌草（蛇泡儿）、马齿笕、薄荷、紫苏、益母草、过路黄、芦篙心、桑树皮、阴笋子等，背回家，分两次用大铁锅煮，人畜都喝。

我很高兴与这些草草药打交道。特别喜欢薄荷，全株清气芳香，夏天摘来在瓦壶里泡茶，有很大一股清香味，清心明目，特解渴。薄荷的幼嫩茎尖可凉拌吃，全草又可入药，治感冒发热喉痛、头痛、目赤痛、肌肉疼痛、皮肤搔痒等症。小的时候就经常服用祖母煎制的薄荷茶，现在我都还有喝薄荷茶的习惯。常服用薄荷茶，对预防感冒和发烧、咳嗽都有良好的作用。我也喜欢紫苏，紫色或紫绿色的颜色，那特异的芳香，很好闻。紫苏叶能散热表寒，发汗力较强，用于风寒表症等。紫苏和黄糖煮水喝，能治咳嗽。紫苏放菜坛子里，能防止盐水生花。

父亲说车前草有很多用处：治疗痛风性关节炎、慢性支气管炎、腮腺炎、百日咳、急性黄疸型肝炎。还给我讲“车前草”的故事——

相传，尧舜禹时期，江西发生水灾。禹派副手伯益前往江西治水。当年夏天，因天气炎热，工人们发昏发烧，小便短赤，病倒的人很多。禹带医师前往工地诊治仍无济于事。一天，一位喂马的老大爷捧了一把草来见伯益将军和禹：“我观察到有一些马饮食差，撒尿短赤而少，我就扯了这种草喂那些马，第二天这些病马全好了。”禹和伯益赶紧命令手下去扯这种草来治病，患病的士兵喝了这种草药水，不到两天就痊愈了。因为马匹是在马车前面吃的这种草，所以就将这种草药命名为“车前草”。

父亲六十岁左右看了一些中医书，平时和两个老中医关系好，喜欢和他们聊天，有时他叫我们猜草药名谜语，如：“有根不带沙，有叶不开花。最爱随风飘，江河都是家。”（浮萍）；“两字相乘二十一”（三七）；“古城姐妹”（金银花）……父亲对草药的习性也有一定研究。平时乡亲们有什么小病痛，找父亲要偏方，我还记得一些：生疔疮，用灯笼草捣汁包患处，每天换一次；皮肤瘙痒，先用韭菜搓患处，再用干净的软布蘸些花椒水擦；肚子痛，用小茴香、花椒和盐捣碎后炒热，装入布袋，熨肚脐上；止鼻血，用灯心草捣碎后米汤送下，或干薄荷水煮，用棉球裹汁塞鼻孔……2019年的非洲猪瘟疫，我们村的猪病死了很多。我父亲养的两头猪没有被传染，也是得力于中草药。父亲除了找草草药给猪吃外，还每天在猪圈和养猪房周围洒石灰、熏艾草和菖蒲消毒，坚持了半年。

中医药几千年来对人类健康和世界文明有独特的贡献，举世闻名。在这次治疗新冠病毒肺炎的过程中，除了现代医学及药物之外，国内也开展了中医中药治疗的尝试。中医药管理局组织实施的应急科研专项已取得阶段性进展，据几个省试点临床观察显示，清肺排毒汤药治疗新型冠状病毒感染的肺炎患者总有效率90%以上。

多年来，每次在乡间行走，我总习惯留意脚下的草草，想起和母亲一起扯药草的那些温暖，想起父亲的草药故事，想起草草药的幽香。这些自然的馈赠赋予我健康的体魄，钟爱自然的智慧也在不断增长。学医的五妹告诉我：中药和西药最大的区别就是，中药都是自然之物，蕴含了天地之气和丰富的人类感情，是有故事的……

2020年3月

记忆中的乡村美味

看电视节目《舌尖上的中国》，想起儿时的美味。我出生在川南的一个贫穷的小村，在物质匮乏的二十世纪六七十年代，对于那时的孩子来说，能吃饱饭已经是很满足的事情了，美食想都不敢想。但也有一些我们渴望的童年美食，特别是夏秋收获的季节，那些自家种的纯天然的自制手工美食，让人特别怀念。

桐子叶麦粑

初夏，小麦晒干了。“想吃桐子叶麦粑了？好，晚上就蒸。”母亲说。我们帮着在石磨上把麦粒磨成面粉。磨架子在母亲的一推一送间，咯吱咯吱响，仿佛唱着一首动听的歌。母亲推磨时动作舒缓，一步一踩，用力恰到好处，看起来似乎不需要用多大的力气。我争着要学推磨，从母亲手里抢过磨杆，试着一前一后地推着，不一会儿就气喘吁吁，不得不停下。但多学几次，就可以帮母亲推磨了。

母亲开始和面，连盆沿上的“粉”都全被裹进面团里去了，就算揉得差不多了。“还要发酵两个多小时才可以蒸。”母亲撂下这句话给眼巴巴的我们，又忙活开去。

等啊等啊，天快黑了，母亲才说：“面发好了，可以蒸麦粑啰。”于是又围着母亲转。她将盆里的面团又揉搓了几下，捏了一小撮在掌心，放入桐子叶里团搓成长弧形状，放蒸笼里。一会儿功夫，一个个凸头凸脑的麦粑趴伏在面前，笑眯眯地望着我们。心里那个滋味哪，甭提多美了！母亲说：“去耍嘛，蒸好了我喊你们。”

院坝上空，月明星稀。不到半小时，“英子，桐子叶麦粑蒸好啰——”母亲迷人的声音从厨房里传出来。我们争着跑进屋：袅袅热气在昏黄的煤油灯光下氤氲，一笼桐子叶麦粑突然长胖了许多，你拥我挤地霸占完了蒸格的每一个空隙。母亲哧哧呵呵地用筷子夹起一个：“你先拿一个给你婆，叫她先尝尝！”我快速跑去给在坝子乘凉的祖母，连忙跑回。拿到麦粑，一股麦香和着桐子叶的清香扑鼻而来；稀饭还没有喝，一个麦粑几下就吃完了，那美味儿呀……

桐子叶麦粑，蕴藏着桐子叶独有的芳香和清甜，那是乡村独有的味道。川南的人们，因麦粑携带方便，也成为田野间劳作时或学生携带午餐的好食物。

白糕和凉糕

立秋后，收割稻谷。有了新米，最想吃的就是白糕。

白糕，在我家乡泸县北部又叫泡粑。伯娘做的白糕在村里很有名气，她教会母亲怎样做。后来每年母亲都要满足孩子们。

用七成大米，三成糯米，淘净后冷水浸泡三四个小时，用石磨磨成浓稠的米浆以后，发酵三四个小时，放适量白砂糖（那时放的是糖精）。再取米粉浆倒在蒸笼里的白布上，急火蒸十四五分钟。刚出笼的白糕，洁白滋润，香气袭人，诱人食欲。

伯娘没有上过学，但她很会做小吃，会绣花。每次我回娘家，伯娘都要特意做白糕，叫我到她家吃。我考上师范时，她特意做了一个绣花的书包送给我。后来我每次回去给她买喜欢吃的绿豆糕，她牙齿掉了后，给她买硬糖，慢慢化着吃。现在伯娘九十岁了，身体差了，耳背了。每次我去看她，她都说："你那么有心，我没用了，做不了你喜欢吃的白糕了。"

泸州白糕因其白、嫩、香、甜、爽口，成为一种老少皆宜的早点佳品。特别是收稻谷的时候，把白糕装在一个竹篮里，给收稻谷的人"打幺鼓"，就是吃冷泡粑和绿豆稀饭或醪糟汤。

烈日酷暑，没钱买冰糕，母亲就自己做凉糕。做凉糕的材料就是大米粉和石灰水。简单，也快。母亲说，做凉糕是在娘家时四舅娘教她的。

夏日的一天，去外婆家，外婆叫四舅娘做凉糕招待我。四舅娘就忙起来，不一会，锅中液体渐渐变浓稠、变光滑了，而且还有阵阵略带碱味的清香。不久，四舅娘用小刀把凉糕切成菱形状，倒入事先熬好的红糖汁。先端给外婆和四舅吃，再给我，也给干活去了的表哥表妹留着，她只尝了两口。我感觉比母亲做的更绵扎细嫩、甜香清爽。

四舅娘去世七年多了，但每当夏天吃凉糕和过年的时候，就想起她——

四舅娘出身贫寒，没有读过书，但是心眼好。她是死了前夫带着两个不到六岁的孩子嫁给四舅的，和四舅恩爱，后又和四舅生了两个孩子。一次，二十岁的大儿子和同母异父的十四岁儿子发生矛盾，舅娘狠狠地打骂了大儿子，他们兄弟还是四五天没说话。舅娘很着急，就做了凉糕，让大儿子亲自端给小儿子吃，并给弟弟道歉。他们和好了，舅娘很高兴。我们每次到外婆家，舅娘都要拿出最好的来吃。地里的甘蔗砍来让我们吃个够，红苕果、花生、胡豆等用一个簸箕端出来让我们随便吃，吃饭的时候给我们夹菜。四舅娘很有孝心。外婆七十岁那年就得了眼病，视力越来越差。四舅娘每天把洗脸水端在外婆床面前，拧好毛巾递给外婆；还给外婆洗脚、洗澡。她身材高大，有时背着小脚外婆去看（听）露天电影。外婆牙不好，她单独给外婆做软一些的饭菜。外婆很讲卫生，有时骂她，她也不生气。她一直耐心照顾到外婆九十二岁去世。

四舅娘很重亲情，十几年前，有一次她看见我的脚生冻疮，第二年早早地就把棉鞋给我做好。

感谢舅娘几十年对我的关爱，她做凉糕的情景我永远忘不了。

糯米饭和醪糟

糯米谷（俗称酒谷）的产量比一般稻谷产量要低，每家种得不多。所以就很想吃糯米饭。

糯米饭蒸熟了，打开木甑盖，饭香沁入肺腑，白花花的糯米饭像一粒粒珍珠晶莹剔透。趁热在糯米饭里放点白糖，吃起来香甜柔软可口！

糯米饭除了蒸来吃以外，母亲喜欢用柴火焖来吃。把芋头或者红苕切成小块放点盐在锅里炒一下，掺水没过芋头或者红苕，然后把浸泡了的糯米倒锅里。米要把芋头或者红苕遮住，开始烧大火，再中火，最后小火焖几分钟。起锅时在米饭上放点猪油，把饭与芋头或者红苕翻拌均匀。特别是那火候刚好的有点黄色的锅巴，母亲把它捏成一个椭圆形，作为奖励给添柴火的孩子吃！那味道，现在想起来都流口水！

糯米还能蒸醪糟。

醪糟是四川人酿的米酒，酸甜可口，小汤圆醪糟蛋不仅美味可口，还具有滋阴养颜等营养功效，醪糟蛋是当时的产妇必吃的营养食品。

醪糟，我们泸县也叫酒糟。每个中秋佳节，我们这里家家户户都要做酒糟。祖母叫我学学，说："姑娘家，要学会做茶饭。"糯米饭蒸好后，祖母把晾凉的开水倒入甑子里，给米饭洗个冷水澡，然后把米饭倒入洗干净的锅中，翻拌均匀晾着。等米饭温度降到有一点温热时，加入半个酒曲，用筷子和锅铲翻拌均匀，然后再加入一杯温水，把米饭装在一个瓦钵钵里，按压铺平，中间用勺子挖一个洞。最后，给瓦钵钵盖上盖子，放入被窝中，捂严实，再放进箩篼里。祖母说两个对时（48小时）就可以吃了。

祖母能干，我亲眼看见祖母纺线、织布、染布、手工做衣服的全过程。她教我绩麻线、打草鞋。我都工作一年多了，一天，祖母赶雨坛场卖草鞋，直接到学校找我，在我上课的教室窗口叫我的乳名："红英，幺闺女儿，我才蒸的醪糟儿，还有四个蛋，你煮来吃，教书亏脑筋……"学生们望着她，也看着我红着脸走出教室，没有笑。我和父亲说了祖母以后，她再也没到学校找过我，有好吃的，给我留着。

后来，祖母过世了，做醪糟就是母亲的事情了，每到端午、中秋和春节，母亲做的醪糟，清澈的酒水在盆里打转，浓浓的酒香扑鼻而来。夏天母亲做出的醪糟香甜又多汁，父亲干活口渴了，醪糟掺些井水吃，说这样解渴。也让我尝尝，真爽口！二伯也喜欢吃我母亲做的醪糟，说有祖母做的味道，比伯娘做的好吃！母亲也让我端给邻居老人，还要给外婆送去。

现在条件好，超市有卖，但没有我祖母和母亲做的那种味道。

甜秆子

儿时，能吃上甘蔗是不容易的。但在川南，大多数人吃过似甘蔗的“甜秆子”：高粱秆、包谷秸。我觉得高粱秆更甜一些，但是包谷秸的甜味更接近大自然。

小时候吃包谷秸都吃得把嘴角划破流血。放学或暑假里，我们会经常跑到地里去砍包谷秸，上梢去掉，用牙齿把皮一条一条地咬下来，最后咬在嘴里的包谷秸，清甜多汁，回味无穷。要挑选带有甜味的包谷秸，秸秆要小的、颜色稍微有点发红的，又甜，水分还多。削了高粱穗子的高粱秆，我们就砍很多，晚上乘凉的时候吃！

桑泡儿（桑葚）、刺梨儿、丝茅草根、泥鳅、河蚌、螺蛳也好，烧麦穗、烧包谷、烧筒筒胡豆也罢，这些都是来自大自然的天然零食，所带来的童年乐趣更是其它零食无法替代的。

……

农村实行土地责任制后，美食发生了翻天覆地的变化。无论吃过多少珍馐佳肴，我最不能忘记的还是带有乡愁的味道。

2021年7月

雨坛彩龙舞东方

“彩龙舞东方，卷起长江浪，舞动八面风，豪情万里长……”

一首当地脍炙人口的由宋祖英演唱的歌曲《彩龙舞东方》，唱遍大江南北，也给泸州的龙城人长脸了。这条东方的彩龙，就产生于地处泸县、隆昌、荣昌三县交界的四川泸县雨坛镇。2006年，雨坛镇并入方洞镇，成为龙洞山社区。

两千多年的历史长河中，小镇始终与龙文化有着某种息息相关的神秘联系。

相传，在很久以前，这里十年九旱。某年，一高僧云游至龙洞山，怜其生灵苦难，于是，设坛作法求雨。终于在第七七四十九天，虔诚之心感动了玉帝，玉帝命东海龙王布阵施雨，从此年年风调雨顺，人们也过上了富足的幸福生活。后来，当地人为了感恩，就在高僧作法求雨的龙洞山上募捐建庙，取名“雨坛寺”。后来寺庙被毁，成为当地的乡镇政府所在地。

曾经，雨坛场是驿站。悠悠驼铃声，瑟瑟清谷风。络绎不绝的马队载着满满当当的货物缓缓走过。

现在，走进雨坛寺，还可以看见青石板的古街道，街长100多米，宽约三米。难以想象，多年前，这里曾经有许许多多的商客往返贸易，而如今这条老街失去昔日繁荣昌盛景观，变得异常沉静，只有赶场天才有些活气。

“以前这里是清江镇、方洞镇、胡楼乡到李市镇隆昌的必经之道。繁华时候的雨坛场镇，居住了四十多户人家，内有戏台、栈房、缝纫铺、理发店、百货店、茶馆、饭馆、案桌、木业社、铁匠铺、医院等。那时人们最喜欢的就是在赶场天边喝茶边看戏，泸州川剧团、内江剧团、隆昌剧团等常到此地演出。可惜三十年前戏台拆了修电影院了。”在这里生活了90余年的曾老辈说。这个戏楼，全是木头，是我五岁时第一次登上的舞台。此后的七八年，六一、元旦和春节，我年年上台表演，还有各个村的文艺宣传队，每年至少三次在戏楼上表演。从大年初一到十五，舞台没有空过。

我记得，在雨坛戏楼的右侧，有一个白酒厂。距离酒厂约100米远的一个地方叫洞坎，有一口上百年的古井，哺育了雨坛镇世代百姓，至今仍在使用。这座古井建于石滩上，井边的石头上刻有两条龙，守护着古井。井水由两股清泉涌入汇集而成，出水量特别大，每天到此取水的人络绎不绝，可井水永远那么多，从未干涸。冬天，井水温润不冻手；夏日，井水冰凉甘爽。用此水井的水煮的饭更滋润，泡的茶更香。雨坛酒厂就是用此水井的水来酿酒的，酒醇香回甜。读书时，我常和同学帮学校食堂挑水，也常到井边洗衣服，那水的味道和温度，至今还记得。

雨坛，最出名的是彩龙。雨坛彩龙2006年被列入国家级非物质文化遗产名录。

你知道舞龙有怎样的神奇来历吗?

相传，在一个深秋的夜晚，一鹤发童颜老者，夜宿雨坛寺庙旁边的曾姓人家。当与这家主人谈至三更时分，老者邀他到旷野，说有祥物显灵。秋后渐凉，月朗星稀。偌大的旷野上，也无其他人，不远处的石岩上有“龙洞”二字隐约可见。主人四处张望，有些紧张。随即，老者将其所携拐杖，抛向空中。

刹那间，只见道道金光闪烁，先前的拐拄瞬间化成一条蛟龙，一会儿钻入洞里。旷野上顿时云雾缭绕。突然从天上掉下一个火球，发出清脆的响声，一条金色巨龙闻声从洞中伸出头来，火球立即隐没在云雾中，声音也消失了。正当龙头缩回洞中时，火球重新出现，响声再起。待巨龙伸出前半身时，火球又不见了。

如此三次，被激怒了的巨龙飞出洞来，紧追火球不舍，数次夺球未成功。火球上下翻腾，时隐时现，巨龙有时盘成一座塔形，有时缠绕在大树上四处察看。巨龙使尽了浑身招数，始终抢不到火球。这时，洞中又飞出一条蓝色巨龙，双双去抢那个火球。火球上下翻腾。两龙使尽了全身招数，始终抢不到火球，气得在地上打滚，叹气。这时从天上飘来一个白胡子老头，与鹤发童颜老者分别骑在两条龙身上，火球冉冉升起前面引路，二龙便飞上天去了……曾家主人狂呼："神仙！神……仙！"只得磕头拜谢。醒来，才知是做梦。

第二天，他慌忙到庙中敬香。只见庙中正殿左右石柱上所雕的蟠龙从此隐遁，没了凡体。

此后，人们根据仙人梦中指点，以"龙行云天"为原理，演化出了舞龙术。自此，在每年的农历正月初一到十五期间，在雨坛寺庙前舞龙灯，祭龙祈福，并燃放烟花爆竹，打铁水天花，甚是闹热。

雨坛彩龙的发展，从求雨到成为民间艺术，经历了近100年的历史。据雨坛民间流传，雨坛宋田村的罗氏家族耍"草把龙"很有一套。重庆铜梁地区的耍龙艺人都曾到雨坛罗家学艺。在清光绪十八年左右，罗家龙舞的传人罗银坤的舅公王世品从两广归来，把原有的"草把龙"改成彩布衣彩龙。1919年正月初一，泸县第一条七节布衣彩龙在雨坛惊艳亮相。雨坛彩龙诞生了！

罗银坤从14岁起就跟随其父学习舞龙技艺，他在继承祖辈龙舞技艺的基础上，根据雨坛民间关于龙洞山的传说和书上的雕塑壁画，塑造的龙形象既高贵又可爱；改单耍一条龙为耍金银双龙，让龙出双入对，表达了人们对爱情和家庭幸福生活的向往。

罗德书从十多岁起，就和弟弟罗德学师从父亲罗银坤学习龙舞技艺。他不断学习，吸收了杂技艺术和外地龙舞技艺的精华，让雨坛彩龙有了创新和发展，系统地继承了雨坛龙舞的二十多种耍技。1999年父亲罗银坤病故后，兄弟俩就确定为雨坛彩龙第五代传承人，扛起了雨坛彩龙队伍建设、培训、演出的担子。

1958年，“雨坛彩龙”参加了在北京举办的全国专业团体音乐舞蹈汇演，第一次在全国人民面前亮相。

如今，七十多岁的罗德书舞龙头感到有些吃力了，但他每周都会到方洞镇雨坛中心小学和泸县龙脑桥小学的非物质文化遗产传习所教孩子们舞龙。罗德书说，雨坛彩龙的表演重在一个“活”字，表演时，在连贯变化的太极图形中，最大限度地展示了人们对龙的想象。特别是在暗光下表演，两条金银“荧光龙”独自发光，舞动起来栩栩如生。表演程序一般为“请龙”“出龙”“舞龙”和“送龙”。龙体造型也别具特色——龙头与建于明代的泸县龙脑桥的主龙头极其相似，其形额高嘴短，双目纵突可动，下颌开合自如。整个龙身用竹篾扎成圈，相互串联，套上龙衣后灵活多变。龙尾是长于龙头的鲢鱼状，紧随龙身起伏摇摆，舞动时诙谐有情趣。

1987年，泸州雨坛彩龙参加首届中国艺术节表演，被专家们称为“四川一条耍活的龙”。此后又多次获国家级、省级金奖。2006年11月13日晚，在中国文联和中国作家协会举办的联欢晚会上，胡锦涛总书记为雨坛彩龙点睛。

龙是中华民族的图腾和信奉的祖先；龙舞是华夏精神的象征，它体现了中华民族紧密团结、奋发开拓的精神，包含了天人和谐、造福人类的文化内涵。

雨坛彩龙的舞姿优美，画面流畅，套路多变，动作灵活自如，集观赏性、艺术性为一体，具有强烈的喜庆色彩。从2006年开始，泸县每年的正月十五都要在县政府广场举行龙舞闹元宵活动，已成为过年期间最热闹的民俗活动。

农历二月初二，传说是龙抬头的日子，这天人们要举行隆重的祈求降雨的祭祀，以求得龙神行云布雨，祈龙神赐福，保佑百姓风调雨顺，五谷丰登。泸县是龙文化之乡，保留了以国家级非物质文化遗产雨坛彩龙为代表的多种与龙有关的民俗、民谣及古龙桥建筑群。在2013年农历二月二开创性地举办了首届“二月二·龙抬头”雨坛彩龙民俗文化活动。

五年前，我参加了在雨坛举行的此项民俗文化活动。在雨坛中学大操场，舞台上方有祭祀台，台上有一坛子和燃起的香烛、美酒、供果、三牲（鸡、鱼、猪头）。纳祥祈福篇章正式拉开了活动序幕，鼓声响，彩旗展、祥龙腾飞、敬香献羹、歌舞赏飨、喜降龙神、彩龙闹春等仪式一一呈现，既展现了古老深邃的传统文化，也展示出了当代人敬龙祈雨、以求五谷丰登的美好愿望。

看，雨坛彩龙刚一出来，就响起了热烈的掌声。演员都是身强力壮的男士，上穿大红花对襟，下穿同花色短裤，腰系龙头饰宽腰带，脚穿线耳子草鞋，光头上戴着象征五谷的手编草龙轧制的头圈。一个人举着“宝”在前面引领，十几个人举着两条龙奋力地舞动着，相继呈现“龙出洞、龙夺宝、龙拖宝、龙抱蛋、龙擦痒、龙叹气、龙脱宝、龙脱衣、龙翻滚”等数十个动作。生动地表现龙的生活习性动作："跳龙门、龙砌塔、倒挂金钩、龙背剑、太子骑龙、燕山盗宝"等。龙与宝嬉戏缠绵，尽展龙性。整个表演以热烈且川味浓郁的锣鼓吹打乐伴奏，烘托了热烈的气氛，人与龙的情感融为一体。观赏者不仅从中领略到巨龙夺宝的恢宏气势，而且可以感受到中国龙鲜活灵动的生命情态，以及不屈不挠的民族精神。场景中，绣有"中国泸州雨坛彩龙"八个大字的旗幡，或开门列阵，或穿梭回环，使龙舞场面更显宏大气派。几万观众聚精会神，或微笑或点头，不断响起掌声和欢呼声！

接着其他几个龙舞队表演龙舞，有《龙抬头》《雨坛彩龙》等歌舞演艺穿插其中。雨坛彩龙传承人罗德书引领设坛求雨仪式，将活动推入高潮。

祈福活动结束，大家哼唱着"彩龙舞东方，神采在飞扬，九曲龙桥传吉祥，风调雨顺好景象"紧跟在彩龙队后面。彩龙队在雨坛龙洞山社区进行巡游表演，各单位、客商在门前设置接龙台，鞭炮阵阵，锣鼓声声，彩龙起舞。观赏者喜笑颜开，孩子在龙身下穿行，妇女老人扯龙须，大家争着去摸龙头，吃"接龙台"上的美酒和供果，整个雨坛街道变成了欢乐的海洋。

随着龙文化的普及，人们对雨坛彩龙越来越喜爱，也更加勤劳团结、奋发创新。

……

雨坛小镇，历史悠久，文化深厚。作为一个土生土长的雨坛人，我忘不了龙洞山的青石板古街道和那些木门，忘不了那戏楼和刻有龙的古井，更忘不了雨坛彩龙舞动大江南北的动人情景……

2021 年 8 月

第四辑

找寻梦中的凤凰

说好秋天再来看你

2017年8月8日，四川阿坝州九寨沟县发生7.0级地震。消息传来，举国震惊，全民关注。

记得六年前暑假去江苏周庄旅游时，两个当地人对我们说，你们四川有那么多好看的山水，九寨沟、峨眉山、青城山等，我们这里连山都没有！

2013年8月，我们去过九寨沟。听藏民讲了他们的民俗活动，其中印象较深的是“迎圣水”——新年背水：九寨沟藏族同胞在藏历的除夕夜到海子边背水。当各寨的鸡第一声鸣叫时，寨里的人就会争先恐后地赶到水源地，先烧香泼水，然后背回新年最早的圣水，供全家人团圆饮用。

听导游和当地人说，九寨沟四季都很美丽，春天满山花开，夏天瀑布飞溅，冬天万里雪山，但最漂亮的是秋天。我打算，五年后的秋天，我不上班了，一定再来九寨沟游一周！

曾经，九寨沟有人世间最美的风景，而现在伤痕累累……

怀念九寨沟的水——

九寨沟天然形成的水，是九寨沟风景的灵魂。这里的水，蓝得晶莹剔透，纯得冰清玉洁，色彩丰富，堪称世界水景之王。风平浪静时，险峻的青山一碧如洗地倒映水中，纤毫毕现，绿汁溢流。湖中鹅黄、黛绿、赤褐、绛红、翠碧等色彩组成不规则的几何图形，相互浸染，斑驳陆离，如同抖开的一匹五色锦缎，此刻，心慢慢迷失在青山绿水的无尽涟漪之中。

沿着蜿蜒曲折的峡谷，无处不在的水，精心勾描出一幅幅绝美图画：如梦如幻的海子，气势磅礴的瀑布，惊心动魄的险滩……水的魔力和山的清峻与树的灵秀神奇地融为一体。只是粗粗地看上一眼，一个埋藏于心很久的词汇便会跃入脑海——人间天堂。

想起九寨沟的山——

九寨沟的山不像东岳泰山那样雄伟巍峨，也不似西岳华山那样险峻峭拔。它层峦叠嶂，横亘连绵，显得格外粗犷豪放。黄山虽美，因缺少了水的原因而少了几分灵性，虽精致但有些小气。九寨沟是唯一的，是她产生了川北的文化，她的景致孕育了一种特有的情怀和高尚的追求，她散发着独特的气息，变成千万情怀的精神寄托。

时值盛夏，古木参天，蓊郁阴翳；野草丛生，绿意盎然。各种不知名的奇花异草姹紫嫣红，竞相开放，把山点缀得分外妖娆，让人眼花缭乱。

九寨沟水中的树，让人心动。水中浸泡了千百年的原木，梦一般静静地沉寂着。横斜的疏影，千姿百态的堆积，更增添了这水底世界的神秘。多枝的干，纷繁的冠，裸露的根，任阴柔无骨的溪水缭绕、盘旋，不知经历了多少次柔美的伤、寂寥的怨。纵然被情纠缠，仍然拒绝疲惫，屹立不倒，千古垂年。

九寨沟，山抱着水，水拥着山，山水相依，交相辉映，美不胜收，天下独绝……

向往九寨的秋天——

倘若是红叶满山、色彩缤纷的秋天，九寨沟展示给我们的又将是怎样的一种美丽，收获的又将是怎样的一种感动呢?

我在网上看了很多九寨沟秋天的图片，一到秋天，上帝就把世间所有的五彩斑斓都揉进了九寨沟!

远观，从谷底到山巅，千叶万树都换上了热闹的颜色，片片的红，道道的绿，星星的橙，点点的黄。每一片森林，都是一幅天然油画。

近看，缤纷的落叶在湖光流韵间漂浮，悠远的晴空湛蓝而碧净，艳丽的彩林、姿态万千的瀑布、风格鲜明的藏寨，相互交织，构成一幅绚丽的画卷。山偎水，水绕山，树在水边长，水在林中流。蓝天、白云、远山、近树和五彩的秋叶倒映在明丽的湖水中，水上水下，虚实难辨，斑驳陆离，变幻无穷。在秋阳的照耀下，将整个九寨的秋天赋予了生动的灵气。

群峰、彩林、翠海、叠瀑演绎着赤、橙、黄、绿、青、蓝、紫的梦幻组合，秋天里的九寨沟，如此五彩斑斓，宛若仙境。

九寨沟的藏族文化是极为丰富的。一周旅游的时间，我要去藏民家住，看姑娘们节日时穿盛装：头顶巴珠、发辫上挂银币、耳戴大环；脖子上挂几串粗粗的项链；手戴镯子、戒指；背上垂挂各种金属币、宝石。我也要穿着藏袍唱藏歌、跳歌庄舞，听老阿妈讲古老的传说，吃手抓牛肉、饮酥油茶，转经筒、插经幡。去零距离领会藏民的热情好客和勇敢善良……

“在离天很近的地方，总有一双眼睛在守望……到底是谁的呼唤，那样真真切切；到底是谁的心灵，那样寻寻觅觅……”隐隐约约听到这歌声，仿佛又到了九寨沟，置身于缤纷的彩林，奇花异草，争奇斗艳；仿佛看见了雄浑壮丽的诺日朗瀑布，声势浩大地凌空飞落；恍然觉得九寨沟从远古走来，秋天的九寨从梦幻世界中走来……

说好秋天再来看九寨沟的，地震，你怎么忍心伤害冰清玉洁的她呢？那些时间久远具有民族风味的藏房没受多大损害吧？那些海子里的水还有那么清澈纯蓝吗？那粗犷豪放绚丽多彩的群山还那么美吗？

童话般的九寨沟，等你的美丽容颜恢复了，在秋天，我一定再来看望你！神奇的九寨，等着我！

2017 年 8 月

陶都安富古镇

安富镇，位于重庆市荣昌县城东部，清代曾叫“瓷窑里”。荣昌县和江西景德镇、江苏宜兴市、广东佛山市一起并称“四大陶都”。

这个小镇，从儿时起，我便去过多次，对“安富场，五里长，排列泥精列成行”“前山矿子后山炭，中间窑烧陶罐罐”的民谣很熟悉。

元旦假期的第一天，古街格外闹热！远远的，一个特大型泡菜坛映入眼帘，高18米，宽10.8米，呈深红色。迈进这个用安陶泥烧制的“泡菜坛大门”，一场泥与人的对话就开始了……

街上的人络绎不绝。是因为“首届荣昌陶文化艺术节暨安陶小镇开街活动”开幕。三天时间里活动丰富：四大名陶展示及拍卖、荣昌陶亲子体验赛、夏布时装秀、古街巡游、诗书画展、茶文化交流、猜灯谜等。

安陶小镇的整体布局为“古街水巷”，包括陶宝古驿道、陶宝古街、陶宝巷子、陶博物馆、青少年示范性综合实践基地、陶艺民俗酒店等项目。

石板驿道复原了清代时期官道的情景，陶器小品点缀在古驿道两旁，或土陶或施釉的坛、罐、瓶，错落有致，再配以鲜花，每三五米一组，成为古镇独特一景；围栏上，镶嵌着独具特色的泡菜坛；就连供游客休息的椅凳旁，也摆满了大小不一的荣昌陶器。路边还有正在表演拉胚的手工艺人。

看老人小孩在那里领奖，原来是“寻谜时间故事”新年灯谜活动，工作人员说，灯谜的主题是：荣昌陶器、夏布、折扇、荣昌猪，以及新年习俗、当地民俗等。

陶宝古街以“湖广填四川”移民所建的清代建筑为主，修旧如旧，打造了一条独具特色的陶文化商业街区。古街上的小店也各具特色：土器制作、传统金雕、精美陶器。陶文化，在这里得到丰富的滋养与生长。

在古街的“张瓦片”店子前，我停下了脚步。门前挂满了摄影作品及写安富的人和事的文章。

一脸胡茬的大汉坐在竹凳上吸烟，店里摆满一地古陶器，他的神情如一件饱经沧桑的古董。坐在他店门前耍的两个六十多岁的大叔，介绍起了“张瓦片”——

大汉叫张富涛，六十岁。是一个以摄影维持生计的汉子，一个名副其实的“陶痴”。一个偶然的机会，他一脚踩上宝物，把陶都历史向前“踩”了五百年。从此，他踏上寻宝之路，并深陷其中。因为寻宝，他耗尽家产，但他经受住了金钱的诱惑，拒绝了老外的“好意”。

在二十多年的收藏实践中，通过实地调查、考证，总结，提出了一个前人所没有的结论：“雅山河罗汉坟到刘家拱桥、甘河沟一带，可能是古代一个很大的陶瓷生产基地。”他及时报告了政府，很快，三峡文物考古专家、陶瓷专家来到当地实地勘察，确认了古代窑址的存在。所发现的古代陶器经鉴定为国家二级文物。

现在，老张每天泡在自己的展览馆里，把以前寻到的古陶瓷碎片，用木板粘成一块块内容丰富的图案。他还不分白天黑夜地伏案写作，整理成十多公斤重的古董图文资料，有十几本。老张有苦有乐，每一次寻宝成功，或者用古陶瓷器粘完一幅图案，都会兴奋好几天。他说：“我爱陶瓷，每一个陶瓷古董就是一个历史符号……”

老张似一个复活的古董，他对陶都的贡献不小。

在安陶博物馆了解到，安富有优质红、白陶土，质细色正，可塑性强，适合制陶，主要制成民间日用粗器，如泡菜坛、罐、壶、碗、茶具、烟具、蒸钵、花盆、花瓶等。荣昌陶品种繁多，工艺陶中素烧的“泥精货”，具有色泽天然，给人以古朴淡雅之感。用各种色釉装饰的“釉子货”，晶莹剔透，能发出清脆悦耳之声，装饰大方朴素而富于变化，具有浓郁的民族风格和地方特色。安富的陶瓷业自宋代以来就很发达，从宋初到近现代，安富街道的窑火千年不熄。特别是明、清、民国至近现代，这里生产了许多绚丽多姿的釉陶和素烧陶制品，主要生产日用陶、包装陶、工艺美术陶、园林建筑陶。人们评价荣昌陶器“薄如纸、亮如镜、声如磬”。

我的老家距离安富镇只有七公里，家里的坛坛罐罐就是在安富买的。近十几年，父亲家里的二十几个花钵、一套酒杯和茶具也是从安富买的。我成家后，在安富买的花菜坛子和猪油罐直到现在还在用。

荣昌陶是重庆不可复制的文化名片，也是重庆独具代表的文化符号。

2018 年 1 月

不朽的三苏祠

三苏父子以其卓越的创造才能和辉煌的文学成就，同登“唐宋八大家”之列，千古文章辉耀古今。三苏在文学上造诣极深，既同出一源，又各具特色，人称“凝炼老泉，豪放东坡，冲雅颖滨”。

今年八月，怀着朝圣的心情来到了向往已久的三苏祠，特别激动。

三苏祠位于四川省眉山市西南隅，元代时改宅为祠，祭祀三苏。明洪武年间扩建，明末毁于兵火，清康熙四年在原址按明代规模重建，现占地一百多亩，是一座富有四川特色的古典式的园林建筑。

夏日的三苏祠，很凉爽。红墙环抱，树林阴翳，流水潺潺；几处池塘，莲叶田田，荷花正艳；小桥横卧其间，曲径通幽，堂馆亭榭被高大的翠竹所掩映，“三分水，二分竹”，有“岛居”的美称。

漫步三苏祠，原来整个祠堂并不大，而建筑颇不少，如抱月亭、木假山房、百坡亭、启贤堂、疏竹轩、东坡碑林等，但毫无壅塞之感。因为已被古木竹石间隔包围，显得古意盎然，幽静雅致！

来到苏家的住宅，亭台小阁，木栏雕琢，房瓦青青，长廊悠悠。推开浸满书香的大门，走在坚实的青石地上，更有了一份文气。苏轼以中国大书家横空出世，他留下的诸多书法，是这里的镇馆之宝。在三苏祠，有一幅苏轼写的《寒食帖》占有重要的地位，被后人称之为“天下第三行书”的帖子，代表了苏轼书法的最高成就。窗外一棵苍劲的老树，枝干粗壮结实，稀疏的绿叶，尽显千年沧桑。相传，这是苏老泉种下的。树旁一口古井，不大，却深。井水漾漾，鸟雀停落沿边觅食。这是苏家的井，映照了千年的变化。

到了来凤轩，转向披风榭，这里有一尊东坡石像。溪畔石上，东坡斜倚散坐，头戴学士帽，胸前蓬蓬然长髯自然飘逸，神情悠远，行止洒脱。目光炯炯注视前方，似在深思。恰好听旁边导游解说，苏轼右手随意地放在膝头，有点不成比例，这是雕刻者有意用他的大手来突出苏东坡是中国文学史上的“大手笔”。苏轼苦笑着，因为他是一个不折不扣的“被动旅行家”，不停被东调西遣。他去过浙江、山东、安徽、广东、广西、海南等十二个省份，且当时的海南还属蛮荒之地。他第一次被贬谪到杭州，任杭州太守，虽是外来流动人口，却一头牢牢扎进这方土地，提供生生不息的文化滋养。苏东坡后半生被贬谪无数次，始终也是做官，虽然官越做越小，环境一次比一次恶劣，生活也越来越困难，但他都能坦然面对，他时刻温暖着百姓。走到哪里，哪里就能绽放新的希望。千百年来，人们不仅喜欢苏轼的文章，还喜爱他真诚善良、乐观豪放的性格。

踏上竹林小径，转弯就到墨池。蜻蜓点水，芙蓉竞放，水波荡漾着三苏的寒窗苦读。仿佛看见他们在这里清洗笔砚，苏家兄弟也会用墨黑的水互相玩弄吧！

进入飨殿，品味着乾隆四十三年眉州知州蔡宗建书写的“是父是子”横匾。可以理解成，有这样的父亲就有这样的儿子，也可以理解成，蔡知州面对苏家父子在文学文化上的巨大贡献，叹为观止。用这四个字表达这世间竟有这样伟大的父亲啊，也有这样光耀千秋的儿子！

我读过林语堂的《苏东坡传》，很喜欢苏轼，但也敬佩苏洵。原因很简单，此君“少不喜学，壮年犹不知书”，二十七岁时，苏洵开始发奋，加上他确实聪慧，很快便有所成，以至于《三字经》都收录了他的传奇故事：“苏老泉，二十七，始发奋，读书籍”，学有所成。老苏也不甘埋没，于是参加科举，几次考试都不中。此时苏洵已三十九岁，“此未足为我学也”，意思是说为科举的不值得我学，试后把自己以前写的文章全部付之一炬，也算超然洒脱。此后，不再走科举之路求取功名，转向了学术。终日苦读，一直读了八九年，读久了，心中想说的话像泉水一样往外涌，“下笔顷刻数千言”。

苏洵是好父亲，从小培养孩子读书兴趣和健康心理。他不光教苏轼、苏辙读书作文，也要他们健康快乐成长。年少的两兄弟不是天天死读书，也有劳动、玩耍、走亲访友、爬山、游泳的时候。苏洵苦心培养出了两个了不起的儿子，兄弟长大，才华横溢，名满乡里。父子三人携手赴京，由张方平举荐给欧阳修，于是欧阳修将苏洵的二十二篇文章推荐给朝廷，受到朝廷的重视。这位晚学成才的散文家，也从此闻名于世。皇帝认为此等人可用，于是让他再去参考，苏洵却有了考试阴影，他称病辞考。但为了答谢朝廷之恩，他写了《上皇帝书》，向仁宗皇帝提出了十条改革建议。过了几年，欧阳修觉得苏洵是一个人才，于是绕过考试，直接举荐苏洵，五十二岁的苏洵任秘书省校书郎，编著了一百卷的《太常因革礼》。可惜苏洵五十八岁就病逝了。

苏洵的文章，语言犀利，字字珠玑，既古朴凝练，又生动形象，妙语连篇，内涵丰富，读了使人回味无穷。对北宋社会的阴暗面进行毫不留情地揭露和鞭挞；但同时在剖析问题严重性的过程中又会巧妙地折转笔锋，淡化笔势，改变文章节奏，缓和文章语气，使人能够接受他的见解。印象特别深的是《六国论》《辨奸论》。

苏家三父子的父子情、兄弟情令人称赞。苏辙，这位与他哥哥几乎齐名的文豪，他的一生经常受到兄长的牵连，但他无怨无悔，因为他知道哥哥所说的和所做的一切都没有错。苏东坡因乌台诗案，皇帝准备杀他的头，苏辙听到消息，甘愿不要自己的官职以证明兄长的清白。东坡死后，苏辙也不再为官，从此隐居乡里，伴着自己的哥哥。“但愿世世为兄弟，再结来生未了因。”相较于苏东坡的豪放刚烈，苏辙为人则低调沉稳得多，虽在新旧党争中属旧派，但基本不会对新派人士做人身攻击，对于看不过眼之人，不去理他便罢；小人佞人，敬而远之即可。

三苏父子不仅创造了一个文学庙宇，而且立身操守、心怀坦荡、光明磊落，关心国家命运，同情民间疾苦。他们所留下的文化遗产几乎涉猎了宋代全部的政治、经济、史学、诗词、散文、书法、绘画、医学、养生、烹饪等各方面的发展，浓缩了中华传统文化的精华，并将之熔炼融合，从而开创了中国人对待人生和事业的全新观念。

“古今三手笔，天地一眉山。”这三苏祠孕育的三位人杰，在蜀中平原上空散发着万道金光，照亮了深黯的历史甬道，过去、现在和将来。

永远的三苏，不朽的三苏祠！

2017 年 8 月

三峡写意

“你从雪山走来，春潮是你的风采；你向东海奔去，惊涛是你的气概……我们依恋长江，你有母亲的情怀。”决定游长江三峡那几天，耳边就回响起殷秀梅唱的《长江之歌》，这首歌雄浑豪迈、气势磅礴，听来令人回肠荡气，生出对长江对祖国的无限自豪和热爱之情。

古往今来，不少的人游过长江三峡，很多文人墨客、志士仁人留下了不少传于后世的华美篇章。

诗意水路

七月三日晚，我们在万州码头上了仙娜游轮。来到三峡，在这一条诗人们曾经走过的水路上，心里如浪花般涌起的是那些如雷贯耳的诗句，迈开脚步缓缓地向我走来，接着是一次次地握手交谈。

船启动的时候是在华灯初上的夜晚，城市的最美摇曳在波光粼粼的江岸。夜色下的万州城，繁华喧嚣退去，阵阵江风拂面，在漆黑如墨的夜色中，星星点灯，仿佛点亮的是失意人的希望和憧憬。一千多年前，也是在长江边上，苏轼沐浴清风仰望明月，吟出了“惟江上之清风，与山间之明月，耳得之而为声，目遇之而成色，取之不尽，用之不竭”。苏东坡心里如果没有升起那一轮明月，可能就没有这一首千古绝唱。也许希望就是心中的那一轮明月，黑夜给我黑色的眼睛，就看能否找寻到光明。

二十五岁的李白，为了自己的抱负，他踏上了出蜀远游的道路，未到三峡，就写：“峨眉山月半轮秋，影入平羌江水流。夜发清溪向三峡，思君不见下渝州。”后目睹三峡奇景之后，他的诗情便不断挂在三峡画廊里了，如“桃花飞绿水，三月下瞿塘。雨色风吹去，南行拂楚王”。安史之乱爆发，李白受牵连坐罪，被流放夜郎。五十八岁的老诗人在浔阳江头告别妻室之后便溯长江而上，踏上了去夜郎的漫漫长程。第二次来到三峡，“巫山夹青天，巴水流若兹……三朝又三暮，不觉鬓成丝。”凄凄戚戚，满腹惆怅。

后来，李白获释。意外的喜讯，在诗人绝望的心头注入了生机，踏上了三过三峡的行程。水流湍急，舟行若飞。诗人伫立船头，不禁吟起了千古绝唱：“朝辞白帝彩云间……”轻舟如箭，一泻千里，好不痛快！

在出川的三峡水道上，载着杜甫一家落难流浪的船，这个不太习惯船上颠沛生活的北方人，他很天真：“乘舟取醉非难事，下峡消愁定几巡。”一条小船，载着年迈的杜甫和全家老小，在川江上飘飘荡荡，走走停停两个多月才来到万州。“收帆下急水，卷幔逐回滩。”“已泊城楼底，何曾夜色阑。”恶劣环境是他从来也没有见识过的，他下行的小船儿，终于被迫泊城于万州江城。

苏轼在长江边上参悟到的是禅，而浩瀚长江则将杜甫的悲愁无限扩展，杜甫登高远眺，“无边落木萧萧下，不尽长江滚滚来。”此时的杜甫贫病交加，孤独寂寥，国仇家恨涌上心头，人生的美好和希望如同无边落木一样随风飘去，而长江滚滚，浪花淘尽无数英雄。

其实杜甫也有快乐得像个孩子的时候，闻官军收河南河北时，“即从巴峡穿巫峡，便下襄阳向洛阳。”杜甫，我仿佛看到了你伫立船头，引吭高歌，欣喜若狂，望眼欲穿。你是那个凭轩涕泗泪流满衣裳的无比真诚的可爱老人。

“曾经沧海难为水，除却巫山不是云。”“何当共剪西窗烛，却话巴山夜雨时。”这一脉流水已经流淌了几千年，而船舶也在前行中犁开历史，让那些蕴藏在山脉和水流中历史的精灵跳跃出来。我伫立在甲板上，让一座座山峰一股股浪潮向我的眼眸袭来，这条水路那么多的英雄文豪政客都走过，这片水路既潇洒畅快也沉郁顿挫，既波澜壮阔，也情意绵绵。

谢谢这些诗人，正是因为他们经过大风大浪也没有颓废的情怀，才增加了这片水路的灵性。

此刻，我想起郦道元遇到西陵峡时的感慨：“山水有灵，亦当惊知己于千古矣！”

我深深地知道，由于三峡蓄水以及大规模移民的缘故，长江三峡已不是古代文人墨客笔下所描述的那样神奇和瑰丽了，但我还是喜欢诗意三峡。

剪影三峡

造物主鬼斧神工，一斧劈开岩层，悬崖绝壁分两半而成夔门。“夔”，古称似龙的动物，那不就是龙门吗？长江尤如一条巨龙，在峡谷中穿行，层峦叠嶂怎能挡住巨龙的神力，纷纷向两边闪开，险峻的奇山峰峦，从此矗立在长江两岸，三峡就此形成。

船过了秭归和巴东，便入了最有名的巫峡，这是一段最奇险最美丽的山。山的妙处，在不单调。这个峰很高，那个峰还要高，前面有一排，后面还有一排，重重叠叠。四面八方，都被悬崖阻住。船身得转弯抹角地从山缝里穿过去。两旁的高山，笔直地耸立着，好像是被一把快刀切成似的，那么整齐，那么险峻。

那高高的山峰，白云缭绕时，时隐时现，千姿百态。巫山顶上奇峰突兀惊天，神女峰独爱灵山秀水，飘飘悠悠从天而降，在山尖上决然挺立。中国古代神话中的巫山女神，传说神女本名瑶姬，未嫁而死，葬于巫山，因而为神。千百年来，任风起云涌，她依然痴痴地守护着这一方净土，这一块圣地。她是在遥望远方的家乡呢，还是思念心中的情人？是眷恋脚下千帆东去的滔滔大江呢，还是牵挂远离家园的三峡百万移民？那么执着，那么痴情，以至于专注得只用一种姿势守望。电闪雷鸣，千年不变，誓死要和一江之水紧紧相连，和悬崖峭壁紧紧相依。

一座拔地而起的巫山新县城映入眼帘。滔滔江水无情淹没了巫山人民祖祖辈辈赖以生存的土地，却淹没不了勤劳智慧的巫山人建设新家园的决心。在这瘠薄的山梁台地上，他们凭着勤劳的双手、黝黑的双肩，为子子孙孙开辟出了一片广阔的天地。

郭沫若过瞿塘峡时曾发出“若言风景异，三峡此为魁”的赞叹。瞿塘峡全长八公里，在长江三峡中最短，却最为雄伟险峻。眼前的瞿塘峡随着三峡大坝的蓄水，水位抬升了100多米。江面宽阔，水流平缓，虽不见大江在悬崖绝壁中汹涌奔流气势，依稀却能看出她曾经的雄奇和壮观。两岸碧峰万仞，山似拔地来，峰若刺天云，像一页页巨大苍翠的屏风，又似一幅幅天然的山水画。刀劈斧削的峭壁，时而相逼甚近，时而遥首相望。

瞿塘峡中部西端的夔门，十元人民币背面的夔门关果然壮观：南岸的白盐山拔地而起，江北的赤甲山好像从天而落，山势陡峭，成直角垂直于水面，上悬下削，壁立对峙，与清清水中的倒影浑然一体。自古就有“险莫若剑阁，雄莫若夔门”之誉。只可惜，昔日那云天一线，怒江奔腾天下雄的夔门永远沉封于江里。

每一次轮船从横亘两岸的长江大桥下穿过时，我都惊叹于人类的无穷智慧，那一根根硕大的桥桩是如何插入这深不可测的长江的？那一段段路面是如何在桥桩之间衔接的？那一条条斜拉索是如何竖起来直耸云天的？在长江流域却拥有如此多的大桥，这不得不令我惊叹：我国的桥梁建筑技术的成熟和先进，我国综合国力正日渐强盛。这些桥梁的建成无疑为两岸的交通提供了极大的便利，从而也促进了经济的快速发展。

三峡的夜

在游轮上的第一个夜晚，是船长见面酒会。在五楼的甲板上游客们围成一个圈，等待船长和演员（船上的服务员）。穿着制服的两位帅气的船长出来了，与大家举杯共饮；漂亮的姑娘端着水果让大家品尝，然后是独唱、民族舞、走秀。月亮跟着船在走，彩旗在风中手舞足蹈，歌声在江上飞扬，观众与演职员曼舞。第一次看见这么有诗意的画面，兴奋不已，我只有把它装入镜头，慢慢回味。九点，酒会结束，我还舍不得离开甲板。

后面的两个晚上，夜幕降临，我们赶快登上甲板，沐浴在三峡的凉风里，让江风肆意翻飞起我的长发和长裙，亲吻着我的脸庞，抚摸着我每一寸裸露的肌肤。做个深呼吸，离开尘世的喧嚣，洗净一身的尘华，让心儿飘在这风中，伴着这渔火，环抱这群山，附和这夜空，随着激起的层层波浪荡漾开来。

在游轮上的每一个夜晚，我、妹妹及侄儿都会陪父亲聊天。他难得放松旅游，他特别喜欢这游轮，他聊盘古开天和大禹治水，聊屈原和张飞，聊刘备白帝城托孤，聊毛泽东横渡长江，聊得更多的是他的童年和青春时光。话语中要求我们好好珍惜现在的美好生活。我特别佩服爱看书爱生活的农民父亲。朦胧的灯光下，我拍下了难得的父亲满足的笑容！然后，我一个人在船头待到很晚，因为这样的夜晚很难得。游人渐渐散去，就变得安静起来了，除了隐隐的马达声，再没有什么人为的声音了，很静谧，很自然，很惬意。

我面南而坐，这样就可以与月光对面，可以看到涟漪的江面上皎洁的月光了。月光，记录着游轮经过的变幻与神奇，也记录着目光所及的宁静。这个夜晚是一幅美丽的山水画，清静的江水平坦、纯净，两岸的青山也因远近的不同呈现出深浅不同的浓淡水墨。夜空也出奇的洁净，是一轮清月的映衬还是心里的清静呢？自然而然就置入了这幅山水画中，溶入了这份原始的自然的美丽中。有些凉了，我想回到三楼房间拿条围巾来披，却怎么也不忍离开月光的拥抱，我怕失去每一分每一秒的美丽，那将是一种怎样的缺憾。

远方的青山在夜色中逐渐模糊，弥漫夜空的铅灰色的浮云，遮掩了月色和星空。江面上灯火闪烁，寻着光亮觅去，是渔火？是航标灯？是盘旋山路的车灯？还是迎来送往的船舶照明灯？在朦朦胧胧的夜色中，愈发显得扑朔迷离起来。点点的弱光，岸边的群山，见不到它的葱翠。只是随着船只的移动，变换着它们的轮廓，神秘莫测，似一幅幅黑压压的巨幕倾倒过来，伸手可触，却又不及。

江水的两岸都有一些等距离的航标，是一只只的小船上闪亮着红的或绿的灯光，我想舵手会将它们作为夜行的伴侣，随时地顾盼着它们的目光谨慎前行。

偶尔会有一两艘船只从这里经过，彼此的汽笛声短暂不及，或许是安全或祝福之类的用语吧。这里依然会有匆匆的过客与相遇的美丽，在美丽的风景中相遇。

夜深了，船头的桅杆上依然舞动着旗帜，仿佛一位不知疲倦的舞者在不停地演绎着它生命的精彩，有历史的厚重，有迁移的痛苦，有生存的艰辛，有思念的美丽。此时只有我，可以看懂她的舞姿，读懂她的心思。

回到房间，没有睡意，在手机里翻阅白天的照片，浮现出游小三峡的情景来——

从巫山县城乘坐机动船，溯江而上，便可饱览被人们誉为小三峡的龙门峡、铁棺峡、滴翠峡的秀丽景色。在长达五十公里的河道上，展示出一幅幅绚丽多彩的画卷。

进入铁棺峡。陡峭的绝壁有一线栈道，无不使人震撼。“蜀道难，难于上青天。”也许是出自此处的感叹。峡谷时宽时窄，宽时豁然开朗，窄时清风徐来。云岚烟雾缭绕其间，一抹阳光铺在江面，星光点点。江水轻轻拍打着岸边悬崖上悬吊的奇形怪状的钟乳石，美不胜收。

你瞧：那是“仙女抛绣球”，那是“孔雀开屏”，那是妙趣横生的“马归山”！还有那赤黄色岩石的岩缝之中端放着的一副铁灰色棺木，那就是人们所说的“铁棺”。

幽深秀丽的滴翠峡，简直是一条稀世之作的画廊：飞泉流瀑，恰如千条银带从云空飘洒下来；风卷青山，好似万顷碧波发出那醉人涛声。擎天入云的“赤壁擎天”，神奇的“白马洞”，鬼斧神工的“水帘洞”……目不暇接。难怪有人说：纵有千管玲珑笔，难描滴翠景色丽！

看着看着，这些俊朗秀丽的风景和我一起沉醉在三峡的夜里！

感叹三峡

回首凝眸，我感叹诗人、侠客揽尽一江风流的豪情悲壮，感叹三峡的山之峻、滩之急、水之秀，坝的雄伟、谷的幽深、夜的美好。虽感受不到李白笔下的“两岸猿声啼不住，轻舟已过万重山”的快捷，也感受不到郦道元“两岸连山，略无阙处。重岩叠嶂，隐天蔽日”的幽深和美丽。我赞叹愚公移山的精神，三峡蓄水后的壮观，感叹两千多个原始景观覆水难收永沉江底的遗憾，更感叹于130万三峡人，舍小家为大家，顾全大局的移民精神。他们带着家乡的泥土和三峡石，离开魂牵梦萦的船歌帆影，叩别黄土下的祖辈魂灵，挥手世代相傍的峡江水，远赴新疆、广东、山东、上海等十几个省市。纯朴的三峡父老乡亲，你们在他乡还好吗？

离开三峡时，我买了一张“今古三峡”的碟子，父亲买了一个流动的三峡大坝全景玻璃匣。

“三峡雨哟，三峡云哟。如梦的景，如痴的情。几时再登巫山顶，唱支山歌唤羊群？几时再登夔峡门，喊一声号子驾船行噢？”

永远的“三峡情”！

2017 年 8 月

感动在金色的梦中

初冬，走进成都，被道路两旁金色的银杏树吸引住了。

四川大学校园的银杏，枝上悬挂着许多金色的叶，在风中尽显华丽，远远望去，似乎借用了金桂的艳黄，像是一树美妙的金铃。

走近那一抹黄，我用手接住了一片银杏叶，脉络清晰，金黄中透着喜兴，摸上去，尤如丝缎般的滑。轻轻转动，这柔美的曲线不禁让人想到《秋词》里的“银烛秋光冷画屏，轻罗小扇扑流萤”。这小扇般的银杏叶，让人联想到古代的名家闺秀，各人手里都持着一把扇，这扇为她们添了一份楚楚动人的娇怜。那些树叶，有的落在我的头上，有的落在我肩上，有的落在我的脚下，慢慢铺上了一层，飘散着大自然特有的味道，令人陶醉。

我走在这金色的世界里，觉得自己是童话里的一个小女孩。我现在才发现，树枝并不是与树叶同舞，而是在颤抖啊！她用力挽住她们的孩子，如果会，就算被大风连根拔起，她们也不愿放手。我将它凑近鼻尖，有一股淡得让人心醉的清香，十分舒畅。

在幽幽的小路上，青黄的、黄的、淡黄的、金黄的，一地叶子，就像是一地心情，一种静好安然之味。一枚落叶，将自己完全忘记，只是落下，随着风的抚慰，这种淡然，这种寂静的美好，有时候感觉有一点沉重的意味，毕竟是一个季节的重量。从这里，我读出了生命的注释，以一种最优美的姿态，翩翩如起舞的蝴蝶，晃晃悠悠地从树枝上扬起婀娜的身姿，那精灵般曼妙的舞步，好像行走在初冬的空中。

时光流去，未必不是一种新生，何必伤悲不已呢？

我走过的时候，记得脚下刻意让开，不忍心踩踏一片叶子多情的心。

年少青春的时候，我捡些银杏叶子扎起，作为毽子。那黄色的毽子，像顽皮的精灵，在我的手里和脚下，尽情跳跃，真的好美，伴随着我们的笑声，那光景，现在是无法体味的。有时候，在一大片的树叶当中寻找出一个最美好的，写上几句诗意的话语，作一个季节的收藏，以为收藏叶子，就是一直拥有季节。后来那些树叶都失去了，只留下几张还在日记本里的，和日记一起，相互致意，相互倾诉，每一次翻开，过去的日记，还有过去的杏叶。

初冬里，这个珍贵典雅的植物王国活化石，此刻给蓉城更添几分神韵和几多灵气，让人感慨。与往日的亭亭玉立不同，冬日的银杏仿佛要彻底做一个绿色世界的异类，我看到了银杏的三种状态：或满树稠密金黄的叶，像我们神往富贵无比的摇钱树，它自自然然没有炫耀与夸张；或稀稀疏疏的黄叶时不时落下，与枝条作别，没有忧伤；或一叶不留，一身枝条天地间，潇潇洒洒。不论哪一种状态它都与众不同。

冬天的银杏树，是钢琴敲击的音符。从舒曼、莫扎特幻想曲中自由舒缓飘舞出的音符，足以解开你所有的想象。

太阳，从枝蔓探出，巡视铺满大地的杰作：金黄色的色块，用印象派的想象堆积着写实与理想的纠结。微风，带着惆怅穿行在枝叶间。时间，把无数的梦想撕碎……

树下，一个扎长辫的小女孩，双手捧起飘然而至的银杏叶，仔细地把玩着这从历史深处寄来的信封，将它轻轻地夹进书页。

满地厚厚的银杏叶，像辉煌的金黄色重彩油画，铺满树盖之下。有风吹来，树叶哗啦啦地纷纷飘落，在我四周盘旋飞舞，像缤纷的金色旋律在飞翔——我飘忽的感觉也像眩晕的叶子一样在飞。

人们走在“金色大道”上，头上顶着金色：金色的树冠闪闪耀眼；脚下踩着金色：金色的树叶落满林间。

午后，大道上有正当青春年华的学生，他们捧着书本，静坐在杏树下，附近草地上落满了叶子，错落有致地形成一幅幅画。年轻的人们，有的拉着手风琴，有的弹着吉他，有的听着音乐，置身冬阳里，翻着书页。这是一幅多美的风景啊！

有许多青春的面孔在拍照了，大家都想记录下这金色的世界。小路上，有一对男女：女孩站在金黄的银杏树下，一身白裙，双臂张开，头微微上扬，眼睛微闭，嘴角挂着一丝浅笑；男孩站在隔几步远的地方，手持相机，正紧张专注地为女孩拍照。这种场景，在大学校园里是常见的。忽然有风吹来，片片银杏倏地如一只只金黄的蝴蝶，旋转飞落，落在女孩的脸上、肩上、裙上、脚上。我听到女孩兴奋地喊道：“快拍！快拍！”我不禁为这一刻奇妙的美丽停留：一身白裙的倩影，在高大的银杏树下，在金色的阳光里，享受着金黄的银杏浴。我微笑了，为这冬日校园中最美的景致。

冬阳下，几棵经霜的银杏树，树下的草地落满黄叶，在两男一女专心画画的瞬间，按下了拍摄键：冬阳缕缕穿越银杏金黄的枝桠，映射到画家的画板上和草地上，自有一份流动的韵律美。

黄昏里，一对老夫妻相携来到了银杏树林。踏进了不紧不慢地飘飞的银杏叶，踏进了余晖的浪漫，专心倾听落叶跳舞的声音。

银杏的美莫过于初冬，你看黄灿灿的果实挂满枝头，将枝条压得弯弯的，划出漂亮的弧线。熟透的果实在轻轻摇晃中就会掉落，砸到地上果肉就会炸开，露出丰满的白果，那些没摔破的果子，你用手指稍用劲捏一下，白果就会滑出。

古今文人雅士不吝笔墨与豪情，对银杏之美尽情咏赞。唐代诗人王维曾赋诗咏之：“银杏栽为梁，香茅结为宇；不知栋里云，去做人间雨。”对缓慢生长的银杏树，银杏叶变成金黄色，秋季也就到了鼎盛时期。苏东坡的“四壁峰山，满目清秀如画；一树擎天，圈圈点点文章”，借银杏的高洁和宁折不弯，抒发内心的情怀。

在中国，人们视银杏树为福树而广为种植。种植在宅院，一用作荫蔽宅院，二以此获取银杏籽实。种植在祠堂，浓荫广福，寓意福被于后世，恩泽及子孙后代。种植在文庙，银杏树具有浓厚的人文色彩，历史上人们在祭孔时，多栽植银杏树以示纪念，以取杏坛之意；种植在行道，古代人们为了荫护道路和指明方向，在行道路旁植树，“列树以表道”。

银杏树，淡雅脱俗，有历久弥新的古韵，在熠熠生辉中，它以一种傲然的声音，为生命写下坚韧的注释。

静静地驻足于树下，那沙沙的声响，是银杏树悄悄的叙述。而我，感动在这片金色的梦中……

2017 年 12 月

清婉普者黑

游览山水的最高境界是看山水的气韵灵性。哪怕再愤世嫉俗和悲观厌世之人，置身云南普者黑的山水，再浮躁悲观的情绪也会霎时宁静下来。

普者黑的水，清，绿，静，真，让你身心空明。盛夏时节的普者黑，尤其惊魂摄魄。瓦蓝的天际挂着朵朵白云，把影子静静地沉入到清澈的水底，水生植物纤毫毕现，鱼虾历历可数。天光云影，亦梦亦幻，不知身在何处。

普者黑两万多亩的水里长着许多野生荷花。一线长河的水面上，摇曳起身姿，满眼翠绿透着点点白光与粉红，空气中交融弥漫着稻与荷的清香。山水相映，荷波微微、荷香幽幽，扁舟慢移，触手可及碧绿的荷叶、鲜艳的荷花。真是“碧水蓝天荷花艳，船入水面乐逍遥”。

最妖娆柔媚要数湖中的水草。千丝万缕躲在水下，随万顷清流起伏飘荡……一定是水的温婉滋养了草的一腔柔情，一定是草的柔美给了水以万般风情。每一桨下去，都能感觉到它的轻轻牵绊和缠绕。在我离别之后，这些水草一定还会长时间将我的思绪牵绊缠绕吧！

普者黑的山似桂林，突兀峻拔，披绿挂翠，山连水、水绕山。高高低低的山峰，俊秀羞涩，犹如不见世面的小家碧玉，温情款待远来的客人，耐人寻味。远山近水和天光云影交织在一起，是一幅明丽洁净的魔幻画卷，氤氲出亲和祥瑞，抚慰尘世疲惫已久的心灵。

三生三世，我在十里桃林处等你。从四川到这里来旅游的小莉夫妇被普者黑的山水和宁静的生活留住了。他们住在一个农家，很喜欢这里的环境，客栈在湖边，和四十岁左右的廖老板也聊得来。廖老板喜欢在傍晚时，站在二楼的平台上面对山水吹横笛。他介绍说，普者黑，彝语意为“鱼虾多的池塘”。原先，由于普者黑交通闭塞，受外来影响较小，如今还保留着古老的服饰、民俗、宗教、神话、古曲等丰富多彩的民族文化。

小莉丈夫是转业军人，两人都喜欢摄影。他们的生活很诗意。“特别是大自然的山水花草，能让自己进入到一个安静而美丽的小世界。我喜欢美的事物，可以不需要声音传递情感，再用少许文字作料，所有的记忆和时间都在画面里蔓延。”她做的“美篇”还获了奖。空暇时，两夫妇会到郊外乡村，悠长的小路，摇曳的小草，茂密的庄稼，潺潺的溪流……他们都会装进相机。

小莉夫妇喜欢旅游，他们可开车到几千里外的西藏和新疆，用眼睛发掘静美的事物散发出的柔美韵律，用镜头收集内心的情感节奏。在普者黑，他们可以半天坐在窗前，用相机对准那片山包和荷塘。拍的晚霞特别美，披上落日余晖的山倒影在水里，湖中，两个打鱼虾的人在小船里收渔网。他们从早到晚地拍，她在《小憩普者黑》的美篇里写道：

“夏日早晨的太阳把金色洒满了普者黑村，清凉的空气轻轻拂过脸颊，浸入肺腑，神清气爽。紫色野花和农家小院的芙蓉花被露水浸得水灵灵的，蔬菜鲜嫩得使人顿生食欲。荷塘中泛着粼粼微波，时而有鱼儿跃出水面，带来一阵欢悦；几只白鹤时而在水面起飞，扇动的双翅雪白有力，是释然后的自由放飞。没有喧嚣繁忙，只有清爽宁静……”小莉穿着红色长裙，风吹起披着的长发，站在青龙山脚下湖边凝望远方的倩影，婉约可人，与这山水及其搭配……

望一山碧绿，听一朵荷开，吟一阙诗词，普者黑的温婉动容酿成了最美的清韵。遗憾的是，旅游大潮裹挟来了文明畸形病，清婉美丽的普者黑受到感染。旅游给村民带来富裕的同时，也打破了普者黑的恬淡宁静，涂抹了普者黑纯净天然的画板……

2018 年 8 月

父亲登上了长城

今年五月，为实现父亲和自己多年的夙愿，终于踏上了北京之旅，与长城相遇了。

我们从北京的南四环坐旅游大巴到北京八达岭长城，车程近三小时。在车上，导游小许给我们介绍了长城的概况和名字的由来：

长城，东起辽宁虎山，西至甘肃嘉峪关，横贯东西，行经十省市自治区，全长七千多公里，目前现存的有山海关、嘉峪关等九段，是中国古代浩大的军事防御工程。八达岭长城位于北京延庆，海拔高度1015米，是明长城的精华。

“八达岭”由“八大岭”谐音而得名。因这一带，地势险峻，山峦层叠，所建的长城在这里要转八道弯，越过八座大的山岭。当年兴建这段长城十分艰难，曾先后有八个监工为其而死。最后通过仙人的点化，采取“修城八法”，才把建筑材料运送到山上。所以人们就把这段长城称为“八大岭长城”。

导游让我们自由活动。我们合唱有关北京和长城的歌：“万里长城万里长”“万里长城永不倒”。我们讲故事：秦始皇修长城的目的；孟姜女哭倒长城800里；“烽火戏诸侯”的来历。父亲给我聊秦始皇焚书坑儒，聊他们那一代人对北京对共产党的感情，哼唱他年轻时吹口琴的歌曲，他背诵《清平乐·六盘山》全诗，赢得全车人的掌声。因为一路有歌声和故事，父亲没有晕车。

从八达岭熊乐园进去，开始攀登长城了。一直向上攀爬，开始的一段路程不是很陡峭，越走越陡，游客相互搀扶，微笑点头。经历一段艰难的攀爬，我早已气喘吁吁。一会儿陡峭，一会儿平缓。在一个台楼前，一个外国妹子请我帮她拍照，她看着手机里满意的相片，说OK，对着长城竖起大拇指，然后笑着跑下山去了。前面的长城坡度平坦些了，稍微停顿下来，悄悄问声："你好吗，长城？"站在这千年古城墙上，内心无比激动与感慨。城墙砌得整齐，内墙中间的道路宽阔。双手轻轻抚摸着城墙上的青砖，青砖表面早已光滑洁净。怎能不让自己默然起敬！每一块青砖背后，需要付出多少艰辛和泪水啊！青砖构建而成的城墙基座和两边的城墙，在风雨霜雪地侵袭下，已经褪色，变得枯硬苍灰。

细观长城构建，城墙是这一防御工程中的主体部分。底宽顶窄，下部以巨型山石为基，上部以大块灰砖为墙，坚实耐久。每隔一百多米，便有一座敌楼，也是坚固的砖石结构，上下两层，拾级而上，四周均有垛口及射洞。墙角，偶然可见凿石而成的水槽，雨水可沿槽流到城墙之外。可见当年筑城时设计考虑之慎密周详！

搞建筑的泥水匠父亲还高兴地给我讲长城"万年灰""定城砖"的传说故事。其实有关长城的传说我在来北京之前就"备了课"的，但我还是听得很专心的样子。

我是跟着急速跳动的心的节拍往上爬的，一口气走了好远好远，但不管你走多远，前面总有最美的景色在等着你，总想让长城最美的那段身躯展现在你的视野。

到了第七个台楼，我看见下坡的石梯很陡，上去的坡又长又陡，叫父亲不要再走了，摔倒了怎么办，骨折了谁抬，累到休克了呢？二妹腿有病，没上来。我脑子里不断出现一些意外的画面。可是父亲说："你走不动了，就在这里等我！我自已能行，最后一段了，不到最高峰我不甘心！”“不要去了！”我急得眼泪快流出来了。“我要去！”我们父女在那儿争论，游客看着我们，同一个旅行团的解释说：“这是他女儿。老人家快八十岁了，身体好！”父亲听到别人夸他，更不顾我的反对，快速往下走了。他拉着扶手，下石梯很快，我只好跟在后面，生怕他有什么闪失。

父亲一口气登上了长城最高点，给我打电话，问我跟去没有，给他拍照！我看见了，他站在那个敌楼前的石阶上向我招手，满脸喜悦！最高点人多，拍了两张，父亲都不是很满意，后请一个年轻妹子帮我们拍了几张。她说：“就是刚在路上遇见的老人家，真了不起，走那么快。我的速度都赶不上他！”回顾登途，有斜坡也有台阶，正如曲折的人生。我的农民父亲更是不容易！

风从城垛口吹入，掀起我的长发和纱巾，爽快极了。太阳照在山上，极目远眺，一派雄沉刚劲的北方山势尽收眼底。你看，这些崇山峻岭，有的林木葱茏，有的巨石嶙峋，长城匍匐在苍翠的山脊上，凌云之势，折转直上，于层峦叠嶂之间，攀沿而去，渐渐消失在天际。它就像一条前不见头后不见尾的巨龙，在绵延不绝的山岭上翻滚舞动，越群山，攀绝壁，穿草原，跨沙漠，起伏在群山之巅、黄河彼岸和渤海之滨，形成一道坚不可摧的绵长屏障。这才是名副其实的气势磅礴，这才是真正的雄伟壮丽！

轻轻拥抱我爱的长城，静静感受长城的爱抚，热血沸腾。壮观的万里长城是中国最宏大的名片，文字怎能诠释它的浩瀚！

我们激动地欣赏着四周的景色，要把这幅“江山如此多娇”的万里长城画卷带回家。时间紧，恋恋不舍下长城，父亲高兴地说："游了北京，看到了长城，死了眼睛都能闭紧点。"下山，需拉着栏杆退着走。父亲动作麻利，到一个平台等着我。一路上，游客问父亲的年龄，他骄傲地做一个"八"的手势。大家都佩服他八十岁还能到最高峰，是真正的好汉，伸出大拇指为他点赞。一个三十岁左右的黑龙江小伙子还和父亲合影。父亲的粉丝还不少，他很兴奋，下山就立即给母亲打电话报喜，并买了一个刻有"我登上了万里长城"和刻有他名字的纪念币，像拿着金牌一样，回家就给乡亲们看，还摆谈去北京的所见所闻！

2019 年 6 月

草原画中行

夏日，唱着“我和草原有个约定”，与老朋友自驾游到了若尔盖草原。车时缓时快，走了六七百公里，像走入一幅巨画中。

画的底色是绿，是翠绿，嫩绿，纯洁的绿。漫山遍野，汪洋恣肆，绿得让人心醉，绿得想躺在上面满地打滚，或者也像牛羊一样，啃一口，慢慢咀嚼、反刍，享受那种青草的芳香，享受那种高原阳光的味道。

画的远景是辽阔而高远的天空。天，蓝得那么深邃，云，白得那么洁净。大片的云，棉絮一样，雪花一般，漂浮在湛蓝的天空，仿佛触手可及，又仿佛圣洁的白衣仙女，只能仰望，不可亵渎。云就那么静静地悬挂在天空，好似存在了一万年。见惯了灰蒙蒙的天空，刚一见到这蓝天白云，我目不转睛，贪婪地看着，仿佛自己也变成了那片云，自由自在地漂浮在天空，随意变换各种形状，悠然自得。

车继续行驶在平坦的大道上，我们情不自禁地唱起草原歌：“骏马奔驰在辽阔的草原”“蓝蓝的天上白云飘，白云下面马儿跑”“美丽的草原我的家，风吹绿草遍地花……”

这幅画的中间部分是山谷、是溪流、是大片的青草地，以及无忧无虑觅食的牛羊。那些牛羊好似散落的珍珠，成千上万。从行驶的车窗中望出去，只见无数个密密麻麻的黑点白点，在远处的山坡上缓缓蠕动，黑的是牦牛，白的是绵羊。偶尔有几顶白色的帐篷，随意地搭建在草地上，这是牧民游动的家园。清清的小溪，静静地流淌在草丛中，不走近，根本发现不了它们的身影。有几次，一群牦牛或绵羊慢慢地走在公路上，按喇叭也不听，还围着车与游客打招呼，骑在马上的牧人唱着牛羊才听得懂的歌，用鞭子轻轻赶它们，为车让出道。第一次近距离看见成群的牛羊，赶快把它们可爱的模样装进手机。

停下车，走在草地里，我们忘记了高原反应，像孩子一样蹲着、躺着，跳舞唱歌：“我在草原上，风吹过我的脸庞，流淌着醉人芬芳，躺在大地胸膛。”青草地绵延不尽，仿佛与天相接。这里的草短而密，不需要“风吹草低”才能“见牛羊”。这里天蓝、云白、草绿，空气清新，那种心旷神怡的感受是其他地方难以体会到的。不管多远都是那么平坦柔和，天似穹庐，笼盖四野，尽管一望无际，但是天与地的交界永远都是那么明显，天空清澈透明。只身在草原中会有强烈的孤独感和渺小感。

红军长征在四川“松潘草地”的若尔盖草原滞留的时间长，据说，有一万多红军将士长眠于草地。高原的牦牛和青稞救援了红军“三过草地”。“雪皑皑，野茫茫，高原寒，炊断粮”……我哼唱着《过雪山草地》，向红军致敬！

黄河九曲第一湾，是这幅画西南端流动的近景。

在我心中黄河一直是汹涌澎湃的。而眼前的黄河如诗如画，像一位婀娜多姿的少女，扭着柔软的腰肢，踏着轻盈的舞步，从遥远的白云间，从黛青色的大山中翩然而来，路过高山草甸，在翠绿色的青草中缓缓流淌，摆出几个漂亮的S造型后，一个转身，潇洒地飘然而去，渐渐消失在白云深处。在这里，黄河没有咆哮，没有浊浪，只有清澈温柔，沉静内敛，婉约细腻，多情又缠绵地守候着草原。此刻，黄河九曲第一湾以一种大度的姿态、平和的心态表现了黄河“宁静致远”的阴柔之美。这种蕴含原始的力量，终究会在平缓孕育后突然酣畅地爆发。人来到这里，心胸自然地开阔，心情也豁然开朗，你可以应和着牧民高亢的牧歌，融入到大草原中，享受神奇的九曲黄河立体大乾坤图的大气场、大意境。

看日落的人很多。半山腰，便能看到山脚下的索克藏寺，七彩经幡随风舞动，这座宏伟的寺庙始建于1658年，它静静地伫立在这里，向我们诉说着唐克镇历史的变迁。在这里，一抹佛色，便让白云更悠；一点自悟，便能解脱片刻。夕阳西斜，碧空如洗，苍苍茫茫，水天相连。火红的太阳穿过乌云，河面波光粼粼，金黄色的霞光与绿色草原交错，绚丽灿烂又柔软如锦。太阳一点点落下，远远望去，茫茫原野与辽阔幽深的黄墨天空自然地融为了一个整体。这种天人合一的思想，竟为这片高地上最初的活佛所理解、所表达！此时，落霞与秋水、孤鹜与长天、孤城与羌笛，这些静谧中透出神秘的景色浮现在脑海。

风已轻，云已淡，夕阳醉了，我亦微醉。

夜晚，静坐母亲河边，用心倾听她的诉说……

2019 年 8 月

再读屈氏庄园

我是泸县雨坛人，对于位于泸县方洞镇的屈氏庄园是很熟悉的。

二十世纪七十年代，屈氏庄园成为四川第二个阶级教育展览馆，名为石牌坊阶级教育展览馆。这个庄园，给我印象很深，我在雨坛读书时，到石牌坊阶级教育展览馆参观过两次，展览馆有很多分馆，房间很多，特别是九道拐，整个路道仅容得下一人，每个拐弯处，留有射击孔，黑黢黢的，有点吓人。儿时，就记住了这个宅子的豪华和大地主屈恒升的名字。

如今第三次走进屈氏庄园，我更用心地读它。

庄园正前方，高八米左右的火砖围墙把一部中国围墙文化表现得淋漓尽致。

屈氏家族在屈恒升时，盛极一时。屈家共有土地3500多亩，每年收租粮达60多万多公斤，还拥有两艘轮船，往返于重庆、武汉和上海之间；有一座钱庄、一个餐厅、两座会馆；办有一所启明中学，内藏图书两万余册。清朝任知事的屈氏子孙屈应选请来地理大师，在这个叫石牌坊的地方建起了规模宏大的屈氏庄园。

屈氏庄园是集明代、清代和民国建筑风格为一体的川南典型建筑。整个庄园占地30亩，正门前是一座石刻牌坊，雕有“野鹿含花”（谐音衣禄繁华）四字。大门正中是前清翰林御史高蔚然书写的“醒庐”二字；两边是“入和出明辉光照国、执义秉德安息康居”的对联。庄园中心建筑是悬山穿斗式木结构，飞檐黛瓦、画栋雕梁。庄园有雕楼四座，大小花厅天井48个，房屋180间。园内设有戏台、佛堂、金银库、凤凰井、三个花园、水池、凉亭、钓鱼台、网球场、跑马场等。戏楼、佛堂为民国初期扩建的中西结合近代建筑，用材考究，布局合理，造型严整、雕刻精致、华美动人。

庄园建筑体现了中国传统文化中的风水理论。庄园坐西南向东北，后靠五仙山，侧依濑溪河，整体布局似一艘大船，后花园花山如船尾，前花园为船头，石牌坊如巨帆，寓意“一帆风顺”。屈氏家族当年选择在此地安居，是期望通过住宅与地形地物的某种暗合，获得通达顺利的运道。庄园内处处体现一种天井文化，天井既排水、采光、通风，又有风水理论中拔风聚气之功效。

屈氏庄园体现了中国传统文化中的宗法伦理思想。庄园布局凸显了清末民初四川地区的尊卑之礼、长幼之序、男女之别、内外之分等宗法伦理思想，为研究中国传统的宗法制度提供了生动的实物资料。它是中国多元文化中的一颗璀璨的明珠，构成了传统民居文化的繁华。

庄园以“醒庐”为名，屈氏族人重视修身持家。以三闾大夫屈原为代表的屈姓家族，就用“清醒”二字作为家训，告诫后人要清白做人，坦荡做事。屈恒升是屈原的后代，“清醒遗风”“饮水思源”“寻根归德”等先人名言警句镌刻在祠堂的门槛内外，让人感受到诗礼簪缨之家的儒雅之气和先人对后人的严格要求，体现着中华民族“耕读传家”的道德之美。

屈氏庄园还体现了近代社会上层人在四川生活的形式和风貌。整个建筑以中堂为中心向四周辐射，既分散又集中，四座雕楼分布建筑四角，登楼即可俯瞰整个庄园，又像四雄狮坐镇把守。一处有事，只要在雕楼处鸣枪、喊话、点烽烟，其他地方即可救应。庄园及庄园遗存的实物和文献资料，构成了一个有机整体，集中反映了近代泸县及周边的社会经济状况、社会发展和变迁，是近代中国农村的一个侧影，是屈氏家族物化了的生活方式。

我去过大邑县的刘氏庄园，比屈氏庄园更气派，更奢华，处处楼阁亭台，雕梁画栋，庄园内重墙夹巷，厚门铁锁，秘室复道，阴森恐怖，整座庄园似黑沉沉的迷宫建筑。庄园内有一座三层“小姐楼”，建筑精妙，风格独特。

再精彩的人生也有谢幕的时候，庄园的建筑文化和内涵留给后人许多思考。

再读家乡这座充满故事的屈氏庄园，屈原的“举世皆浊我独清，众人皆醉我独醒”在耳畔回荡，仿佛看见那些上层人物在戏楼“听一楼丝竹好留明月住花间，摹历代衣冠如见古人来眼底”。回望那些雕刻、绘画、装饰等，具有鲜明的地方特色和独特的审美价值观，也是那时人文思想和信仰的反映吧；精美绝伦的建筑艺术，虽有沧桑感，但依然焕发着不竭的魅力。

世事变迁，神秘的五仙山和有龙桥镇守的濑溪河永远守望着泸县屈氏庄园。

2020 年 10 月

诗韵玉蟾

蜀南山水数泸川，醉里依稀伴玉蟾。对月衔林邀客坐，挥毫泼墨揖诗仙。

构思莫忌捻须苦，炼字何辞测韵艰。满卷珠玑皆可颂，嫦娥为此献婵娟。

——这是一位诗友在诵诗会上朗读的宋代黄庭坚的《游玉蟾邀泸府诸贤赏月共赋》。

2019年国庆节，四川泸县作家协会庆祝新中国成立70周年在玉蟾山举行了诵诗会。

作为泸县人，我到过几次玉蟾山。这里森林覆盖面积八千余亩，山岩石材质细腻如玉，石形状似蟾蜍，有“遍山皆玉，无石不蟾”之说，而且整座山的形状又如蟾蜍，故名“玉蟾。”它位于古川滇、川黔的驿道上，历来以山幽、石奇、水秀、文物多而闻名川南，曾是川南佛教名山，被张爱萍将军誉为“川南明珠”。

国庆那天，我们一行二十多人早早地来到玉蟾山下，走古玉蟾关上山。泸县作协的程大姐在玉蟾风景区工作了十几年，她对玉蟾很有感情，写了很多有关玉蟾的诗歌。一路上，她给我们当导游。

我们从山脚拾级而上，两旁的树林茂密，到了大茅坪云眺望，白带漂浮山间，犹如仙女翩翩起舞的纱带。在古关旁的石岩上刻有“玉蟾丛翠”四字。程大姐介绍了题刻的来历——

相传，清朝年间有一天，爱新觉罗奉皇上密诏，前往蜀中选一处名山，修一座九重殿以告慰先贤在天之灵。爱新觉罗与他的老师成骏溯长江而上，游遍巴蜀大川名山都没有找到合适的地方。

一日黄昏之时才投宿在玉蟾山古关驿站。爱新觉罗路途奔劳，倒在床上就进入了梦乡。山风在门外吹，犹如古琴拨弦，仿佛弹奏的是一曲高山流水之音。朦胧中忽见一个长者头戴桶高檐短的“东坡帽”，推门进来口占一首五言诗：“寻幽须有约，学隐苦难潜。韵步黄山谷，还思向玉蟾。”又说：“保处把幽寻，此山秀石灵。修座九重殿，千古慰忠魂。”说罢，便化成一团烟云而去。爱新觉罗一下子从梦中醒过来，把长者的五言诗句吟诵了几遍。他想待天明之后要把这玉蟾山游览遍。

爱新觉罗与老师去游览古关、古刹、古察、南唐书法家徐铉书的“第一名山”、宋朝黄庭坚飞笔点的“玉蟾”、明朝状元杨升庵题的“金鳌峰”，参观了明代摩崖石刻，真是大开眼界：玉蟾山从唐至今，千百年来，有这样深厚的文化遗产，果然是蜀南名山，名家荟萃，雅士空前，到处可见，墨宝华章、诗赋字画。

师徒二人回到驿站，思考片刻，成骏挥笔写下：“玉蟾丛翠”。字迹古朴苍劲，雄健浑厚，落款是“爱新觉罗题·长白成骏书”。这幅大家所书作品为山色增辉添彩。

玉蟾山现存四百余尊明代摩崖石刻，以千手观音为核心的摩崖造像群，大者盈丈，下不满尺，线条流畅，神态逼真。

千手观音是明代的石刻，距今已经有600多年的历史了，而且保存得较好，在全国范围内实属罕见。我们站到玉蟾山摩崖石刻中最大的一龛“千手观音”造像前。看着这造像高56米，宽35米的图，眼花缭乱。因为观音雕有11个头，36只手臂，众手各执法器，肌肤圆润，庄严凝重，两侧密布千手，宛如孔雀开屏。每只手上刻有眼睛，有着“法力无边，慧眼无穷”的意味。

程大姐给我们介绍了关于千手观音来历的传说——这个观音是妙庄王的三女儿，有一年，妙庄王得了一种怪病，需要用手和眼作为药材才能治好。妙庄王很爱其黎民百姓，不忍心伤其身体。所以三女儿就决定将自己的一手一眼献出救父，这一行动感动了上苍，上天决定赐予她千手千眼，让她有更多机会普度众生。

千手观音造像之下，是堪称“玉蟾石刻之瑰宝”的“九龙浴太子”图。这龛石刻高1米，宽0.6米，雕刻十分精细。肌肤圆润的太子周围，九条龙都是镂空雕刻。每当大雨天的时候，山崖上的水就会顺着崖壁流进石窟上方的一个水槽，水槽里的水装满后，就会溢出来，流过龙的尾巴，经过龙的身子，从龙的嘴巴里吐出来，出现“九龙浴太子”的情景。

崖上石刻佛像极多，而且造形生动，表情不一，最有趣的是《罗汉漂海图》。那是十八个形状神态不同的罗汉，分别站在龙、虎、麒麟、鱼、龟、虾等的背上，波涛汹涌，水怪翻腾。十八罗汉或向前招手或回身照应，或念念有词或手舞足蹈，谈笑风生，安然自若，场面异常热闹，很有浪漫色彩。不由得想起明代四川状元、著名诗人杨升庵赞美玉蟾的诗来：

山似岷峨派，峰如峋嶙尖；仙游还驻鹤，僧号亦栖蟾；梦月悬天镜，松风袭暮蟾；有诗休疥壁，徒为葛藤添。

罗汉街为彩色石佛长廊，此牌坊恢复于1985年，有对联：“历尽劫波金鳌远踏长征浪，迎来烈火罗汉修成不朽身”。喻意深刻，书法漂亮。从这里上108个石阶，便到金鳌阁。

金鳌阁是玉蟾山最高点。登阁凭栏鸟瞰，整个县城尽收眼底。郁郁葱葱的群峰，尽皆臣伏于下，而山底的九曲河与濑溪河骤然相见，欢腾拥抱激起云雾迷蒙，波涛沸荡，景象极为壮观。难怪民谣说“玉蟾山上美景多，穿山硖石打儿窝，七层楼上望双河，仙人推磨笑哈哈”。

亭子里，抬头就可见建文皇帝像。造像高五米，建文皇帝身穿袈裟，脚穿麻鞋，神态安详。建文皇帝是明代开国皇帝朱元璋之长孙朱允文，后来朱棣兵变，建文皇帝化装成和尚流落西南。民间流传，建文皇帝通过江津进入泸县，晕倒在一家农妇的门前。这位农妇在头天夜里，就梦见一个和尚对她说：“我乃是建文皇帝，今流落在此，望施舍一碗饭，救人一命，胜造七级浮屠。”于是农妇便将建文皇帝扶进屋，一连给他喝了三大碗稀饭，将他救活了。后来建文皇帝在玉蟾山上当了和尚。

我们来到金鳌阁旁的一块似蟾的“仙人推磨”的大石头旁，写有“朗读者”的短横幅已挂在石头上的栏杆上。上午十点半，庆祝新中国70华诞的诗会正式开始，由作协主席邓晓波主持。诗友们朗诵的大多是自己创作的歌颂祖国的诗歌，也有朗诵他人的爱国爱家乡的诗。我和小春即兴朗诵了舒婷的《祖国啊，我亲爱的祖国》，获得了几次掌声。

我们拿着麦克风站在一棵古老黄角树下的石头上朗诵，树枝上的红丝带随风飘扬。富有激情的朗诵声在山中回荡。渐渐地，来观看我们诗会的游客越来越多。有个二十多岁的小伙子小黄跃跃欲试。他深情地朗诵了一首自己写的诗。小黄说他是泸州纳溪人，读初中时就喜欢诗歌，高中毕业就外出打工，但一直坚持写诗歌。这是他和弟弟第一次来玉蟾旅游……接着，有大叔、中小学生等五六位游客参加了朗诵。其中一位近80岁的姜先生给我们朗诵了《泸县玉蟾》：

“顶天立地玉仙蟾，暮鼓晨钟诵古禅；龙脑桥边秋月白，金鳌云外夜风寒。庙堂巍峨佛家顶，城堡雄奇驿道关；苦守菩提能顿悟，明珠光彩耀川南。”

姜先生给我们讲玉蟾“仙人推磨”的故事，又读了一段故事中王巡抚听到的一首诗：“卜居山顶上，生活胜天堂。烟波当被枕，云霞做衣裳。天宫谁热爱，凡地我欢畅。寄语瑶池母，不必把儿望。”姜先生还谈到泸县近70年的变化，翘着大拇指反复说共产党好，新中国好，改革开放好……

十二点半了，我们挥动着国旗和游客齐唱《歌唱祖国》，诗会结束。

我们在古玉蟾关口吃午饭时，看到一副表达泸州人民对杨状元和黄庭坚怀念和赞美的对联：“峭壁一孤峰，访黄太史来游，石上已曾留墨迹；历年四百载，问杨状元去后，山中谁更畅诗怀。”

一个小时的吃饭时间都是诵读、唱歌、讲玉蟾故事。

爱看书的小春给我们诵读了“玉蟾养魄元宵后，只对燃灯诵谒回。”（杨慎《玉蟾寺次少岷曾公韵》），还讲了玉蟾寺和刘海的故事——相传北宋年间，离玉蟾寺不远的曹家坳有个老实厚道的青年名叫刘海，孝心感动了仙姑，在仙姑的指点下，刘海忍受七天七夜饥寒交迫之苦，从蟾嘴里取得一颗红色药丸，治好了母亲的双眼。老人归西后，玉蟾仙姑与刘海骑在玉蟾背上，随一股青烟上天去了。从此，当地群众在半山坡上修建了玉蟾寺。还有传说刘海钓金蟾是令金蟾吐金，施济天下穷人，他也因此被称为财神。

有人问，玉蟾山为何出现这么多明朝的石窟石刻？程大姐说——泸县地理位置十分优越，而古时的石窟中心往往选择重要的地理位置而建，如丝路上的云冈、龙门石窟。同时，大足石刻在明代虽已衰落，却仍以巨大的影响力辐射着整个西南，泸县自然深受影响。此外，自宋代以来，泸县境内活跃着一批石雕工匠，宋代的石室墓，明代石窟，明清时期的古龙桥都是他们的杰作，石刻艺术在这里代代相传。

下午，我们穿过著名的仙人洞看过“打儿窝”，来到《流民图》前，蒋兆和的塑像高高地站在石壁左侧。

削壁摩崖雕凿而成的一件蜚声世界的艺术瑰宝——《流民图》，是出生于泸州小市的著名画家蒋兆和的代表作。此图于1987年7月落成揭幕，高3.3米，长77米，由两个断面组成，是国内规模大、人物多的大型人物画雕塑。它是一幅反映抗日战争时期，沦陷区人民苦难生活的艺术长卷，表达了中国人民要生存要独立要和平与正义的声音，激励着一代又一代瞻仰者油然而生奋发图强的爱国热情。

下山时，我们在感叹议论——

泸县玉蟾山，诸峰相峙，林木葱翠，怪石嶙峋，古树参天。山似蟾蜍，便有了来自月宫的传说和仙气；有众多精美的摩崖造像，沿山道有玉蟾寺、龙盘寺、龙岩寺、白云寺等十几座寺院；山下九曲河、濑溪河、马溪河幽幽环绕；曾吸引了众多自唐代以来的文人墨客来此吟诗作赋或题留墨宝。丰富的蟾文化、佛教文化、石刻文化和名人文化，给这座仙山增添了几多传统文化的凝重与深厚，使其更富有诗韵。

2021 年 6 月

找寻梦中的凤凰

湘西的凤凰古城，从沈从文笔下翩然走出，飞进了梦里。我仿佛又一次听到了翠翠执着等待傩送回来的泣颤的歌声。

“小溪流下去，绕山岨流，约三里便汇入茶峒的大河。人若过溪越小山走去，则只一里路就到了茶峒城边。溪流如弓背，山路如弓弦，故远近有了小小差异……小溪即为川湘来往孔道，水常有涨落，限于财力不能搭桥，就安排了一只方头渡船。”这幅水墨画一直印在脑里。

我一直想，这该是怎样的一座城呀！竟让人如此心醉！凤凰古城成了我向往已久的地方。今年六月，凤凰之行，我终于如愿以偿。

下雨的午后，沿着一条青石板铺成的古巷，踏着沈从文曾经迈过的足迹，我开始找寻梦中的湘西凤凰……

凤凰古城古称镇竿，位于湖南湘西州的西南边，是一个以苗族、土家族为主的少数民族聚集县城。

凤凰古城分为新旧两个城区，老城依山傍水，清浅的沱江穿城而过，红色砂岩砌成的城墙伫立在岸边，南华山衬着古老的城楼。北城门下宽宽的河面上横着一条窄窄的木桥，以石为墩，这里曾是当年出城的唯一通道。

古城最有名的还是那一幢幢古色古香、富有浓郁土家族风韵的吊脚楼。但河畔的吊脚楼大多已不在了，只有在回龙潭那里尚留有十多间老屋，细脚伶仃的木柱立在河中，托起一段沉沉的历史。这些吊脚楼，大都分都是上下两层，穿斗式木结构。制作工艺复杂，做工精湛考究。

一条条老街狭窄又悠长，身旁紧紧偎依的一幢幢青瓦木楼和一户挨一户的小商铺，仿佛在述说着三百多年来小小古城的富庶繁华。深街长巷人来人往，不时传来讨价还价声。漫步在雨中的青石小巷，在各色伞和红红灯笼的领引下，朦胧在迷宫似的小街里。

位于古城中营街的沈从文故居，是一座具有明清建筑风格的小巧院落。小院中间有一个天井，共有十间房，是沈从文的祖父沈洪富于清代同治初年建造的。沈从文就在这美丽的湘西长大，大自然给了他最好的启蒙，山水孕育了他的灵性和才情。

沈从文的《边城》把我们带入到二十世纪三十年代湘西风光秀丽的边远小镇茶峒。湘西淳厚朴实的人情世态，健美古朴的风俗习惯，善良敦厚的本性，与那温柔的河流、清凉的山风、满眼的翠竹、悠悠的渡船一起，构成一幅似诗，似画，更似轻音乐的优美别致的风土人情画卷。

我和同样喜欢《边城》的同伴朝兰不约而同地穿着旗袍逛古城，只想与三十年代的那个古朴的边城赴一场浪漫的约会，但还是有些失望。原来以为，一踩上古城老街的青石板路，“幽静、绵长、哀怨、淡定”之类的词汇就会涌出。可是没有，我并没有听到内心那喜悦婉约的声音。而哗哗的雨，密集的雨帘，让我看不清古城的真面目，只见雨水顺着伞沿打湿了朝兰的旗袍。我们都有一些失落和茫然：这里就是那个大眼睛、黑面孔，最终留孤独的影子在江边的翠翠的故乡吗？为什么我感受不到在沈先生清新的文笔和悠然的语态之下那种“物我古今兼忘于刹那”的感动呢？

来凤凰之前，我又读了一遍《边城》。我把古城想象成一位平和稳重、慈祥儒雅的老人，又稍带忧伤。也许，是我把自己对大师沈从文先生的想象边城直接幻化成古城的形象了！我甚至构思着古城的爱情故事，两个曾经深爱又无法相守的人，随着时光的流逝，渐渐老去，他们一次次相遇在古城的街头巷尾，擦肩而过时，凝望对方，彼此平静地看待离合生死，平和自然地生活着。也或者，我其实是期待着在潇湘夜雨中独自进入古城，撑一把油纸伞漫步在小巷和江边，用心来感受它的寂寞和安详！

我执拗地认为，久经岁月沧桑的凤凰应该是孤独和寂寞的，于静谧中流动着无声的惊喜，于美丽中缠绕着悠远的感伤。如此，才是沈先生的凤凰。可是，目光所及之处，虽然古城风貌依然完整，但那种历史的沉淀和内蕴的美感不明显。漫江碧透的沱江绕小城边廊而过，那陈年的城墙下，一步一墩的“踏岩”边，没有了穿着民族服装的阿妹淘米的身影、捣衣的杵声，也就没有了悠远深长的湘西风情。此时，多想看见老街和被岁月打磨得油光发亮的青石板路上，有挑着山货、背着背篓的男女匆匆掠过的身影……

此时，流淌的沱江水，晕染了天空的淡蓝和绯红。多想乘一艘乌篷船，缓缓划向前方，在船上轻轻吟唱，两岸吊脚楼的倒影，还有夕阳，一同揉碎在柔美的波光里。可否放下船桨？任它在波光里荡漾，听那流水潺潺的声响，和着浣衣女的悠扬。这是不是梦里水乡？

夜宿古城，窗外的雨依然一会儿哗哗，一会儿沙沙。远处隐隐传来葫芦丝的声音，我与朝兰都辗转反侧，久久不能入睡，就谈论起了梦中的凤凰。文学大师沈从文为什么那么热爱他的故乡？还有蜚声四海的“鬼才”画家黄永玉先生，以湘西生活文化背景的底蕴，创作了不少传世大作。他们以各自不同的方式，呵护影响着这片土地的灵性和风情……

我不甘心就此游过，我要再次寻找梦中的凤凰。我和朝兰早早地起床。晨光中，空气里还有些露水的味道，凉爽极了！小城还睡眼惺忪，清透的江水，轻轻掀开蒙着的神秘面纱，缓缓露出羞赧的笑容。远山萦绕着薄薄的雾气，青翠欲滴的山林在雾中朦胧着，若隐若现。

清晨的沱江，此时是最清幽、最有灵气的时候，仿佛有一种远离尘世的感觉，心中的“失落、惆怅”被洗涤了许多。

街边的老屋，一律是青瓦灰砖墙，高高的房顶，雕花的翘檐像鸟儿展翅欲飞。老人抽着卷烟坐在半掩着的木板门里，带着一脸安详的神气，并不打量外来的游人。路边有几个苗家老婆婆，小背篓里装满她们亲手采集的花草编成的花环卖给游客。穿行在古城的老街，我莫名地就有种亲近和熟稔的感觉。

如果可以不赶时间，从这座“深山里的城池”的不同地方或局部去感受她的细节，感悟她的古老历史和文化的魅力，或许领悟更多。看了冯小刚编导的“魅力湘西”文艺演出，了解了原汁原味的楚巫文化。那别具一格的苗族服饰、原始戏剧活化石傩堂戏、地方风味十足的阳戏、散发着泥土清香的文茶灯，以及玻璃吹画、姜糖、蜡染、纸扎等，构成凤凰独具特点的民族民俗风情。

雨过天晴，所有的一切都透着灵气儿。风雨边城——凤凰古城，仿佛是大师刚刚停笔的一幅山水画，在江南的宣纸上氤氲而生。

我释然了！

2021 年 7 月

第五辑

茶意人生

温情一刻

那个为农民拾橘子的秋日

一个六十多岁的农民挑着两筐橘子，急匆匆地走向水果市场，走在街中央，箩筐绳断了，橘子散了一地。一辆的士猛地刹住，路过的人弯腰拾起地上的橘子放在箩筐里，老农没有看清他们的脸，等他擦干脸上的汗说谢谢的时候，那些人已经走远。

那个秋日的上午，一个小城的人自觉替老农拾了一次橘子。

那支很旧的气枪

一个周末，我和先生骑自行车到离家十几里的小河钓鱼。黄昏，我们回来的时候，车胎不知被哪个调皮的小孩把气放了。在这乡村小公路上，哪里能充气呢？我们推着车走了几百米，看见一个放牛的大爷，我们说明了原因，大爷把牛拴在树上就去帮我们找。问了好几家，终于给我们借来了气枪。我们给他钱，他说什么也不要，只说：快回去吧，天快黑了。

很普通的农民，很普通的气枪，那一刻，我真的感动了。

那些有香味的钱

六月的一天，我回老家看望生病的母亲。我跨进门侄儿就说，奶奶在楼顶晒棉被。我轻轻地上楼，看见母亲坐在太阳下的棉被边数钱，不时用手指蘸点口水，数了一遍又一遍，然后分别放在两个信封里。看见我，她说："你闻闻香不香？半年了，我把你们几姊妹给我的钱装在白色信封里，卖小猪和蚕茧你父亲给了我五百，装在牛皮信封里。我把钱放在棉被里，凑到三千六百多了，你拿三千去给我存定期……"

难怪那些钱有股樟脑丸的味儿。我说，我闻到了，很香，一个是"孝心"的味儿，一个是"勤劳"的味儿。这时，我看见母亲苍老憔悴的脸上露出了幸福的笑容。

那套很干净的旧房

同事的旧房卖了，前两天把东西全部搬完了。然后她用六七个小时把房子彻底打扫了，门窗、家具、地面。有人说："已经卖了，又没有谁再来看了，扫一下垃圾就可以了！"她笑笑说："别人过年回来，看见干干净净的屋子，心里也高兴，真正的拎包即住，我也睡得香些！"

为他人着想的好房东，那余香会长久地留在心间吧！

那个替老师擦鞋的女孩

雨天，我走路会带很多泥在鞋上。昨天监考发卷时，有几个女生望着我的鞋。我想，为了不分散学生的注意力，今天要把鞋洗干净才进考场。早上，来到学校，我在水龙头那里用手抹鞋上的泥时，穿黄色校服的一个女生忙拿出手纸："杨老师，我帮你擦！"她擦了几下，我赶快接过纸来，说谢谢……后来才从她语文老师那里得知，她看过我的书《心境向暖》，说很喜欢。多可爱多单纯的孩子呀！

那个背老人的第一书记

八月，去叙永县的一个贫困村采访第一书记。五十出头的王书记，皮肤黝黑，穿着白色T恤，背着草帽，挽着裤脚。我们刚到，他放下电话说："我马上要去罗家！"

我俩随王书记赶到罗家。罗婶说，是王书记帮贷款买了十只黑山羊喂养，脚腿不方便的罗叔割草回家时摔了一跤，起不来。王书记快速走到趴在田坎上的罗叔身旁，取下背篼，边捡起田坎上的草装进背篼里，边问情况；用自己的手帕为老人擦拭额头的血迹，轻轻捏罗叔的手臂和腿。他立即打电话叫村上的小童开车来送病人去医院。他小心地扶罗叔坐起，自己蹲下，要背罗叔。罗叔怕自己的衣裤弄脏了他的衣服，迟疑着。王书记说："你知道我膝盖痛，蹲不得。你身体要紧！"罗叔才把手搭在王书记肩上。王书记吃力地小心地背起老人，朝对面的公路走去。

罗婶感动地说："省上派来的王书记，是真心帮我们脱贫致富。他比亲人还好！"

2016 年 9 月

做一个优雅的女人

优雅是一种恒久的时尚，它是一种文化和素养的积累，是一种内在的气质，是修养和知识的沉淀，是举手投足间不经意流露出来的成熟气息，是由内而外散发的一种知性的美。从一个女人优雅的举止里，我们可以看到一种文化教养，让人赏心悦目。

要做一个优雅的女人，首先要增长自己的知识。因为优雅的女人，必定是心灵纯净的人，净化心灵的最好办法是阅读。“阅读是为了活着。”福楼拜如是说。“书中自有好风光”，读万卷书的人，心中不会存有一池污水。阅读在超越世俗生活的层面上，建立起精神生活的世界。一个人的阅读史，就是她的心灵发育史。读书，可以提升一个人的品味，可以使人从自我的境界进入另一个世界，这样才会有不俗的谈吐，且因智慧增加而少了愚钝木讷，与之交往才不会觉得言语无味，也就是古人说的“腹有诗书气自华”。喜欢读书的人，永远都是不俗的人，只有不俗的人才有资格做优雅的人！

优雅的女人要有品味，懂得穿着打扮，懂得色彩搭配，懂得心灵与外形的协调。知道在怎样的年龄穿什么样的衣服，不附庸风雅。她无论在什么场合都注意保持自己优雅的形象，她的着装永远都是不张扬而富有格调，那感觉就像静静地聆听苏格兰风笛，清远而又沁人心脾。

优雅的女人一定要有自己的事业。她不是依附的小鸟，不是攀岩的凌霄花。她就是一只能独立飞翔的雄鹰，就是一棵参天的大树，而事业则是这一切的基础。所以，要做一个优雅的女人，必须热爱自己的工作，做好自己的工作。优雅的女人一定是幸福女人，追求幸福就是追求优雅。

她必须是一个善良而大度的人。因为善良，她的眼底才会闪现温柔清澈的光芒，她的表情才会柔和。因为大度，才不会因为斤斤计较而产生刻薄的表情纹，并且存有一份慈悲心。她还要有温柔沉静和善解人意的个性，和她相处的人会在彷徨、矛盾的时候被指明一条道路，是那种能和大家亲密地交流，能永远保持着微笑的人。微笑是一个人永恒的魅力，它是优雅的一种外在表现。

她必须是平和的。她奢望不多，不会嫉妒别人的富贵和幸运。虽然同样感慨社会多变、人生无常，平和的女人却懂得守住内心的一点淡泊，不会给自己很多压力，也不会给男人很多压力。平和的女人不会歇斯底里，也不会哭天抢地。平和的女人最懂得温柔，总能让男人感觉到安宁、放松，让男人在伤心的时候、疲倦的时候甚至太过激动的时候，都想要和她在一起。

她必须要有情趣。一个有趣的女人，她知道现在世界上具有影响力的作家和学者的名字；她知道现在人们最关心的是哪些时事问题；她喜欢去博物馆，喜欢音乐，不管是古典还是流行；她喜欢运动和旅游，喜欢尝试新的事物；她怀着极大的热情让自己成为一个出色的主妇，把烹饪当成一门艺术。一个有情趣的女人，要懂得幽默，懂得快乐，在一些场合，你能创造快乐，你要能带动气氛。大家都期望你能唱歌的时候能够唱得很好，玩的时候因为有你能玩得更开心。周国平这样说：“男人期待于女人的并非她是一位艺术家，而是她本身是一件艺术品。她会不会写诗无所谓，只要她自己就是大自然创造的一首充满灵感的诗……在那样一些充满诗意的场合，女人是气体，那样温馨芬芳的气体，她在我们的四周飘荡，沁入我们的肌肤，弥漫在我们的心灵。”

优雅的女人还应该是矜持的。一举手、一抬头的犹豫，说话前的思索，走路时的一点小心，听到笑话后慢一拍的微笑，无不体现了女人的矜持。矜持，就是女人要一些细微的骄傲，一种小心翼翼的自我珍重，一种不轻易流露的保留。肤浅的人是算不上优雅的，即使打扮得花枝招展，表现得温柔可爱。

优雅的女人还必须有自己的特长与爱好，用以在漫长的人生中陪伴自己。人最终是孤独的，这样她就不会寂寞，不会因为寂寞而逐渐萎去。政治舞台上的吴仪作风硬朗，敢做敢为，被西方媒体称做“中国的铁娘子”。而生活中的吴仪则是个爱好广泛，很懂得寻找生活乐趣的人：钓鱼、打网球、打高尔夫球、打保龄球，有时还会唱上一嗓子。有人将她称做“有着不可思议魅力的女性”。

林语堂说过：“优雅地老去，也不失为一种美感。”青春易逝，年华易老，再美丽的容颜，也经不起岁月的考验，唯有优雅，才能超越时光。优雅需要资历，需要岁月的沉淀，需要那份风淡云轻的成熟心态。只有不断为自己充电，才能让你变得聪慧，变得娴雅，变得自信，变得成熟，变得妩媚。只有智慧女人才会随着年轮的增长而愈加散发出自己独特的气质与魅力，智慧和自信的女人透出令人愉悦的气质。

气质女人就像一本书，每一次品读都给人新的感悟，也许并没有引人注目的封面，却依然能令人爱不释手，百读不厌。

优雅是一种对生活的自信，一种从容镇定的安详，一种积极乐观的满足，一种谦逊善良的美德。优雅也是一种境界，一种从容，一种风度，一种气节，一种无法模仿的神态。

2015 年 4 月

像溪水那样行走

每每路过一条小溪，一湾碧水，都情不自禁地想起家乡的小溪。一条清澈的溪沟，两旁是庄稼和竹林。波澜不兴，水流无声，恬静，安详。夏日里，我们常在水里摸鱼、洗澡、嬉戏。绿草茵茵，躺在水里，看天看云，轻风拂面，水面荡起阵阵涟漪。

夏日的夜晚，和伙伴们在溪边乘凉，看月亮的影子倒映在水中游走。这里的水哟，是那么清亮！

潺潺的流水声音，是自然的旋律，这是清与静的结合。没有任何杂质，没有任何阻碍，也不加修饰，那是流入天上人间的水，是菩提树下的佛乐。超于世俗，源于世俗，这就是家乡的流水。

不渴望如狂风一样的疾驰过山川、河滩、竹海；不渴望夏雨一样的急促，一不留神就将牧羊人的雨毡子淋湿，连最简单的欢笑都要被凝固。

像溪水般行走，不急不缓，慢条斯里地绕过你的村庄，沉淀着你那彩虹似的梦幻，然后告诉你结着愁怨的丁香的颜色。如水一样的灵动，不经意间地忆起你的短笛声，给远方的你一个芳香的思念。

像流水一样的绕过山路十八弯，清唱、轻弹调理成一支支鸟语的呢喃，漫过鹅卵石的肩头，飞溅成的涓涓细流，那是季节留给山林清心的面容，透亮、清影。

如水一样的流过山间、田野，不问天空与海洋的色彩有多美，只是静静地聆听晨风摇曳着麦田里的守望。看过山村里世外桃源般的魅力，吮吸了麦子里藏着阳光的味道，洗涤过城市那令人窒息了的街道，一路走来，是泉水、是流瀑、是湖泊、是画画女孩眼睛里的美丽。经多事而愈清明，融入了海的胸怀，置长仰望的高度！

“上善若水”，最高境界的善行就像水的品性一样。水乐意使万物滋长而不与它们竞争，它甘心居于下位，所以最接近于道。处世要像水那样安心低下，办事要像水那样灵活变通，行动要像水那样相机而行。正因为圣人像水那样与物无争，所以才彰显伟大。

每个人心中都有个大海，海上风平浪静，海边鲜花盛开。天蓝蓝，水碧碧，有阳光沙滩，有彩蝶翩翩，有过往牵挂。躺在沙滩上，望苍穹，看鱼跃，似在梦中，乐而消忧。而今天，生活逐渐变好，人们大都在追求利益。我们那份闲情，那份纯真，风吹过，逐渐减少。所以，多少人在群山之间寻觅，多少人在江湖流连忘返，那是梦中的田园，心中的水乡！

也许有一天，人们会明白，人生本来就像自然界的一条小溪，花草树木，柳叶飘飘。我们急躁，那是生活的不如意；我们伤心，是岁月太匆匆；我们失意，是梦想破灭。只有不急不躁，顺应自然，安稳度日，人生才不会孤寂。只有任其流淌，以自己的真诚去发现和换取季节中的美好，以良好的心态去面对阳光下的阴影，我们心中的河流才会终归大海，人生才会五彩斑斓，花香永驻。

像溪水那样，以安然恬静的姿态行走，含蓄内敛，不拒不抗，不弃不逃，勇往直前！

2016 年 8 月

读读那小小的石头

石头，它是人类社会文明的萌芽。当猿人把一块石头磨制成第一把石斧，用两块石头磕碰出第一颗火星时，人类社会终于走向了文明。石头与人类进化文明是分不开的，传承着古老的历史和文化，陵中的石人石马、敦煌的石窟、西湖的断桥、黄山的石峰、埃及的金字塔，还有那些竖立着和埋藏着的石林、石坊、石雕、石碑等，无不记载着人类的峥嵘岁月。

石头是有生命的。有一块石头，独自躺在一个平地，它离山脚很远。我猜想，它是不是天上掉落下来的一块陨石？为什么只身孤零零一块？有几次我坐在它上面，用手触摸它，光滑而柔润，感觉特别舒适和惬意。《石头记》中说女娲补天剩下的一块石头，被丢弃在青埂峰下，后来身入红尘，经历了悲欢离合，炎凉世态，一直到顽石归天，经过思想大师描绘演绎出人世间万般情殇。一直以来，人们对石头情有独钟。

石头的生命很长久。无论是埋藏于地下，或是遨游在宇宙中，或者是被能工巧匠雕刻成栩栩如生的人物鸟兽摆放在高雅的殿堂，或是被什么外力撞得粉身碎骨散落在各个地方，它都一如既往，无声无息生存在某个角落里，值得我们好好地阅读。

二

自然万物，皆有灵气，具有审美价值。清代张潮说：“梅边之石宜古，松下之石宜拙，竹旁之石宜瘦，盆内之石宜巧。”一块不显眼的小石头，放在一个关键的位置上，效果自然就不同了。梅花旁边的石头古老，才能与梅树的老干虬枝相映衬；松树下边的石头笨拙，更显得松树伟岸挺拔；竹枝旁的岩石瘦硬，方能突显竹的嶙峋清奇；盆景中的石头小巧，才玲珑有韵致。美是平衡的，又是一种和谐的关系。

“石奇含天地，趣雅意隽永。”奇石是大自然散落的美，是无声的诗，是不朽的画，难怪古今名人多与奇石结下不解之缘，他们爱石、藏石成癖，把感情寄托在石头上，怡情明志，留下脍炙人口的趣闻。

陶潜，被后世文人尊奉为赏石之祖，只因一块“醒石”而闻名。相传陶宅旁边菊丛中有丘石如砥，纵横丈余，诗人每醉辄坐卧其上，赏菊之余，便诗兴大发。因此，此石有提神之效，便取名“醒石”。“回头问双石，能伴老夫否？石虽不能言，许我为三友”。唐代有名的石迷白居易对收集石子很有兴趣，并以石为伴。

宋代大文学家苏东坡钟情于石，他仕途坎坷，颠沛流离，所到之处广泛收集奇石，得意失意，奇石就是知己，还写了许多咏石诗文。一次，他在扬州获得两块奇石，一块为绿色，一块为玉白，石上山峦迤逦，有云穿于山脊，他十分珍爱。

现代画家张大千也酷爱收藏奇石。他客居美国洛杉矶时，曾在海滩上发现一块宛若一幅台湾地图的巨石，张大千视为珍宝，题名“梅丘”。在他的故乡四川青城山，也有同台湾一样的“听寒”和“翼然”两亭，其间也有块“梅丘”。张大千逝世后，安葬于“梅丘”巨石之下，这正如他生前所吟：“独自成千古，悠然寄一丘”。

看着那些集聚了自然智慧和力量的石头，我们的意识往往最先被它散发的精神气息所占有，仿佛穿越了时空的隧道，追溯到了生命的源头，让人内心充满了奇异而温暖的遐想，隐隐约约听到生命启程的声音，地层之上，生命在欢畅，地层之下，力量在凝聚。从奔腾、喧闹渐渐地汇入了寂静的大海。石遵守着与风和阳光的约定，在几万年以后，重现我们面前，以各种姿态诉说着永恒的生命情怀，给我们带来的是精神的震撼，也激起了我们拥有的欲望。

三

石头，是人类生活的伴侣。

石头与我的乡亲们相依为命。山道是乡人们就山石而开的石板路。石板路上，有背着背篓下山赶集的，有挑着担归来的，有荷锄赶往山里做活的，有牵牛赶羊上山的。乡人们的房子是石头的，山脚下的桥也是就地取材用石头修建的，水渠是石头砌成的；用石头修湖、修塘坝、修牛圈猪圈；用石头垒灶、垒烟囱，用石头修粮仓、做洗衣台、磨刀，还有石磨、石碾、石凳、石桌、石水缸、石槽、石臼、石棺材，学生用的石课桌等，石头布满了乡村世界。人们沿着山脚，用石头砌了一条长长的人工河，用以灌溉田地。多雨时节，从山上流下的水会汇集起来，顺着人工河流奔向山外的大河。

在江南，很多小街多由青石铺成。那一块块布满断纹磨圆的石头，不知有多少人和牛马踩过。郑愁予《错误》中的青石浪漫，一流浪男子打江南走过，那等在季节里的容颜如莲花的开落，女子的心恰若青石的街道向晚，那达达的马蹄声是美丽的错误……江南的青石很有诗意，那雨巷里，打着油纸伞穿着旗袍的丁香一样的姑娘，高跟鞋敲击青石的声音和着那雨声，是多么悦耳的江南小曲！那道风景，不知引起多少人的遐想！再看那小街边的青石井栏，那井栏上的每一道绳痕，总是按照一个固定的角度深入青石中。小街上百年的生活琐碎、平淡的日子有一部分镌刻在石井栏的青石上。在江南的青石板上，或许你能寻找到什么。

石头，在僻静的荒野里，能托起利剑似的钢轨，纵使雨暴风狂，雷电肆虐，它也从不思迁。在繁华的都市里，石头承载着直耸云天的万丈高楼，哪怕永远暗无天日，它也无悔无怨，只要承受了时代前进的压力，它就欣慰无限。石头还可以做成艺术品，可以装饰花盆、鱼缸，可以摆成各种图案，可以做成佩戴装饰品，可以美容养颜。在公园、小区有小石头铺的按摩脚的区域，在庭园里有各种形态的石头堆成的假山……

假如没有这些平凡的石头，我们又到哪里去寻找人类生活中的忠实伴侣呢？

是石头，就该有石头的本色。身居大山的乡人们和石头有着相同的本色。而这片薄土仿佛是一部神奇而不可理解的书，在人们当中传阅，里面仿佛隐藏着一个个秘密。他们不知道为什么自己也像石头一样，如此坚硬地在这片薄土之上繁衍生息。他们像石头一样没有选择逃离，他们像石头一样毫不软弱。

四

每一块石都有自己的位置，或高或低，或贵或贱。前者并不因此而洋洋得意，后者并不因此而怨言满腹。有的石巨大，有的石矮小；有的石位居高山之巅，有的石常蹲在阴暗低下的角落；有的石被砌成宫殿，有的石被垒成农舍；有的石被刻成高大的石碑，有的石被铺成人人踩踏的山野小路；有的居秀美山水间，有的落荒凉大漠里。有的还被深深埋在漆黑的山底下，见不到阳光蓝天，更得不到画家、诗人、摄影家的青睐。而用自己的身子支撑着这千千万万座大山的，正是这亿亿万万块默默无闻的石头……不管在什么地方，石永远是石，它从不改变自己坚守的本色。

石头闪烁着人性的光芒。在风雨的洗礼中永不变质，在地下埋上千年也不腐朽。石头的爱最牢固，只要一块石与一块石拥抱在一起，一亿年也不会分开。石头最团结，只要千千万万块石肩并着肩、手拉着手紧紧搂在一起，便成了狂风吹不动、大雨冲不垮的山。

石头清纯朴实，表里一致，即使把它锯成薄薄石片，内外的纹理还是那么清晰和相同。石头坚强有骨气，无论什么样的惊涛恶浪，在它的抵抗面前无不绕路而逃。它可以被雕琢、被切割，甚至被砸得粉碎，但我们不能让它弯曲，纵然历经千锤百炼、烈火焚烧，仍不能改其清白本色。石头虽没有钢铁的光泽，但它可逾千年而不改英雄本色，就算埋身土中、水底，也不会被锈蚀、变质。

石头，平凡、伟大、深沉，它是一枚沉甸甸的果实，读懂了石头，就领略了质朴、厚重、坚毅和真实的内涵，就能领略真正的人生哲学。石头，平凡中蕴含着奇特，朴素中显示着高贵。虽然极其平凡，但它是无数旷世之作的原料，也是万丈高楼的基础。

古人喜欢石头是思想和情怀的表达，现在人们爱上石头，因为石头朴实无华，素面朝天，独立坚韧，阅尽世间百态，历经沧海桑田，能让心灵得到沉静，忘记喧嚣和烦恼，获得与世无争的平和。读石头，从石中感悟世界，感悟人生，心灵得到了释怀，希翼得到了放飞，少了杂念和牵绊，而多了一种情感的寄托和牵挂，从中获得精神上的快慰和愉悦。

“我是一颗小小的石头，深深地埋在泥土之中，我愿铺起一条五彩的路，让人们去迎接黎明迎接欢乐……”

我们要像小石子一样！

2016 年 9 月

静心

静，是内心和谐的胸怀气度，是修身养性的精神追求，是厚积薄发的成功之道，更是人生的美丽风景！善守静者，心宽似海，心明如镜，面对诱惑和逆境，必能守住心中净土。

让内心平静下来：悉心静气，专心致志。

今天，在城市的灰色天空里，还有谁听过那优雅飞翔的鸟鸣声？还有谁驻足在葱郁洗翠的山坡凝望过那远去的流云和映绿的湖面？又有谁在寂静的午后轻吟过那些久远的歌谣？或者流连于乡间村野里那些草丛中蛐蛐的浅斟低唱？

不多啦！对于绝大多数现代都市人而言，这只是一个梦境！我们不得不承认这是个物欲横流的时代，心存浮躁的时代。

但当你在认真做一些你想要做的事情的时候，你就可以体会到专心致志的感觉了。即使你的四面都是人，可你只会感觉只有你一个人在工作，因为绝对投入之下，你的眼里只能看到自己，和你眼里的事物，而看不到任何人的。

要想静心，须得多一分隐忍，少一分浮躁，多一分感动，少一分憎恶，才不会为日常琐事所烦恼，自然多一分宁静与心安。只是这繁芜的现实就像原野上的野火，只消微风轻拂，总能将整个山野烧得面目全非。我们就这样被那不明来历的心火怒焚，烧了别人，连自己都在劫难逃。

静心思考。

生活中需要思考，在人生的道路上，有些事我们难以做出错对的选择，静下心来思考，细细地分析，检讨过失，也不至于以后犯同样的错误。人生活在这个社会里，有心烦意乱的时候，假如不去消除，那将会留存心间，伤害自己。.

卢梭说："沉思的人，乃是一种变了质的动物。"人类与动物的区别就在于人类会思考。思考需要宁静的处所和精心的孕育。没有思考的愿望，没有灵魂的渴求，不是真正意义上的人的生活，思考是生命的高级形式。

心静，至简至淡。它是一种智慧的沉淀，是一种无我的心境，是一种自然的取舍。在喧嚣中，独守一片宁静；在落寞中，坚持一份简单；在纷扰中，坚守一心平淡。也许只有月白风清的淡定，人淡如菊的从容，才能欣赏到生命过程中至善至美的风景。

静下心来，清扫心灵的垃圾。

一个人在尘世间走得太久后，心灵就会无可避免地沾染上尘埃，使原来洁净的心灵受到污染和蒙蔽。心理学家曾说过："人是最会制造垃圾污染的动物之一。"人们内心中诸如烦恼、欲望、忧愁、痛苦等无形的垃圾却不像有形垃圾那样容易处理。

南宋有一个僧人说得好："身是菩提树，心如明镜台。时时勤拂拭，勿使惹尘埃。"心如明镜，纤毫毕现，洞若观火，那身无疑就是"菩提"了。但前提是"时时勤拂拭"，否则，尘埃厚厚，似茧封裹，心定不会澄碧，眼定不会明亮了。

圣人之所以为圣人，就在于他心灵的纯净和一尘不染，凡人之所以为凡人，就在于他心中的杂念太多而自己还蒙昧不知。所以，圣人了悟生死，看透名利，继而清除心中的杂质，让自己纯净的心灵重新显现。

人的一生就像一趟旅行，沿途中有数不尽的坎坷泥泞，但也有看不完的春花秋月。如果我们的一颗心总是被灰暗的风尘所覆盖，干涸了心泉、黯淡了目光、失去了生机、丧失了斗志，我们的人生轨迹岂能美好？而如果我们“时时勤拂拭”，勤于清扫自己的“心地”，勤于掸净自己的灵魂，我们的心就会安静、洁净，便可让自己明亮而快乐。

静下心来，留给心灵一片自由空间。

尘世的浮华喧嚣吞噬浸染着洁净的心灵，快节奏替代了田园诗，忙碌挤占了闲情。人们都在辛勤工作，劳苦奔波，究竟为谁而忙，为何而去？

静心，天阔地远，明月朗照，东风徐来，不惊一尘。花为我而开，月为我而圆，风为我而吹，天地为我而设，即便是遭逢挫折和种种不幸，也会笑对一切，坦然受之。就会摆脱名利的羁绊，消解患得患失的彷徨，克服志不伸欲未达的烦恼，就从心浮气躁的漩涡里抽身而出。

你能静下心来读一部名著，读一篇优美的散文吗？你能在墨香缭绕中静静地临摹碑帖吗？你能在某一个下午，听着音乐、好好地泡一壶功夫茶吗？你能平心独坐冷观自己在事业人生中所经历的风风雨雨吗？

苏东坡说得好：“无事此静坐，一日似两日。如活七十年，此便百四十。”我喜欢一个人坐下来静静地想心事，如云烟景致飘渺散去，触动灵感的，顺手在纸上或手机上记下来，所写的心事，文字虽是朴拙，但可以升华成一种境界，一种时光熔铸的素朴的境界，一种远离了庸俗无聊、低级趣味的境界。

静心，是一朵默默盛开的花。无欲无求亦是一种追求，独思与自然同在，沉醉于风景如画中，让心放飞，感受其中。静心，是一种别样的美，它是有内涵的，有色彩的，更是有生命的。静心是一种清丽的美，它温婉、隽秀而永恒。

留给心灵一片空间吧，以温柔的阳光抚慰，让清亮的水儿流淌，柔润的微风拂弄，让心灵接受洗涤与润泽。

2016 年 12 月

茶意人生

学生给我带来一盒上等的峨眉竹叶青，将茶叶放在杯中，加入开水时，淡淡的香味也一下子散开了。茶叶外形扁平光润，挺直秀丽，色泽嫩绿油润，水色嫩绿明亮，滋味鲜醇爽口。

人生如茶，清苦是贯穿整个生命的主旋律，淡淡的苦涩，慢慢品尝才能满口生津，清香回味。品茶就像我们的生活，日子里的酸苦、为生存奔忙的劳顿，就像杯中的茶，最终归于平淡。

人生就像茶一样不轻易展颜，只有足够的温度时，它才会慢慢展开全部的美丽，永不隐藏全部，连身世脉络都是透明的。或许，人与茶的美丽要经历一段段沸腾的故事，才能散发出独特的茗香。

一杯茶，水过三巡，就完成了。人的整个生命周期，似一场雪，让大地银装素裹美如画，太阳一出，洁白的童话世界转瞬即逝。

每个人都宛若一片茶叶，要融入这变化纷纭的大千世界，社会不会刻意地留心每一个人，就像饮茶时很少有人在意杯中每一片茶叶一样。茶叶不会因融入清水不为人在意而悲伤，照样只留清香在人间。

茶是用来品的，品茶就是品人生啊。对品茶，郑板桥有他的道理，他在诗中写道："不风不雨正清和，翠竹亭亭好节柯。最爱晚凉佳客至，一壶新茗泡松萝。"心之静、茶之香。看着清澈的茶汤，闻着淡淡的茶香，回味悠悠的往事，在这样的氛围里你能说这仅仅是在品茶吗？

“茶为水骨，水为茶神”，在妙玉看来，好茶重在水品。她给贾母献老君眉茶，用的是旧年蠲地的雨水。她请宝黛吃茶，却是五年前收的一花瓮梅花雪，埋在地下，夏日才开。雪水里，融了梅花清香，泡出的茶，自是清醉。我是“大凡俗人”，品茶不讲究“茶、水、器、境、艺”，喝的只是心境。

我喜欢喝红茶。红茶似中年的男女，少了一些个性，多了一份包容，稳重、柔和、圆润，体现了一种中庸之道。红茶有着平易近人的气质，它具备比较强的兼容性。从红茶中可以品出从容和淡定的气度，让人气定神闲。

有时，是自己一个人品茶，在书房，听音乐，看书。喜欢用玲珑剔透的玻璃杯，看茶叶在沸水中翻滚、舒展，开花，随之茶水温润碧透。杯中茶叶，浮浮沉沉，水的颜色由浅变浓，色泽调和。小呷一口，微苦；含之细品，又略带些柔甜；咽之，再回味，满口香醇。心逐渐沉静，疲惫喧嚣遁去，茶香、书香混合在音乐里！

每天去办公室的第一件事就是泡茶，抓几颗玫瑰花茶，放玻璃杯里，倒上饮水机里的水，自斟自饮。下午，看水中的玫瑰花苞已渐渐变成了白色。既然是茶，就有苦味，但哪一种茶会有它的这份馥郁呢？又有哪一种茶会有它的这份美丽、这份温馨呢？正如我们的生活，虽然苦，虽然累，但苦中累中却有一种说不出的舒畅和坦荡！

有时，天气好的周末下午，邀几个知心文友，在江边喝茶，看阳光洒在江面，波光粼粼！谈创作谈感想，也谈历史、谈生活。由浅入深的茶水，加上由浅入深的阳光，再加上由浅入深的心情，这种天人合一的领会，浸在茶里。与其说，我们都在寻一种茶里的滋味，不如说，我们都在寻一处有古典风韵的情怀，寻心灵的皈依之地。岁月里的朋友，以特有的体贴和智慧，分享着彼此的喜怒哀乐。年龄渐长，渐悟的，是与生活和解的从容与淡定。一如茶叶，因沸水的蒸腾，才溢出深蕴的生命之香。

过浓或者过淡，在人生的经历里都可能有过。

只是有时候当人静静地，甚至是痴痴地望着那些在茶杯里沉浮不羁、漂浮未定的茶叶在不经意之间的躁动和迷茫时，恰好又被一抹透过窗户的阳光泛出些许光点，让你好像是看见了自己，又好像是想起了一个无法忘怀的人，或者记起了一件总在心里藏着的事。茶让人在一种宁静淡薄的气氛下，感觉到悠然甚至孤独，或许这也是一种生态、一种享受和一种美吧！

茶，在沉沉浮浮中，选择了清淡和超然。在茶的深深禅意中，求淡雅之美，淡名，淡利，做不去惊扰他人幸福的人，用茶的优美姿态，养水的清灵洁净；用水的柔美坚韧，养茶的平静从容。这就是茶意人生吧！

坐在夕阳里，沏一壶茶，放一段古筝音乐，让回忆渐渐远去。悠然品茗，念茶的清纯、高雅、婉约、流畅和平实无华，寻一种世外淡然的心境，看缕缕茶香，袅袅升腾……

2017年3月

室外看书的美妙

这么多年，我都有一种主动读书的习惯。在阅读中，在一种安静的阅读状态里，冷静地让自己走进作家所构建的文字世界，不由自主地创造一个属于自己的精神空间，在文字世界与自己的精神空间里自由地释放自己的思考能量。这是更美的一种享受。

多数时间是在家里读书，春天的夜晚，不寒不燥，既无蚊虫叮咬，又无落叶打扰，淡淡花香在书房里飘散，沏一盏淡茶，茶香袅袅中忍不住想要静静地做点什么。如此美妙的时光，翻开一册经典吧，重读经典名著难免会有新的感知和新的理解，故事里的坏人也许不那么坏了；故事里的情节也许不那么远了，就像在身边刚刚发生过。

在行驶的旅游大巴上，或在等车的间隙，或在公园，在花草蜂蝶的陪伴下，拿出一本书翻看阅读，是另一种形式的休憩，亦是另一种形式的欣赏，更是另一种形式的生活。

春天的午后，阳光刚刚好，去六楼高的楼顶。楼下杨树吐出嫩绿的叶子，在阳光里闪着光，蓝天很远，而白云很近，风筝很高，而放风筝的人就在眼前。如此诗意的时光，手落在一本喜欢的书上，或唐诗宋词，或优美散文，或经典小说，与伟大的文字作心灵的交融，可谓心旷神怡、宠辱皆忘。

室外读书是从小养成的，在家半小时早读。特别是在春天和夏天。母亲很早起来做早饭，父亲把我们几姊妹叫起来读书，我们每人一张竹篾小板凳，自己找一个喜欢的位置，屋后的石滩上、竹林下、菜地旁。初夏时，我最喜欢在秧田边读书，清晨雾气笼罩着田地，绿油油的秧苗上有露珠在滚动，蜻蜓站在一株稻秆的叶上不动，翅膀上有点点露水。稻穗扬花时，微风吹来有一股清香味，父亲挑水或在对面上山放牛，能听到我们的读书声，就会高兴地吹口哨。水田对面的人家都能听到我们朗读的声音，有时会在父亲面前夸我们：你的娃儿好乖呀！一段时间后，对面也有了孩子的读书声。好长一段时间，此起彼伏的读书声轻轻飘荡在村庄上。

现在老父亲也常对我们说：你们小时候读书的声音最好听！

喜欢在河边林子里看书，这是上高中时候的事了。

林子里大多都是些杂木，有槐树、香樟树、楝树、桉树等，树下还有不少低矮的灌木、杂草和野花，长得都很茂盛。漫步在林子里，傍晚的阳光从树梢斜射进来，在身上、草地上留下斑驳的光影。在河边随意选择一小块平坦的地方，面向河水坐下，拿出一本书就可以安心看下去，这里特别安静。这时能陪伴我读书的还有林子里的那些小鸟，它们尽情地在林梢跳跃、飞舞、唱歌，毫无顾忌。有时读累了，头枕着双手躺在草地上，嘴里咬着一根狗尾巴穗子，闭着眼睛听着鸟雀婉啭的歌唱，闻着林间的清香气息，顿感身心轻松，无比惬意。

揣着书本，顺着柳林或河岸边走边看，累了就伸个懒腰，对着河面大声地打着哈欠，或者随手捡起一块鹅卵石憋足一口气向河面远处扔去，看着河面溅起小小的浪花和小小的涟漪起来又散去。

我很怀念这样一段美好时光。

读师范时，喜欢在银杏树下读书。

在书声琅琅、色彩丰富的叙永师范校园里，几棵高大挺拔的银杏树和柔美纤细的芳草一起点缀着美丽的校园。银杏树的树叶成扇形，叶上的茎把树叶分成两半，茎的末端异常的粗，活像扇子的把手，常挑选些做书签。

夏天，我常常坐在银杏树下悠闲地看书。树叶郁郁葱葱，当微风拂过时会随风摇动，“唱”出沙啦啦的歌，随便看看自带的杂志，真是惬意极了！秋天，金黄的银杏树反射着美丽耀眼的光芒，微风掠过，银杏树那金灿灿的叶子从空中缓缓落下，刹那间大地披上了一层层金黄色的“叶被”，坐在那“叶被”上看课本和笔记本，记忆力特别好。

读专科时，常和同学到泸州的长江边看书。

来到离学校不远的江边，在我面前出现了一个宽阔的崭新的世界。不甚宽广的江面上轮船轰响，波浪阵阵，水草飘动。江对面是山，秀气而美好，特别是雾气迷漫时，有种朦胧的眩惑，真如一幅绝妙的画。近处是一片橘园，好大一片，枝叶茂盛，小小的果实缀满枝头。

假日里，也喜欢去公园里看书。

去公园散步，可以让自己的心灵归于平静。虽然身边人来人往，但看看布满眼前的绿色，心情很快就从喧嚣中退回来。一个人，选一把人少的椅子，放一杯水。周围的景色很美，三月的阳光绚烂明媚，穿过树林，在地上投下斑驳的影子。

当年读史铁生的《我与地坛》，触动很深。对于一个残疾人来说，他能行动的空间非常有限。地坛不过是一个很普通的园子，却引发了他的那么多联想，使他发现了那么多故事，勾出了那么多思想。实在钦佩！

其实，有时候读一本好书，也是读自己：读自己想说而没有说出来的话，读自己冥冥之中的某段经历。或者叫重遇未知的自己。

我，到了不受约束的年龄，想读多少书就读多少书，想读什么书就读什么书，但是每每捧读，都怀着一种认真的态度。在书上勾画，读完一本书还要摘抄，记下自己的所思所想。写书是创作，那么读书也是一种创作。

2017 年 9 月

“孝”的诠释

国庆假喝茶时，旁边一个在打牌的四十多岁的男子，接电话声音很大：“妈，又打电话做啥子？今天打了五次了，给你说不回来吃饭，不回来吃饭！过一个节都过不清净……”这是从成都回乡下老家过节的生意人。他觉得回一趟家了就是对父母的孝。那什么是孝呢？

孝是中华文化，孝是美德，孝是责任。

孝是耐心。是微笑着专心听父母的意见和看法，而不是自以为是地指责父母：“什么年代了，又翻老皇历！”有些事在和父母没有取得一致意见的时候，要慢慢给父母解释，不可以动辄发脾气，要耐心地说服父母。父母当面或电话里和你聊天，不要没等他们说完，就打断：“又来了，听够了！”成年的你“吼”父母，最让他们伤心！最好的教养，不仅是对陌生人彬彬有礼，更重要的是尊重自己最亲近的人。

孝是宽容。宽容老人的生活习惯，宽容老人的唠叨，宽容老人的行走不便和口水！老人做错了事或者不高兴了，需要你安慰，需要你哄哄，就像小时候他们哄你一样。

孝是善意的欺骗。明明好几百或一千多的衣服，为了让老人穿得心安理得，不防告诉他们只花了一百多；明明你们降职降薪了，或者暂时失业了，为了让老人不担心，可以装作与平时一样。

孝是心疼。父母节约，吃剩饭剩菜，把好吃的留着给你们吃，你心疼；心疼父母为了子女还做事；心疼父母有病瞒着你不去看医生；心疼父母存下的钱不容易，所以，不轻易伸手向父母要钱，要主动给老人买他们所需，尽一份孝心。

孝是支持。鼓励老人锻炼、养花、钓鱼、听音乐、旅游等爱好，支持老人参加同学、同事等聚会；支持老人重返社会，发挥余热；支持老人再婚，重新找到自己的幸福。

孝是欣赏。老人参加歌唱、书法大赛获奖了，老人的文章见报了，老人照了金婚艺术照，老人做了一顿丰盛的晚餐，你一定要仔细欣赏并真诚赞美。

孝是报答。是每天的问候和报平安，是有空陪他们聊天散步旅游；是父母有困难马上到身边，是满怀柔情地为母亲梳头或洗脚，为父亲捶背或剪指甲；是母亲节的一束花或一次郊游，是父亲生日的一瓶好酒或亲手做的饭，更是久病床前的喂药送汤。孝也是结婚生子，让老人享受天伦之乐！

孝是自立自强。堂堂正正做人，尽心尽力做事，家庭和睦，孩子健康成长。不要今天赌博，明天闹离婚，让父母脸上无光，成天提心吊胆。子女快乐幸福，才能让父母安心度晚年！

孝是爱护自己身体，是你的平安；孝是理解，是换位思考；孝是顺，是帮助老人完成心愿；孝是十分的耐心，尽心尽力地照顾！孝是撑起一片天，让父母歇歇了。

孝是陪伴。儿女们只认为父母身体还可以，就一万个放心，就以工作忙为借口不经常回家看望父母了，造成了父母心灵的更加孤独与无奈。如果父母遇到病痛，无人问一声："想吃点什么？我给你做去。"老人们就会从内心深处感到无望与绝望。我们把应酬的时间，拿一点给父母。不管多忙，不管多远，一定要回家看看。陪父母聊天，不是一边玩手机一边应答。帮父母一起做饭，吃完饭后一起收拾残局是陪伴。博士王帆说得好："至亲之情不应该是彼此看着对方的背影，而应该是——你养我长大，我陪你变老。"

2018 年 1 月

随和是一种境界

在抗击疫情的日子，多了几分宁静，再次翻阅梁实秋的散文集《闲暇处才是生活》，感受到淡然而几无修饰的随心随性的文字里，透露出闲适而温和的生活气息，确实可以让人解除疲劳，获得轻松。读了林语堂、梁实秋、冰心、汪曾祺、宗璞、毕淑敏等大家的一些散文，日常生活中那些凡人、琐事、常物在他们的笔下，却是那样悠然、生动、有趣。言为心声，其实，我以为是他们随和的人生态度，才会让他们的笔下，写出怡然自得的那份性情与心怀来。

水之所以能行远千里万里，就在于其柔性随和而能顺势而下。易折易断之物，就在于其刚硬有余而柔韧不足。人，也只有随和，才不会处处为敌，让自己的身心免于时常受伤，才会更多一些轻松快乐。

我们应与人随和。

与人随和就是要用豁然大度去容忍别人和自己，遇事想得开，看得透，拿得起，放得下，得之淡然，失之泰然。与人随和就是做人做事首先考虑的一定不是自己的利益，是主动吃亏，把名利得失置之度外，常以宽容之心度他人之过，在人与人之间发生摩擦时，在坚持原则的基础上，及时地站在他人的角度和立场上换位思考，能够以谦和的态度对待对方。与人随和就是做人低调，谦虚谨慎，不张扬，为人沉敛，胸襟开阔，有一颗感恩的心，懂得欣赏别人，待人谦和，不傲慢自居，不恃才傲物。当我们苛责别人不完美时，能否想到自己也不是完美的呢？

确实，话不投机半句多的人，避让也是一种随和。不伤害别人，其实也是不伤害自己。

随和的人是没有贪欲的人，他可以很好地控制自己的世俗欲望。随和的人是常反省不断进步的人，他会随时随地审视自己的一言一行，会随时检查自己的为人处事方法有没有偏离人际轨道和航标。

随和的人对于很多事情不在意，烦恼就少，人活得就快乐。为人随和一点，会使生活更加快乐和美好。刻薄、仇恨、争斗、践踏人格的人，人都远离之。在人际交往中，人们总喜欢与那些“随和”的人相处，和他们在一起，会觉得让人很舒服、很自在，感觉到被尊重、被爱和被体谅。

但随和绝不是没有原则，也不是软弱。随和的人，是聪明的人，他以睿智的目光洞察了世界，他会放低姿态为对手叫好。

随和需要有良好的自身修养。要善于和有不同意见的人沟通，学会换位思考，学会感恩；要真诚地赞赏别人，夸奖别人；要不吝啬自己的微笑。

随和需要与人为善的品质。与人为善，善意待人总是受到人们的称赞和尊重。对周围需要帮助的人应毫不吝啬，伸出热情的双手给他一份力量；面对别人过错应善意地给予谅解、指正。尊重别人也是尊重自己，善待他人就是善待自己！

我们应与物随和。

与物随和，俯首皆是。刘诚龙在《芋头的味道》中，悟出了与物随和的深刻道理：“煮红薯，很难煮出人间至味来，煮芋头可以。这或是芋头有另外一样心性，与物随和，和气生味……芋头味道，人多感觉其香，所谓芋头本无味，或是芋头不霸道，心性淡然，与他物处，谦让，柔和，融洽，低调，不抢功，善解他意。”

“春有百花，秋有明月，夏有凉风，冬有白雪”，说的不是这个道理吗？一草一木，一土一石，你去留心，你去审视，你去玩味，都会让你获得视野的拓展与心灵的滋润，也会让你饱尝趣味无穷。生活的乐趣，有时就是一些琐碎小事与惯常之物。晴朗天，你觉得晴朗天的美；阴雨天，你觉得阴雨天的益处，那么你的每一天都是轻松愉悦的。如果，你带着一种执拗的思维去看待，在晴天想着阴雨天的益处，在阴雨天想着晴天的美，那么你的每一天都是失落和烦恼的。学会随遇而安，与万事万物随和，你才会融入这个世界，而不是格格不入。

我们要与大自然的一切生物随和。2003年的“非典”，与食用野生动物有关吧！人类大量残忍捕杀野生动物，把它们当作餐桌上的美味佳肴，以至于它们身上的病毒传染到人类身上，导致病魔肆意骚扰人类社会，严重损坏人类身体健康，甚至夺取人们的生命。这是人类破坏地球自然生态环境，打破生态平衡而自作自受的恶果，这对整个社会的影响多大呀！

地球需要生物多样性，我们需要花红柳绿鸟语花香，更需要小河潺潺青蛙低唱。是金丝猴的哀鸣，非洲角马的大迁徙才让世界充满生机；是大熊猫的呆萌，小白鹤的纯洁，才让世界绽放和平的阳光。人类是传递文明的使者，更是保护自然的卫士。因此，我们应该与动物和平共处，和它们成为好朋友，给它们提供更安宁的家园。像每年从北方到昆明滇池和泸州长江过冬的红嘴鸥一样。

历史经验表明，当人类与自然处于平等、互利、和谐关系的时候，自然也能为人类提供良好的生存和发展环境。面对生态环境的渐趋恶化，需要通过生态道德教育，增强人们对于生态环境的道德意识，使之认识到，保护自然环境、维护生态平衡是人类为了自身的生存所应履行的道德义务与责任。

“喜马拉雅”听书软件中有一句话说得好：“人生中出现的一切，都无法拥有，只能经历——在真实的世界里，有苦有乐，有酸有甜。人活着最大的乐趣，就是从痛苦中把快乐找出来。你随和，生活才随和。”

做一个随和的人吧，用你温和的眼神去看待世间的人、事、物，用你优雅的言行去诠释你那颗有爱的心。

2020年4月

那深情的鞠躬

中考完了，四川叙永县新苗学校的几位离校的学生，拖着行李箱，走出校门后，忽然转过身，向着学校深深地鞠了一躬，有十秒的时间，并流泪了。这一瞬间，被接孩子的家长拍下了。这几位初三的毕业生，原来是属于比较闹腾的孩子，经过老师三年的教育，懂得了孝顺，感恩，担当。毕业时走得比较匆忙，没有办法一一道谢，就在学校门口鞠个躬。这一深情鞠躬，胜过千言万语，是告别，是对母校的深深眷恋；是感谢，感谢老师们的辛勤付出；也是期许，期许母校越来越好。

几个毕业生的鞠躬之所以能引起人们的感慨，是在于这个鞠躬之下的厚重的感恩之情。

这让我想起在抗击疫情中的一张照片，一位三岁的小患者痊愈出院，向护士妈妈鞠躬致敬，说“谢谢护士妈妈”。护士曹玲玲也回礼致意。这张照片成了网红，最触动我的仍然是蕴涵的感恩思想。

家长和老师，要教会孩子如何把对父母、对他人的感激之情内化于心、外化于行，成为一种信念、一种习惯。

感恩是一种认同。这种认同应该是我们出自内心的。我们生活在大自然里，大自然给予我们太多的恩赐。落叶与泥土相拥，那是对大地滋养的感恩。我们感恩太阳，那是对温暖的领悟；感恩蓝天，那是我们对纯净的一种认可；感恩高山，那是对绵延不断、险峻挺拔、默默坚守的一种膜拜；感恩大海，那是我们对兼收并蓄胸怀的一种倾听。感恩他人，因为他（她）

让你生活有了乐趣，人生有了转折，那是我们对无私付出的感激和崇拜。

放寒假那天，头天刚下过雪，我推着行李箱路过小鑫家门口的时候，小鑫奶奶喊住了我，说没有我电话，不晓得我起身回泸州的具体时间。这么冷的天，等了我一个多小时了，一定要送东西给我，是她自家的：一个火腿，三十个鸡蛋。我再三推辞，她无论如何要给我，说我挽救了她的孙子，就是他们一家的恩人。小鑫是我在摩尼新苗中学复读班的学生，留守孩子，他成绩差，是家长逼着来复读的，行为习惯也不好，一副破罐子破摔的样子。我多次找他谈心，又借我的散文集给他，看后叫他谈做人和作文的感想；知道他喜欢音乐，还叫他到我寝室交流，我弹古筝给他听；有一点进步，我就在班上表扬他，奖励他《青年文摘》《作文素材》杂志或笔记本或棒棒糖。渐渐地，小鑫思想有很大变化，学习成绩提升很多。上次在校门口，小鑫妈妈就叫他给我鞠躬表达谢意。

感恩是一种高尚的品德。任何人的成长发展，都离不开社会的关怀帮助。“百善孝为先”，敬爱父母，体现了人应有的责任意识、回报意识、感恩意识，显示了心底的阳光与宽广。鸦尚有反哺之义，羊且有跪乳之恩，如果人不“孝”，连对父母的“寸草心”都没有，那就枉为人了。

感恩是一种教养。记得之前看过两个报道，一个年轻妈妈领着孩子过马路，走到马路中间，孩子回头牵着妈妈的手给礼让的司机叔叔鞠了一躬；一名拄着拐杖、步履蹒跚的老人脱帽鞠躬致谢礼让他的司机！尊重别人，学会感恩，这就是教养。一个人从小养成的好习惯，在成长的过程中就会形成根深蒂固的观念，这种影响也是受益终生的。

感恩是思辨，是生活中的大智能。人生在世，不可能一帆风顺，我们要勇敢地面对种种失败和无奈。对生活满怀感恩，跌倒了再爬起来。你感恩生活，生活将赐予你灿烂的阳光；你一味地怨天尤人，最终可能一无所有！成功时，感恩的理由固然能找到许多；失败时，不感恩的借口却只需一个。

感恩是积极向上的思考和谦卑的态度，它是自发性的行为。当一个人懂得感恩时，便会将感恩化做一种充满爱意的行动，实践于生活中。一颗感恩的心，就是一个和平的种子，因为感恩不是简单的报恩，它是一种责任，一种自立、自尊，是追求一种阳光人生的精神境界！感恩是一种生活智慧，感恩更是学会做人，成就阳光人生的支点。

无论是毕业学生还是三岁孩子以及老人的深情鞠躬，都是感恩之举。我们内心有敬才会把头低下去。我们把头一低下去，我们的善心，我们的恭敬心得到长养。

感恩之心，是我们每个人生活中不可或缺的阳光雨露。无论你有着怎样特别的生活经历，只要你常怀感恩之心，尊重他人，随之而来的，就是积极、宽容、自信、善良等这些美好的处世品格，你的生活中便有了一道动人的风景。

2021年1月

当青丝变成雪

发丝覆盖着头皮，头皮因为覆盖了不同的发型而显露出不同的修养、追求与气质。

那年五十岁生日，儿子为我戴生日帽时，忽然发现我的白发不少，不能再拔了。我一愣，立即笑了，脸颊上猛地腾起两片火烧云。那些尘封的往事，那些不可再返的时光，突然涌进脑海，眼前迅速掠过那些刻骨铭心的记忆：七岁那年，六一儿童节表演节目，母亲用胶带把我的头发扎了个“冲天炮”，演出结束后父亲带我到照相馆拍了一张黑白照，至今还在；十八岁那年，师范快毕业时，和五个同学烫了样式相同的卷发，同学们异样的目光，掌声和起哄声在教室回荡；二十五岁那年，几个调皮的男生从讲台走过时，喜欢摸摸我又黑又光滑的长发；三十五岁那年，参加全县诗朗诵比赛，盘了个配旗袍的高高在上的发型，照亮了整个会场，获得了一等奖……唉！看现在，头发稀少了，黑白混杂，让我感叹：朝如青丝暮成雪，镜中衰发已先斑。

看着我无比珍爱的青丝依次走进历史的时空隧道，渐行渐远，有些凄凉和失落，让我感觉那是一场场诀别。有时候，我会把掉在地上的一根根一头黑一头白的头发捡起来，让它们整齐地排列在梳妆台上，默默地为它们举办一场告别仪式。

春风会吹过夏天，那时就会花叶灿烂；秋叶凋落的躯体会深埋于冬雪下，等待着下一个春天的呼唤。岁月在流逝，流逝着必然的四季，春风，夏花，秋叶，冬雪，都是极美的岁月。

我喜欢春天的雨、夏天的花，也喜欢冬天的雪，更喜欢秋天的叶。凋谢了灿烂，岁月也静如秋叶，轻缓地流逝着，秋风又去流浪，花也成伤。其实，那些你不曾留意的日子，都散发着怡人的馨香，慢慢地透过那些普普通通的秋叶，落在了清闲的岁月里。那些向我们走来的岁月，就像凋落的秋叶一样，无声无息，但总会落地。

我时常想，假如时光可以倒流，我会用怎样的笔墨重新描摹人生？儿时的无忧无虑，少时的天真烂漫，青春的憧憬和美妙，还有那荒废了的旧时光，沧桑了的爱情，缓缓漫过脑海，温暖并灼伤着我的记忆；假如时光可以倒流，我会用心感受拥有过的快乐，格外珍惜曾经过的美妙，把每一天都详细地记录下来，成为生命中永恒的记忆；假如时光可以倒流，我渴望着在最美的年华里遇见你，执子之手，不仅醉心于花前月下，流连于名山大川，且跋涉于崎岖小路，共风霜雨雪，一起变老；假如时光可以倒流，我不会继续在原地张望，我会放弃曾经的羞涩和幼稚，念我所念，爱我所爱，从此让人生不再迷茫、不再留下遗憾。

我喜欢在一段时光里回味前一段时光。谁的人生里，都会有一段美丽的时光，动人的容颜，醉人的微笑，暖人的性格，时时处处都在演绎完美，动人心弦。只是当年轻不再时，还有多少人能接受彼此的变迁？还有多少人能做到欣赏和相依？滚滚红尘，我们只是凡世间一个匆匆的过客，留在红尘中的不过是淡淡的一缕轻烟，那些曾经的喜悦和忧伤，那些记忆中的温暖和疼痛，都将随时光的流失远去，不留一丝痕迹。聚合与离散也都不过是上苍安排的一场宴席，奈何桥上叹奈何，三生石上空嗟叹，前世今生也只是一个美丽的传说罢了。

花开花落，岁月的长河里，总有风雨阴晴。让那些过去的时光，折叠起来，藏在岁月的褶皱里，藏在心底的沟壑里，然后，重新上路，过好余下的每一天。

光阴似箭，年华易老。想起来都有些诚惶诚恐，甚至还避而不谈的欲盖弥彰。也许我真的怕了，我每天梳理的是染色的青丝。暑假里八十岁的母亲住院，我帮她梳头时，头发快白完了，想着她帮我扎“冲天炮”时，她梳的是黑黑的两个辫子，一辈子为七个子女日夜操劳。看看现在的她，身躯不再挺拔，因腰椎病痛成弓形的脊背，腿痛得走两步路都大汗淋漓。我流泪了，为母亲，也为自己。

有人问我，你怕老吗？我只是淡淡一笑，其实我们最终怕的不是苍老，而是我们无法逃避的死亡。那些挚爱的亲人和朋友，拉上了生命的帷帐，不正在一步步地告诉我，有些东西是无法挽留的吗？想想，这也是自然规律。

当青丝变成雪时，不要悲伤。生命一如江河奔流，喧嚣而去的是我们璀璨的年华，堆积于岸的是难以忘怀的过往。生命的过程不可逆转，时光的脚步不会有片刻的停留，我们所能做的只能是一路高歌，昂首前行，直至魂归大海。也许生命的真正意义正如这荡荡的激流，短暂却灿烂充实……

2020年8月

静守一片净土（后记）

在寂静的时光中，徜徉在书海里，安静地看那些文字中蕴含的故事和哲理。总会在不经意间，遇见那些似曾相识的身影，与他们说话，用心地一遍遍地抚摸那些斑驳的灵魂。文字里的懂得，亦是一种难求的幸福。久久的沉默，如小溪流向大海的姿态，水流淙淙，最终，汇入心的海洋。深远了，厚重了，也日趋平静了。

文字，让心自由，给我甘露。多少个夜晚，当在键盘上书写那些孤独与向往，整个身心进入一方怡然自得的生活天地，任思绪飞扬，任笔墨倾泻，心无挂碍，有一种愉悦感。寂寞和惦念，在我笔下隐隐流露；向善和向上，是我指尖赶不走的追求。我幸福，因为那些诗意和灵魂；我快乐，因为热爱生活和易满足……

写作收获更多的友谊。回忆三十多年的文学路，是大家的相携，我才有信心往前走，才有心情欣赏一路的奇美风景。感谢文学路上的朋友！

《像溪水那样行走》这本散文集，收集的是2014年出版《心境向暖》后到2022年4月近八年的作品，是从四十多万字中选出的。2011年10月中旬我开始整理书稿，2022年1月9日在泸县开了改稿会后，书名和篇目都有较大的改动。内容根据大家的建议，遵循“自然与和谐”的原则，后又用了三个多月修改。

真诚感谢给我的初稿提出修改建议的朋友，谢谢你们的坦诚、友善。

“杨光英老师在乡镇学校教学近四十年，其足迹遍行家乡，钟情于家乡的山山水水，一草一木，一砖一瓦。在家乡的生活与自然之美中发现了诗意，细心地记录着生活的点点滴滴，捕捉到那些细微而蕴藏美感的瞬间，用语言艺术的叙事方式纯化为散文，为我们提供了我们无法再走进去的过往的农村，然而只有家乡的溪水依旧在行走。”中国文艺评论家协会会员、四川省作家协会会员徐潋说。

“杨老师运用自己对散文艺术的独特理解，凭借自己对散文技巧的精准把握，通过细腻的描写、独特的谋篇布局、巧妙的艺术构思、精美的意境营造、深刻的哲思奇想，在自己的散文空间里创造着，只属于杨光英自己的独一无二的《像溪水那样行走》。这是一本洋溢着真情大爱、闪烁着人性光辉、充满了诗情画意、荟萃了美文佳篇的优秀散文集。”感谢泸州市作协会员曾佐然。

三十多年的文学路，能坚持，最要感谢的是中国作协会员、冰心儿童文学奖获得者肖体高老师。他对文学痴情不改，孜孜不倦，是我的榜样。多年来，他关注我的文章，时常指导我，引荐我加入四川省作家协会，鼓励我出了两本散文集。

衷心感谢给我写作素材的：家乡泸县、我的父母家人、亲戚朋友、同事学生！感谢东方龙文化研究院的支持！感谢成都文友的鼓励！

特别感谢中国作家协会会员、中国散文学会理事、泸州市作协名誉主席杨雪对本书的认可并作序，感谢泸州市评论家协会文学专委会主任陈善诊对本书作评，感谢游书勇、徐潋、白鸽、曾佐然、杨小春、何苗、姜维彬、邓晓波、刘燕、罗玉兰、杨春华等。谢谢所有关注关爱我的朋友。

行走在文学这条路上，庆幸心里有一片净土供自己栖息。我是一个乡村教师，一个平凡的女子，年近花甲，初心不改，偶尔弹弹古筝，偶尔倚窗阅读，偶尔约会朋友和山水，偶尔有文字见诸报端和网络。我的散文只是我心灵真实的表达，只拥有那份简单和乡野的朴实，还需要广大读者的大力支持和帮助。

今后，我仍然要像溪水那样，以安然恬静的姿态行走，不拒不抗，不弃不逃，勇往直前！

杨光英

2022 年 5 月 16 日